故事会

2024 · 154

合订本

上海故事会文化传媒有限公司

上海文化出版社

图书在版编目（CIP）数据

2024年《故事会》合订本 . 154 期 /《故事会》编辑部编 . —— 上海：上海文化出版社，2024.1
ISBN 978-7-5535-2889-2

Ⅰ . ①2… Ⅱ . ①故… Ⅲ . ①故事 – 作品集 – 中国 – 当代 Ⅳ . ①I247.8

中国国家版本馆 CIP 数据核字 (2023) 第 253788 号

书　名：2024年《故事会》合订本154期

主　　编：夏一鸣
副 主 编：吕　佳　朱　虹
责任编辑：孟文玉
发稿编辑：吕　佳　朱　虹　丁娴瑶　陶云韫　王　琦
　　　　　曹晴雯　赵媛佳　田　芳　孟文玉
装帧设计：王怡斐
责任督印：张　凯

出　　版：上海文化出版社
出　　品：上海故事会文化传媒有限公司
　　　　　(201101 上海市闵行区号景路159弄A座3楼 www.storychina.cn)
发　　行：上海文艺出版社发行中心
　　　　　(上海市闵行区号景路159弄A座2楼206室)
印　　刷：上海中华印刷有限公司
开　　本：787×1092毫米　1/32
印　　张：9
版　　次：2024年1月第1版
印　　次：2024年1月第1次印刷
书　　号：ISBN 978-7-5535-2889-2/I·1113
定　　价：25.00元

上海故事会文化传媒有限公司　出品(01177)

想看更多故事？
扫码下载故事会 App

上海故事会文化传媒有限公司所有图书可办理邮购，免收邮费（挂号除外）
汇款地址：上海市闵行区号景路 159 弄 A 座 2 楼 206 室 (201101)
收 款 人：上海故事会文化传媒有限公司出版发行部
联系电话：021–53204159
如发现本书有质量问题，请与印刷厂质量科联系　Tel:021–60829062

781

2023
SEMIMONTHLY
8月下半月刊

CONTENTS

扫二维码，可听全本故事。

开门八件事，扫码听故事。一本可读、可讲、可传、可听的全媒体杂志。

故事会
绿版·下半月刊

社长、主编 夏一鸣
副社长 张凯
副主编 朱虹 吕佳
本期责任编辑 彭元凯
电子邮箱 abigstudio@163.com

发稿编辑
朱 虹 王 琦 赵嫒佳 田 芳
美术编辑 郭瑾玮 王怡斐
红版编辑部电话 021-5320 4060
绿版编辑部电话 021-5320 4049
地址 上海市闵行区号景路159弄A座3楼
邮编 201101

主管、主办 上海文艺出版总社
出版单位 《故事会》编辑部
发行范围 公开

· 出版发行部 ·
发行业务 021-5320 4165
发行经理 钮 颖
媒介合作 021-5320 4090
广告业务 021-5320 4161
新媒体广告 021-5320 4191

· 融媒体中心 ·
《故事会》微博 @故事会
《故事会》微信 story63
故事中国网 www.storychina.cn
《故事会》网店
shop36332989.taobao.com

故事会公众号 故事会小程序

国外发行 中国图书贸易总公司
印刷 上海四维数字图文有限公司
发行 中国邮政集团公司报刊发行局总发行
国内代号 4-225 定价 8.00元

快趴下

大刚正在散步，忽然一条特别凶的狗朝他追来，大刚吓得拔腿就跑。

一个大叔在他身后喊道："趴下！趴下！没听到我说话吗？快趴下！"

大刚赶快趴下，狗果然没有追来。大刚松了口气，只听大叔又说："小伙子，没事了，你起来吧。我刚才不是喊你。瞧，它趴下了。"

（小　喜）

（本栏插图：包丰一）

打　分

小丽对同事抱怨："我男朋友挺难看的。"

同事问："有多难看？"

小丽有点犯难："该怎么说呢……"

同事说："这么说吧，要是给我打60分，给他打多少分？"

小丽毫不犹豫地说："62分！"

（谁与争锋）

不服气

小彼得和几个伙伴聊天，他自豪地说："我叔叔是神父，所有的人都称他尊敬的神父。"

小保罗说："我叔叔是主教，大家跟他说话都称他阁下。"

小汤姆不服气了："这有什么了不起的？我叔叔体重180公斤，所有的人见了他都喊道：'噢！我的上帝！'"

（林　兰）

看外表

一个男人向一个女孩搭讪："你好漂亮，我心动了，你说我该怎么办？"

女孩说："喜欢一个女孩子不能只看她的外表。"

男人说："我知道。"

女孩说："还要看看自己的外表。"

（卡　卡）

吉祥话

一个富豪请了一个工人给他盖羊舍，建成后，他让工人说些吉祥话。工人长得又高又壮，便说："希望你的羊能长得像我这么壮。"

富豪听了非常高兴，可是工人又嘟囔了一句："我花了三十多年才长这么壮……"

（竹之语）

报啥课

奶奶周围的几位邻居都报名上了老年大学，奶奶也动了心，非要孙子也给她报名不可。

孙子说："好，现在就报。您想报啥课？"

奶奶问："啥意思？"

孙子解释："就是您得选一个您最感兴趣的课。"

奶奶说："哦，那就给我报个'唠嗑'吧！"

（谁与争锋）

不准看电视

爸爸下班回到家，撞见儿子正在偷偷看电视，他十分生气。

儿子解释说："爸，刚才我放学回到家，本来打算坐在沙发上休息一下，没想到一屁股坐到了电视遥控器上，然后电视机就打开了，真的。"

爸爸说："那你再一屁股坐回到遥控器上，看能不能把电视机给关了。"

（水井薄荷）

加微信

小李收到一条微信好友申请："你好，我家的太阳能热水器坏了，你能来帮我修一下吗？"

小李很奇怪，问道："你怎么会找我修？"

对方回道："你的签名不是写了吗？"

小李这才想起自己的微信签名：太阳能维修，月亮可更换，星星不闪包退换。

（胖 虎）

自知之明

男孩去相亲，坐了一会儿觉得实在无聊，就假装去厕所接了个电话，回来后告诉女孩自己有急事，得先走了。

女孩说："你是不是在厕所照了照镜子，觉得配不上我啊？"

男孩说："我照了照镜子，觉得我这长相还不着急相亲。"

（枊 林）

梦见你了

小红给妈妈打电话，说："我昨晚梦见你了！"

妈妈问："梦见我啥了？"

小红说："我梦见你给我两千块钱，让我随便买衣服。"

妈妈说："那你梦错了，那个肯定不是你亲妈！"

（菊之雅）

脏不脏

三岁的女儿在用勺子挖火龙果吃，挖着挖着，她突然挖了一勺去喂兔子。

一旁的妈妈赶紧制止："脏不脏呀！"

女儿理直气壮地说："我每天都刷牙的，兔子不会嫌我脏！"

（流沙包）

警察表白

有个警察在路口执勤时喜欢上了一个每天路过的女孩，但是一直不敢表白。同事们知道后决定帮他走出第一步，他们把他拉到路口去等，不一会儿，女孩出现了。

警察鼓起勇气拦住了她，紧张之下脱口喊道："女士，请你跟我到派出所走一趟。"

（溏心蛋）

铃 声

音乐课上，老师问同学们都喜欢什么音乐。

小明问："老师，铃声算不算音乐？"

老师说："也算吧。"

小明说："哦，我最喜欢下课铃声了。"

（石 井）

婚姻交易

小王与女友交往了半个月，突然有一天，女友对他哭诉："我爸不同意我们在一起，他为了家里的生意，要拿我的婚姻做交易。"

小王问："你家是做什么生意的啊？"

女友说："我爸是卖包子的，他看上了隔壁炸油条的小伙子。"

（珊 珊）

小夹菜

小美是个吃货，第一次去男朋友家吃饭，男友的妈妈不停地给她夹菜，一会儿是广东菜心，一会儿是清炒茭白，一会儿又是蒜香油麦菜。

终于，小美忍不住偷偷地对男友说："你能不能给我夹块肉啊？"

（北 北）

本栏目欢迎来稿。请把有新鲜感、有精彩细节的笑话佳作尽快投寄给我们。来稿一经采用，即致稿费，最高稿费为一则100元。本期责任编辑电子信箱：abigstudio@163.com。

救了条大鱼

□顾敬堂

何大勇和老婆在江边开了个露天大排档，生意时好时坏的，两口子经常因此拌嘴。

一天晚上，大勇又和老婆吵了几句，心里郁闷，给顾客烤串时就时不时灌几口啤酒，不知不觉四五瓶啤酒下肚，他的脑袋有些晕了。

这时，旁边忽然有人惊呼一声："咦，江里有个人，是溺水了吧！"大勇醉眼迷离地向江中看去，只见在昏暗灯光的照射下，一个白花花的人仰面朝天地漂在水上，随着浪涛起起伏伏。

"快打110！"有的顾客掏出手机准备报警，有的顾客却拿出手机录了起来。

"是时候展示真正的技术了！"大勇在酒精的作用下有些亢奋，本身又穿着背心短裤无须脱，直接跌跌跄跄地冲到江边，"扑通"跳进水中，连蹬带刨地向前游去。好不容易游到落水者身旁，他顾不上多看，伸手扯住对方头发，转身就往岸上折返。这时，堤坝上的路灯闪了几下，不知什么原因竟然熄灭了。没了灯光，大勇心里一惊，更要命的是，那个人忽然挣扎起来，含糊不清地喊道："谁？放手！"

溺水者往往神志不清，会胡乱挣扎搂抱，给施救者带来危险。大勇生怕被缠住，于是两脚踩水，右胳膊抡圆了，朝着对方脸上狠狠扇了个耳光，怒喝道："我是来救你的，不想死就别乱动！"

那人爆了句粗口，大声嚷道："真是狗拿耗子多管闲事……"

这时，大勇的脚忽然一麻，竟然抽筋了，慌乱中他呛了口水，动作也开始变形了……不知过了多久，他发现自己已经趴在下游江坝的台阶上，于是立刻爬了上去。

大排档的顾客打开手机电筒照着迎下来，几个人搀着大勇回到摊位上，大勇吐出几口水，想起刚才危险的举动，不由得非常后怕。老婆更是抡起粉拳对着他一顿捶，哭着说："就知道逞能，你要是有个三长两短，让我和儿子怎么活呀！"

"这不是没事嘛，救人一命……"大勇目光在周围扫了一圈，"水里那个人呢？"

旁边的顾客七嘴八舌地骂道："那家伙就是条白眼狼，没等你上岸他先上来了，跑得比兔子都快，这种人就不应该救！"

大勇勉强笑笑，摆摆手道："人没事比啥都强。"

第二天下午，大勇和老婆刚推着桌椅板凳来到江边，就发现一群人已经等在那里。大勇半天才弄明白，原来昨晚有人把自己救人的视频传到网上，引起了很大的轰动，这些人都是慕名而来的。

网络的力量真是太大了，当晚大勇两口子的摊位就被坐得满满当当，很多人宁可站在旁边等半天也不去别人家，不到十点钟，东西都卖空了，还有没排上号的！

有顾客临走的时候说："不知感恩的杂鱼是个例，不能让它腥了咱们城市这锅汤。放心吧，我们天天来捧你生意！"一番话听得大勇百感交集，对着众人不断抱拳作揖。

网友们在赞美大勇的同时，也纷纷痛斥那个不告而别的被救者，骂他败坏了社会风气，寒了好人的心。

也许是承受不住网暴的威力，第四天，一个三十岁左右的年轻人率领一群人敲锣打鼓地抬着礼品出现了。他说自己叫程飞，因为玩短视频带货遭遇挫折，一时想不开，所以想跳江自杀。被救后，他一开始并没有感激大勇，反而觉得对方多事。经过几天的时间，他慢慢冷静下来，自己这么年轻，未来有无限可能，怎么能因为一时挫折就结束生命呢？所以他今天带着礼物前来感谢恩人。程飞含着眼泪说道："现在我没有能力回报勇哥，能做的就是利用自己的特长，通过网络宣传勇哥，让好人挣到更多的钱！"

这情真意切的话赢得了一片掌声，大家瞬间原谅了程飞，并且纷纷鼓励他重新振作起来，早日走出困境。

大勇疑惑地看了程飞几眼，摆摆手说道："有这个心就足够了，救人的时候我也没想着得到回报。"

程飞却说到做到，接下来几天，他天天跑到大勇的摊位来搞直播。小伙子口才好，逻辑清晰，竟然真的将大勇的生意搞得越来越火爆，很多邻市的顾客都慕名而来。大勇的生意蒸蒸日上，程飞的账号"噌噌"涨粉，甚至文旅局的局长都被吸引来了，打算把两人打造成城市的名片。

这天晚上，程飞正在烧烤炉前卖力地直播呢，忽然一个戴着鸭舌帽和口罩的壮硕男子来到他面前，压着嗓子说道："你先把直播关了，我要问你点事儿。"

程飞笑眯眯地说道："大哥，有事你说，不影响。"

壮男环顾了一下座无虚席的烧烤摊，忍着气掏出手机，在上面打了两句话：你这个落水者是假冒的，要我当众拆穿你吗？

程飞的脸色一变，竟然将镜头对准了壮男的手机，大声说道："这位大哥说我是假冒的，想要拆穿我。家人们，咱们听听他怎么说！"

壮男被逼无奈，对着旁边的大勇招招手，示意他凑过来，然后揭开口罩一角，露出半边脸来："兄弟你手劲儿挺大，五六天了，巴掌印还在呢！"

大勇立刻就明白了："那天的人是你！"

壮男迅速戴好口罩，扭头对着程飞道："本来我不想站出来澄清的，但实在看不惯你这么鸡贼，弄个知恩图报的人设蹭热度，欺骗粉丝的感情！"

程飞毫不慌乱，立刻回敬道："本来我不想冒充的，可我看不惯那些忘恩负义的人，冷了见义勇为者的心！我用直播帮助勇哥搞火了生意，为自己增加了粉丝，有什么不对？反倒是你，被救后撒丫子就跑，看我俩火了又嫉妒了吧？

壮男没想到程飞居然当众承认了冒充，不由得愣了愣，半天才说道："好吧，既然都是出于善意，那我就不说啥。就这样吧！"

眼看着壮男转身要走，程飞不干了："哎，既然来了，你就没句感谢话对勇哥说？敢不敢露脸让大家看看！"

壮男犹豫了一下，停住了脚步，似笑非笑地对着大勇说道："感谢你，三脚猫的水性居然敢下水救人；感谢你，在我睡觉的时候给我一耳光！"

"你是说你在江面上睡觉？"大勇不敢置信地问道。

壮男笑了："你以为呢？要不是我最后把你托到岸边，你早沉水底了！我嫌天热，躺在江里睡觉，结果平白无故挨了耳光，身上穿得又少，不想被围观，所以才匆匆走了，结果却变成了忘恩负义！"

"你就吹吧，反正没人证明！"程飞撇嘴。

壮男没有说话，走近程飞的手机，先脱掉帽子，又摘掉口罩，对着他的直播间露出一个意味深长的笑容，转身走了。

"他啥意思？"程飞疑惑地看着大勇。

大勇也非常纳闷："不知道呀，只是他看着有些眼熟……"

两人把目光投向直播间，很快被刷屏的弹幕惊呆了：这是省游泳队主帅王泳……勇哥够勇，救了全国游泳冠军……勇哥威武，怒扇冠军耳光……勇哥在水里救了条大鱼！

"我的亲娘哎！"大勇的脸比炉子里的火炭还红——那天晚上他就怀疑自己是被"落水者"反过来救了，因为太糗没对别人说，最终一步步被架成了英雄，再也不敢说了……

眼见王泳越走越远，大勇跺跺脚追了上去："那啥……我请你撸点串呗？"

程飞眼前一亮，拿起手机紧随其后，他感觉自己又要涨粉了！

（发稿编辑：赵媛佳）

（题图、插图：孙小片）

绿版编辑部电子邮箱：

朱　虹：zhong98305@sina.com

王　琦：wangqi_8656@126.com

赵媛佳：babyfuji@126.com

田　芳：greygrass527@126.com

彭元凯：abigstudio@163.com

自从上了初中，刘元便每天奔波于学校跟家的两点一线间，繁忙的学业压得他喘不过气来。老妈看在眼里，毅然决定每天晚上给他蒸冰糖雪梨金橘汤。于是，每当8点钟一到，她总会准时捧着汤过来，静悄悄地放在书桌上。

刘元紧紧盯着眼前的试卷，脑袋却隐隐作痛。

"为何有学习和作业的存在啊？"他晃了晃头，自言自语道。

"可以吃啦！"老妈轻轻地拍了拍刘元的肩。他微微皱眉，头却始终埋在作业里。

伴随着关门声，刘元随手舀了一勺塞进嘴里。什么东西？他一口吐了出来，一颗颗金橘籽散落在桌上，嘴里还残留着微苦。

"以后不要放金橘了！"他冲门外大声喊道，"籽太苦了。"

慢慢地，虽然汤里还是有金橘，但金橘籽越来越少。刘元每一次都仔仔细细地检查一番后，才大口喝下去——甜甜的，不带一丝苦味。

一天晚上，刘元经过厨房时，一阵烟雾飘了出来。他转过头去，发现里面隐约有个瘦小的身影。家里厨房小，又不通风，待在里面活脱脱像个蒸笼。他好奇地走进厨房一看，是老妈啊！

"你怎么来了？这里很热。"老妈说。

金橘籽

□上海市闵行区华漕学校 姚宇松

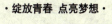

进嘴里，甜甜的，却带有一丝说不出来的苦涩。

晚上11点了，疲惫的刘元一头倒在床上，不一会儿便睡意蒙眬。迷迷糊糊中，父亲的脸庞出现在眼前。

父亲本是一名工程师，却因工地发生了事故，不幸被砸断了双臂，因此他只能每天躺在床上，不能工作。高额的医疗费给家里带来了巨大的压力，而顶梁柱的责任便落在了老妈身上。她每天都加班到晚上7点，然后急匆匆地赶回来给刘元熬汤，十分辛苦。

凌晨时分，刘元觉得口渴，便从床上爬了起来，想去厨房倒水喝。他刚一打开房门，就看到老妈还坐在饭厅里，在一本小册子上写着什么，一边写，一边从桌上的一个碗里舀起一勺往嘴里送。

刘元问："妈，吃夜宵呢？"

老妈抬头看到了刘元，忙问："你怎么醒了？"

刘元反问："妈，你在干什么呢？"

刘元定睛一看，老妈在去籽啊！只见她双眼紧盯着金橘，用牙签挑出籽，放在一个碗里。

"漏了一颗。"刘元指着那细小的金橘籽，大声嚷嚷。

"是吗？哟，不好意思，没看见。"老妈叹了口气，揉揉眼睛。

"这么费劲的吗？我来！"刘元说着，便抽出老妈手中的牙签，拿起金橘，一个一个地仔细检查，可那籽总是如同顽皮的小孩，四处乱窜。

"行了，我来吧。"老妈说道。

刘元垂着脑袋，回到了房间。

不久，老妈便端着汤，蹑手蹑脚地走了进来："好了，快喝吧。"

刘元连忙端过汤，舀起一勺放

老妈支支吾吾，不知道说些什么。

刘元靠近再一看，那本小册子上写着密密麻麻的字：今日医疗费800元，水笔5元，包子6元……他愣在那里，惊讶得合不拢嘴。

再看老妈吃的那碗"夜宵"，刘元的眼珠子都快瞪出来了——那是一碗金橘籽，就是老妈每天从一颗颗金橘中挑出来的。

刘元一把夺过那碗金橘籽，立刻回到了卧室。关上门，他只觉得鼻子像被灌了醋，酸溜溜的，眼泪也夺眶而出。这些日子，家里不容易，老妈更不容易，为了不浪费，她连儿子嫌弃的金橘籽都不舍得丢弃！

刘元舀起一勺金橘籽塞进嘴里，咸咸的眼泪伴着那份苦涩，苦得他嘴角都微微颤抖，难以下咽。

打那天起，刘元发了疯似的拼命学习，如同饥饿的人扑在了一张大饼上。每当夜深人静时，他依然在桌前孜孜不倦地学习。凌晨的灯光照在脸上，他的表情却是那么坚毅。一行行字映入眼帘，看得他晕头转向，他却从不停歇。因为他知道，老妈为他吃了多少苦，他不能再松懈。

渐渐地，刘元痴迷上了学习。

在学校里，他抓紧一切时间，捧着题目，苦思冥想；在公交车站，他拿着背诵小本，一遍又一遍地翻滚记忆；在家中，他更是卷不离手，眼不离卷。

最终，刘元以年级第五的成绩考入了市重点高中，但他依然在不断地努力。因为母亲那些日子所受的苦，如同小小的金橘籽，留在了他嘴里，翻滚在他心中。母亲拉着他，一步一步地从困境中走了出来，让他爱上了学习。从此，这个家前途光明，生活也有了奔头。

（本文系"我的青春我的梦"第三届中小学生故事会征文获奖作品选登）

（指导老师：陈海燕）

（发稿编辑：朱　虹）

（题图、插图：孙小片）

您手中有没有得意之作？本刊辟有二十多个原创性栏目，如新传说、我的故事和中篇故事等；您读到或听到什么有趣事可以和大家一起分享吗？3分钟典藏故事、外国文学故事鉴赏和脱口秀等都是本刊推荐性栏目。热忱欢迎来稿，可从邮局寄发，也可从网上传递。邮寄地址：上海市闵行区号景路159弄A座308室，邮编：201101；如为电子邮件，可发本期责任编辑信箱：abigstudio@163.com。

·脱口秀·

妙趣神回复

◆ 室友学唢呐，经常在宿舍练习，很吵怎么办？

神回复：他一吹你就哭着喊他的名字，他吹你喊。

◆ 有没有靠一句歌词撑起整首歌的歌？

神回复：Happy birthday to you！

◆ 怎样用一句话得罪四个人？

神回复：你找老婆的眼光和你爸一样差。

◆ 长得丑是一种什么样的体验？

神回复：本来都开开心心的，你为什么要问这个问题？

◆ 什么时候体会到了人生难熬？

神回复：叫了外卖后不敢洗澡。

◆ 原始人为什么会画壁画？

神回复：说明"装修"这种冲动是基因里的本能。

（推荐者：谁与争锋）

不怕你不笑

◆ 今天上课，老师正在讲课，一同学打了一个特别响亮的喷嚏。老师停下看了看他，问："你是不是对这个知识点过敏？"

◆ 上班路上，我碰到初中时的班主任，班主任热情地叫出了我的名字，我激动地喊出了班主任的外号。

◆ 女朋友在街边给我买了个烤红薯，我问她："要是我以后和卖红薯的一样没出息，你还会陪在我身边吗？"女友微微一笑："那个卖红薯的就是我前男友。"

◆ 一条重要的健康小知识：咳嗽时千万不要用手帕捂嘴，不捂没事，一捂就吐血。别问我为什么，电视剧里都是这么演的。

◆ 有个小男孩在路上踩影子，我觉得幼稚，就绕开了他，因为我怕他踩到我的影子。

（推荐者：荷之韵）

斗嘴一门灵

◆ 同事老张愁眉苦脸的，我问他怎么回事，他说儿子考试成绩不好。问他具体考了多少分，老张说："三门课加起来还没老子的血压高。"

◆ 坐出租车，我一路端坐望向窗外。
司机说："哟，你肯定是个文化人。"
我："怎么说？"
司机："现在的年轻人，就没有不一直盯着手机看的。"
我："师傅，其实我是那种手机掉厕所里的文化人。"

◆ 我一直觉得我性格挺好的，直到遇见和我一样性格的人，我真想踹他两脚。

◆ 老板：9点上班，你看看现在几点了！
我：8点65。

◆ 一直以为肯德基全家桶是一家人一起吃的，后来才知道是鸡的全家，只够我一个人吃。

◆ 人酸了的时候通常会眼红，由此可见，人的眼睛其实是 pH 试纸。

◆ 都说在喜欢的人面前智商会变低，难道我爱上了数学老师？这可不行啊！

（推荐者：福　人）

一句话就笑了

◆ 过了这个村，依旧有这个店，因为是连锁店。

◆ 众里寻他千百度，蓦然回首，那人依旧对我不屑一顾。

◆ 你要是喜欢我，从现在就开始好好学习，将来找好工作挣好多钱，等我结婚的时候多出点份子钱，谢谢！

◆ 比一个人吃火锅更寂寞的是，一个人没有钱吃火锅。

◆ 我可真是个败家子，上亿的资产一醒就没了。

◆ 你要是喜欢我，你就跟我表白，人这辈子总要体验一下被美女拒绝的滋味吧。

◆ 小时候看到人家墙上喷了个"拆"字，我觉得好可怜要没房子住了，现在才知道那个字读"富"。

◆ 如果遇见你就要花光我所有的好运气，那你还是别来了，我过年还要打牌呢。**（推荐者：薏米红豆）（本栏插图：孙小片）**

给我找个爹

□ 孙国彦

张二宝二十六七岁了，还没个正经工作。家里人层层托关系，终于给他谋了个差事：给一家公司的王总开车。张二宝对这份工作很满意，因为王总的座驾是辆一百多万的林肯，只要王总不用车，张二宝就时不时找个借口，和朋友董小毛开车出去耍，上歌厅、上夜店，好不风光。

开始几次还好，可后来，张二宝出去耍得多了，王总对他的态度变得不冷不热起来。这一天，董小毛又约他出去玩，张二宝赔着小心问王总，今天用不用车，王总抬头看了看他说："不一定。"

王总的回答让张二宝直挠头，他只好打消了出去玩的念头，老老实实待在公司等候。可直到下班，王总也没提用车的事。更糟的是，从此以后，只要张二宝开口，王总的回答都是"不一定"。张二宝终于觉察到了王总对他的不满，收敛了一段时间。

这天，董小毛说好长时间没出去潇洒了，鼓动张二宝："王总这是故意焊死你哩！你就不能找个硬气点的理由说要用车？比如爹死娘嫁人之类的。"

"你爹才死，你娘才嫁人呢！"张二宝气得回骂起了董小毛。

董小毛赶紧说："别急眼呀，又不是真的，没听人家说嘛，一咒十年旺。不想点法子，以后你一步也别想动。"

张二宝想想有道理，于是狠狠心，来到王总办公室，请示道："王总，您今天用不用车？"不等王总说那三个字，张二宝就补充说："不用的话我想去趟医院，我爸被车撞伤了腿，住院了。"

王总吃了一惊，忙说："那就赶紧去呀！这么大的事，你咋这么不紧不慢的？"

张二宝心里一阵狂喜，转身就要走，王总却喊住他问："在哪家医院？"

张二宝被问住了，心里后悔事先没考虑周全，也亏得他机灵，眼睛一眨说："我只顾着急，还没问清楚呢，估计在市骨科医院。"

王总说："那你先去买些礼品，然后回来接我，我也去探望探望。"

张二宝一下傻眼了，赶忙客气地谢绝："王总您这么忙，哪能因为这点小事惊动您呢？"

王总责怪他说："这是什么话！你每天给我工作，于情于理我都该去看看的。别啰唆了，快去买礼品。"

张二宝没法，硬着头皮出了办公室，心里那个懊悔就别提了。他立马联系董小毛，心急火燎地交代说："快去骨科医院给我找个'爹'，记住，要断腿的。"

张二宝安排完，磨磨蹭蹭地买好礼品，便拉上王总出发了。一路上，他有意无意地放慢车速，为董小毛多争取些时间。等啊等啊，终于，董小毛的电话来了，说给他找了个能说会道的"爹"，很能看眼色，并告诉了他病房号，张二宝这才稍稍松了一口气。

来到病房，董小毛已经等候在门口了。病房里并排放着三张病床，见有人进来，三个老头齐刷刷地看过来。张二宝一看，三个人都是腿伤，年龄也差不多，到底哪个是他"爹"呀？偏偏董小毛没眼力见儿，也不引见一下，气得张二宝直咬牙。

正在这万分危急的关头，中间二十五床的老头说话了："二宝，你来啦！这位是你们领导吧？嗐，你这孩子，哪能麻烦领导过来呢！"

张二宝假惺惺地点点头，告诉老头，这是自己的领导王总，特意来看他。王总关心地问候了一番，然后掏出一叠现金，说："过来得急，也没准备啥，这点钱您拿着，一点心意。"

张二宝心疼地看着王总手里的钱。还好，老头摇摇头，语气坚决地说："麻烦领导过来看我，已经很过意不去了，我不能要你的钱。"张二宝刚松了口气，没想到老头又补了一句："等会儿让二宝转给我一些就是了。"张二宝撇撇嘴，对着老头直翻白眼。

王总哪里能答应呢，说了声"两码事"，坚持要给老头。老头推让了一番，也就顺手接下了。张二宝眼看着老头把钱塞到枕头下面，不由得在心里长叹了一声。

这时，护士走进来问道："哪位是二十五床家属？住院费不足了，请抓紧时间补缴。"

张二宝心口"突"地一颤，差点哭出来，恨得牙直痒痒，这真是断了胳膊袖里藏啊！但戏还得演下去，他只得拉上董小毛，跟护士出了门。

见张二宝走了，老头就和王总唠起来，问二宝在单位表现咋样。王总回答说："还行，就是有点坐不住。不过年轻人嘛，耐不住清静，可以理解，敲打敲打就好了。"

老头叹了一声："这孩子，都是被我宠坏了。王总，方不方便留个您的电话，以后二宝有不懂事的地方您尽管告诉我。"

王总不好推脱，只得把自己的手机号给了老头。这时候，张二宝和董小毛也缴完住院费回来了。

看时间差不多了，王总站起身来，不知为什么，他愣了一下才对张二宝说："你把我送回去，再回来照顾你爸吧。公司那你暂时不用管，多陪护两天。"

把王总送回公司后，张二宝火速折回医院，只见董小毛正和老头理论呢。听老头的意思，进口袋的钱好像不打算往外吐。

"大爷，你这就是不讲武德了，咱明明说好的，你帮着打个圆场，我付你二百块钱，其他的你得退给我们啊。"董小毛耐着性子给老头讲道理。

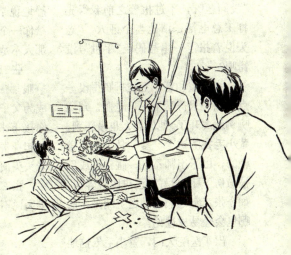

张二宝附和说："对啊，我们缴的两千元住院费，还有王总那一千元，你得还给我们。"

老头不紧不慢地说："道理是没错，不过我手头没钱啊，实在要退的话，你们去找医院退吧。"

张二宝脸差点没气歪，退了一步说："那你先把那一千元现金退给我们。"

老头还是摇头："这钱又不是你给的，我凭啥要给你？要退我也是退给你们王总。"

张二宝见软的不行，就沉下脸来，晃晃手里的手机，吓唬老头说："你要这么不讲理，我可报警了。"

老头笑了，也举起手机晃了晃："没问题呀，不过报警之前我得先打王总电话，请他当个证人。"老头说着报了一串号码："手机号没错吧？"

张二宝和董小毛被折腾得没一点办法，只得咽下一口老血，骂骂咧咧地离开了。他们怎么也没想到，董小毛找的这个"爹"是个专业碰瓷的，由于出师不利，碰瓷不成反被撞伤了腿，只好自己进医院养伤。如今张二宝他们主动送上门来，他哪里会轻易放过呢？

出了医院大门，董小毛气恼地问张二宝该怎么办。张二宝想了半晌，下决心似的说："被这么个人骗钱我心里过不去。先找王总坦白，然后报警，之后的事之后再说。"

董小毛吃惊地看着张二宝："那样的话你的饭碗可能不保了。"

张二宝凄然一笑说："不保就不保吧，我认了。王总得知我爸腿伤了，立马就想着来探病，他对我这么好，我着实不该骗他。他的一千块钱，我得要回来还给他！"

回到单位，张二宝就面见王总，把事情前前后后如实讲了一遍。讲完，他默默低下头，等候王总的发落。堵在心头的糟心事说出来，张二宝反而感觉轻松畅快了很多。

奇怪的是，王总听完，竟然平静地说："看你还有点担当，我就给你一个机会。其实，我早就怀疑那人不是你爸了。"

张二宝吃了一惊，王总瞥了他一眼："一个姓张，一个姓龚，能成为父子，到底啥情况？我正想看你接下来怎么表演呢。"原来，王总起身告辞的时候，无意中看到了老头头顶墙上的床头卡。

张二宝羞得脸像一张大红布，半天说不出一句话来……

（发稿编辑：赵媭佳）

（题图、插图：豆　薇）

热点素材

□吴 嫡

王虎是个自媒体从业者，经常跑到各地去挖热点素材，开直播、做视频。这天他在网上看见邻县的后山村要整体搬迁，觉得"无人村"是个不错的素材，于是早早地坐车赶了过去。

到了邻县镇上，王虎找了一个早点摊先吃点东西。坐在他对面的是一个中年汉子，一边吃着豆腐脑，一边接电话："镇长，我知道只剩最后三天了！对，我还没说服陈大爷呢，全村就剩他一个人了！请你放心，我明天多带点人去，一定搞定他！"汉子说完，起身离开了。

王虎好奇地凑到老板面前问："老板，这人干啥的啊？要搞定谁啊？"

老板告诉王虎，那人是后山村书记张大年。县里要求后山村完成脱贫攻坚，整体搬迁到镇上，但村里有个陈大爷，死活不肯搬，说生在山上，死也要在山上。眼看搬迁工程就差这一个人完不成，张大年急得头发都快掉光了。

王虎问了去后山村的路，兴冲冲地出发了，走了很远的一段路，才来到后山村。后山村大部分住户都在山上，山脚下原本有两三户人家，已经搬走了，房子都推平了。

王虎赶紧打开手机，开启了直播间，边走边给网友介绍："这就是后山村，据说全村人都要搬到镇上，今天我带大家来看看没人的村子。"

山上的人家零零星星的，这里一户，那里一户，有的房子已经推倒了，有的还挺立在山上，只是里面已经没有人了。王虎费力地往山上爬，山路越来越陡，越来越难走，他喘着粗气对着镜头说："难怪要搬迁呢，住在这山上，确实够受的！"

好不容易爬上了半山腰，王虎看见了两间房子，孤零零地盖在一小块平地上，屋外还晾着衣服。王虎赶紧跑过去敲门，一个精神矍铄的老头打开门就嚷嚷："不是告诉你们了，我不搬，谁爱搬谁搬！这山，没人看着我不放心！有本事你们把我绑走，把房子拆了！"

强拆？！王虎一下子来了精神，之前不少自媒体就是靠在网上揭露个别强拆事件红起来的。

王虎赶紧问老头："您就是陈大爷吧，怎么了？有人要强拆您的房子吗？"

陈大爷看了看王虎，说："你是干什么的？不是张大年那臭小子派来的吗？那小子一天到晚来找我，烦死我了。我就是想在这山里住，咋就不行呢？"

王虎赶紧表态："大爷，我支持您！咱就是要维护自己的合法权益。您放心，我是个网红，有我在

这儿，他们要敢对您动粗，我就到网上去，让全国人民都看看！"

陈大爷摇摇头说："那可不行，我说把房子拆了是气话，你要是到网上，那是给国家脸上抹黑！唉呀，哪儿来的，回哪儿去吧！"

见陈大爷不领情，王虎着急了，这可是难得一见的热点素材啊，自己能不能从一个草根自媒体，成为真正的网红，可就在此一举了呀！

王虎脑袋瓜一转，打起了感情牌："大爷啊，我从小就跟爷爷一起住在山上，后来，我爷爷去世了，我随父母去了城里。今天看见您，看见这山，就像又看见我爷爷一样。大爷，我出钱，您让我在您家住一晚上行吗？我好想我爷爷啊！"他声情并茂地编了个故事，还挤出几滴眼泪。陈大爷果然被感动了，说不要钱，想住就住，住几天都行。

王虎松了口气，为了表现对陈大爷的"感激"，他张罗着要干活，结果一看，柴堆是满的，水缸是满的。正郁闷呢，陈大爷告诉他："这两天村干部轮番来劝我下山，谁来都是先干活。说实话，我也不想给人家添麻烦，可这片荒山最早是我和老伴在上面种树的，现在荒山成了青山，没人看着怎么行？我老伴就埋在这山上了，我也想将来能埋

这里，折腾啥呢？"

王虎点点头，说自己先打扫一下屋子。趁着打扫时，他把带来的几个手机，分别固定在不同的位置，保证屋内屋外都能拍到。他还特意跑到远处，在自己的直播间里进行了预告："各位宝宝，这个后山村就剩下一位老大爷了，明天有人要组团来搞定他，主播将全程给大家直播强拆过程，希望大家给我捧场！我们要守护大爷，守护我们的权利！"王虎的粉丝并不多，不过反应倒是挺热烈的，纷纷表示明天会给他助威。王虎很高兴，感觉自己一只脚已经踏进了网红的门槛。

傍晚，陈大爷采了不少野菜，做了炖菜，王虎吃得很香。他小时候的确跟着爷爷住过山里，虽然其他情节是编的，但陈大爷的炖菜确实让他找到了童年的感觉。他的心里开始有了变化，也理解老人想守着这片青山的想法了。他决定，明天不能眼睁睁看着强拆发生，必要时用直播来震慑对方，让对方不敢乱来！

当晚，王虎睡觉都没睡踏实，因为他听说强拆的人经常会趁着夜深人静冲进来，把人拖出去。奇怪的是，陈大爷倒是睡得很香，好像一点也不担心。

第二天一早，陈大爷精神抖擞地起来做早饭，王虎则无精打采，哈欠连天的。他爬起来的第一件事，就是把手机都打开了直播。既然强拆的人还没上来，就先直播陈大爷做早饭。直播间里顿时一片怀念声："我爷爷也是这么做饭的！""那个水缸！我小时候家里有同款啊！""主播要保护好老爷爷啊！"

就在吃早饭时，一群人吵吵嚷嚷地从山下上来了，王虎一下子就跳了起来，紧张地朝窗外看去。陈大爷倒是十分淡定，一边吃饭一边

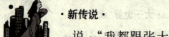

说："我都跟张大年说了不用费劲了，这臭小子怎么就不听呢？"

王虎紧张地对着手机说："宝宝们，强拆的来了，我要出去跟他们讲理了！"说着他就往外跑，陈大爷赶紧跟着往外走，边走边说："这孩子，胡说什么呢？不是告诉你了，那是气话嘛！"

走到外面一看，确实来了一大群人，还带着一辆能爬坡的越野工程车，但奇怪的是，并没有推土机。这越野工程车也没开上来，就在山下面一点的位置停着，一群人穿着不同的衣服，戴着不同的帽子，各干各的，有的弄管子，有的弄线，忙忙碌碌的。

陈大爷走到那群人跟前，找到张大年，无奈地叹气道："张大年，我不是告诉你不用费劲的吗？你没跟县里说吗？我还能活几年啊？这些东西多费钱啊！"

张大年擦了把汗，说："我说了，县里昨天回复，不管您还能活几年，只要您活着一天，水、电、网络就得通上来，这是政府最新的三通工程。县里研究后认为您说得有道理，咱村的祖辈把荒山变成了青山，确实得有人看着。您就踏实地住下吧，县里还会给您发护林证呢。等到您

走不动的那天，我再上山把您接走，会有新的护林员住进您的小屋，您也不用担心费钱的问题，这些工程师说，给您装的是工程抢险时用的临时性设备，成本很低。"

王虎听完，目瞪口呆："你们不是来强拆的吗？"

张大年诧异地看了王虎一眼，"什么老黄历，现在还有人敢强拆吗？"说完他掏出手机打电话："镇长啊，我没能搞定陈大爷，反被陈大爷给搞定了！县长说，绿水青山就是金山银山，说咱在这方面的觉悟还不如陈大爷呢！不管怎样，任务完成，你可别再训我了！"

此时，直播间里已经炸了，网友们都在疯狂点赞，还有人说："主播真能整事，想红想疯了吧？"

王虎羞愧地低下头，默默地举起手机，把干活的人都拍了过去……

（发稿编辑：朱　虹）

（题图、插图：陶　健）

2023年8月(上)动感地带答案

神探夏洛克：凶手先把猫咪麻醉，再用绳子把猫尾巴绑在煤气阀门上，等药效过去，猫咪醒来便会挣脱绳子拉动煤气阀门。

疯狂Q A：不会把草吃光，因为草会不断生长。

一个畸形南瓜

□ 孔燕

李林是个普通的打工仔，最近回到了老家。这天中午，他正在院子里吃饭，门口"嘎"地停下来一辆崭新的小轿车，一个西装革履的男人下了车，朝院里走来。李林定睛一看，来人是同村的刘财。刘财在镇上开了个农家乐饭店，生意很红火。

两人寒暄几句后，刘财说明了来意。原来李林家有一片南瓜田，李林他爸年年给刘财的饭店送南瓜，可今年却没送，刘财特意来问问。

李林挠挠头说："刘哥，我爸今年身体不好，前阵子还住院了。我在城里打工，最近才回来，家里实在忙不过来，所以就没种南瓜！"

刘财听了，失望地说："行吧，那我再找找其他家！"走到门口，他却停住了脚步，眼睛瞄着墙根问道："那是啥？看着好像是个南瓜？"

李林点点头说："是南瓜，不过是个畸形南瓜，是我家院墙外面自己长出来的。"

刘财凑过去打量道："你还别说，这畸形瓜长得还挺有意思，像个心形！"不等李林接话，刘财又道："李老弟，这南瓜送我得了，正好我饭店院子里有一处人工景观，放里面正合适！"

"行！"李林爽快地答应了。刘财也不客气，回车上拿了个袋子就要装南瓜，可这南瓜太大，形状又不规则，刘财折腾了半天，也装不进去。

李林见状，就说："刘哥，你别费劲了，下午我蹬三轮车给你送过去！"

"那可太好了，到时候你别走，我请你喝酒！"刘财喜滋滋地走了。可等下午李林把南瓜送到饭店时，店里伙计却说刘财有事出去了。

没几天，镇上传出消息，说刘财饭店里的心形南瓜吸引了许多游客去拍照打卡，一下子变成了网红景点，饭店的客人也排起了长队。有知情人替李林鸣不平，说南瓜是李林白送给刘财的，现在刘财生意这么好，怎么说也该给李林点感谢费。李林听了，只是笑笑不说话。

又过了几天，一大早，李林还在睡梦中，门外就响起了敲门声。李林起来开了门，刘财急吼吼地闯进来，说昨天晚上，店里的伙计把南瓜收进屋时，不小心将南瓜摔在地上，南瓜裂成了几块，心形南瓜变"心碎南瓜"了。

说完，刘财一把抓住李林的手，说："好兄弟，哥现在就指望你了，

你能不能想办法再搞个一模一样的畸形瓜来？"

李林犯了难："这畸形瓜是自然生长出来的，几年长不了一个，我上哪儿给你找去啊？"

刘财急得直跺脚："完了，完了，明天早上镇文旅办的人要来我店里调研，齐镇长也要来，点名要给心形南瓜拍特写，这可怎么办？"

李林沉思片刻，说："刘哥，摔坏的南瓜你扔了没？"刘财说："没扔，我藏起来了！"

李林点点头说："我有个搞雕刻加工的朋友，手艺特别好，摔碎的花瓶他都能拼起来。我去找他问问，看有没有办法把摔坏的南瓜重新拼起来。"刘财一听，眼睛都亮了。李林让刘财先回去等消息，顺便再拍几张南瓜裂开的照片发给他。

傍晚时分，李林打电话给刘财说他朋友看过照片后说南瓜破损不严重，主体保留得比较好，可以恢复原样。刘财高兴坏了，说立马就让人把南瓜包好，给李林送过去。

李林却说："慢着，刘哥，咱可得提前说好，人家虽然跟我是朋友，可也不能白忙活，修复费三千元。"

刘财急了："三千？你这朋友是不是想钱想疯了，三千块钱够买

一车南瓜了！"

李林说："刘哥，三千块钱是够买一车南瓜，可你要的是心形南瓜啊！再说了，你明天一早就要，这得熬通宵才能赶出来！"

刘财不吱声了，虽然很不情愿，但想到明天的接待活动，也只能掏钱了。

第二天天刚亮，李林就把修复好的南瓜送到了刘财的饭店里。刘财绕着"新"南瓜转了一圈，左看看，右看看，忍不住赞叹："你这朋友还真有两下子，简直跟新的一样！"

李林咧嘴一笑："那是当然，我朋友可是专业人士！"说完，他搬起南瓜，小心翼翼地对准石台的底座放了进去。刘财很满意，要拉李林进屋喝茶，李林摆摆手说南瓜刚修复好，还有一些黏胶没干透，他要在外面观察一下，如果有胶渗出来他也好及时清理。刘财觉得有道理，就先去忙了。

很快，齐镇长一行人到了。齐镇长开门见山地提出，想去看看传说中的网红南瓜，刘财赶紧把大伙带到了南瓜前。齐镇长一看乐了，说这南瓜果然长得有个性，像个心形，难怪那么多游客喜欢，其他人也都围着南瓜赞不绝口。可就在摄影师调试好机器准备对着南瓜拍摄

时，突然响起一阵"嗤啦嗤啦"的声音。

众人正纳闷，摄影师缓缓把耳朵贴近南瓜，说："听着像是南瓜发出来的声音……"话音未落，"咔嚓"一声，南瓜竟然裂开了！紧接着，一股股白色的泡沫从裂开的缝隙里喷射出来，幸好摄影师跑得快，否则非溅一身泡沫不可。

齐镇长皱起了眉头："这是怎么回事？"刘财呆若木鸡，愣在原地，一个字也说不出来。

此时，旁边有个年轻的干部走到南瓜旁蹲下，说："这个南瓜看

着不对劲，你们看，里面的瓤被挖空了，裂口处有被切割过的痕迹，像是拼接起来的。还有味道也怪怪的，闻起来像是添加了化学试剂。"

人群中不知道谁嘀咕了一句："原来是个人造南瓜……"气氛一下子冷了下来，齐镇长摇摇头，深深地看了一眼刘财，转头就往外走。刘财瘫倒在地，半天回不过神来。

这时，李林慢悠悠地走了过来。刘财脑子一转，反应过来，他跳起来揪住李林的衣领怒骂："李林，你还有没有良心？都是同一个村的乡邻，我年年照顾你家生意，收你家的南瓜，你为什么设计陷害我？"

李林淡淡一笑，说："没错，刘哥，你是照顾我家生意，是年年收我家的南瓜，可你最近这三年只收瓜不给钱！我爸每次跟你催钱，你不是推就是躲。你说我爸这么大年纪了，年年蹬着三轮车给你送南瓜容易吗？他脸皮薄，觉得大家是乡邻，不好意思跟你翻脸，因为这事儿，他气得南瓜也不种了，人也病了。你还好意思到我家要我送你南瓜，行，我送你！我本想借着送南瓜的机会，跟你好好商量商量钱的事儿，可当我把南瓜送到你店里时，你又找借口躲起来。那几亩南

瓜地是老人家的命根子，你开这么大的饭店、开名车、穿名牌，连这点钱你都拖着不给，你说说，没良心的是谁？"

听了这番话，刘财瞬间气短了，揪着李林衣领的手也松开了，他盯着南瓜，喃喃道："这南瓜……这南瓜到底是怎么回事啊？"

李林笑着说："很简单，我在南瓜肚子里塞了小苏打，刚才你和齐镇长进来前，我用注射器给南瓜灌了半瓶子白醋，白醋和小苏打混在一起有化学反应，气多了就把南瓜胀开了！"

刘财咬牙道："合着我是花了三千块钱被人当猴儿耍，让你朋友把钱还给我！"

李林冷冷地说："忘了告诉你，那个朋友就是我，我在城里雕刻厂打工好几年了！另外，三千块钱是你欠我爸的南瓜钱，咱们的账算是清了，看在乡邻的分上，我就不收你滞纳金了！"

"你……"刘财气得说不出话来。李林步履轻松地向门外走去，临走撂下一句话："刘哥，瓜果长畸形了也许还会招人爱，人心长畸形了只会招人厌！"

（发稿编辑：朱　虹）

（题图、插图：豆　薇）

到底谁超速

□曹景建

某部官兵们平时训练跑步的场地，是进机场的一条主干道。这条路有些年头了，道路也狭窄，所以进场的车辆速度不能过快，可还是有司机不遵守规定，一不小心就超速了。

针对这种情况，科长想出了一个办法，并得到了上级的支持。很快，进场路旁就安了个摄像头，还立起了一个速度即时显示器，若监测到的速度超过规定，会在联网的电脑上报警。这台与摄像头和测速器联网的电脑由楼参谋负责。这招果然管用，好几天都没有出现超速的现象。

可好景不长，这天楼参谋照例在办公室察看电脑监控，竟然跳出来一个超速信息。嘿，顶风作案哪！他赶紧调出监控录像，虽然当时光线昏暗，但那辆车的车牌号还是分辨得出来。楼参谋按图索骥，很快就把开这辆车的小马揪了出来。

小马一听就急了，说肯定是搞错了。楼参谋指着屏幕笑着说："别狡辩了，我还不知道你们的心理？是不是觉得现在天黑得早，如果被拍到，车牌也拍不清是吧？"说完，他突然脸色一变，提高嗓门："休想！这点小伎俩能糊弄过去？"

见屏幕上铁证如山，小马先是挠挠头表示不可思议，最后也只能承认错误，保证以后开车注意降速。

无独有偶，第二天竟又有一个以身犯险的。楼参谋这次驾轻就熟，很快就把这个超速的司机从连队叫到了办公室。可这个司机刚一进门，就把楼参谋吓了一大跳。来的不是别人，正是连续几年获得"红旗车驾驶员"称号的孙班长。

说起这孙班长，全旅没有不认识的，孙班长的技术和素质，在全旅那是蝎子拉屎头一份。去年他获得驾驶员标兵称号时，还是旅长亲自在大礼堂给他披的红、发的证书。他咋会马失前蹄、老虎打盹了呢？

楼参谋半天才试探着开口道："孙班长，你该不会是给你的小兄弟顶包的吧？"

孙班长眉头一皱，掷地有声地说："楼参谋，你还不了解我？那些龌龊的事我咋会去粘、去蹭？是不是代人顶包，麻烦你再看看录像，瞧瞧驾驶室里的人是不是我。我头大，一眼就看出来了。"

楼参谋赶紧凑向电脑屏幕，把那张视频截图放大后，就看见一个硕大的脑袋出现在驾驶位上，不是他孙班长还能是谁！

楼参谋不好意思地说："刚才我开玩笑的。来来，坐下，说说到底是为啥超速了，是不是赶时间？"说到这里，他意味深长地看了一眼孙班长："如果有急事，是可以理解的。肯定是急事吧，比如说马上开飞了，给起飞线送重要文件之类的？"

孙班长对楼参谋好意的暗示没有领会，反而抛出一句话来："就是再紧急，我也不会视规章如儿戏！我觉得你这测速机器有问题。"

楼参谋立刻变了脸："这是新安装的设备，我们亲自试验过的。你、你不要再狡辩了。"

孙班长倒没有针锋相对地回嘴，而是平心静气地说："这样吧，我能看看这段视频吗？"

楼参谋没好气地调出视频来。孙班长看得很仔细，虽然视频拍摄时光线不好，但他似乎发现了什么，嘴里嘟囔了几个数字，然后微笑着说："好，我看了三遍，心里有数了。这视频截的时候没有加快或者放慢吧？"

楼参谋撇了撇嘴，不耐烦地摇了摇头，意思是这还用问吗？

孙班长坐直身子，指着电脑上的那段视频说："那就好办了。俗话说，事不说不清，理不辩不明，这车速嘛，不算不行！看，从第二棵大柳树到测速点用了8秒钟，而这段路程呢，我量过了，不到50米。咱就按50米算，每秒6米多，合着是22公里每小时，没有超过25

公里每小时的限制啊！"

楼参谋转头看着侃侃而谈的孙班长，既佩服又不解地说："看来你是有备而来啊。那你的意思是我这测速器果真出错了？"

在孙班长要求下，楼参谋又把昨天小马的那段视频调了出来，按刚才的测量方法一计算，21公里每小时，同样没超速。

孙班长得意地说："我就说嘛，小马是我带出来的兵，咋会砸我的牌子、毁我的名声？"

楼参谋气鼓鼓地去向科长诉苦了，埋怨说还高科技呢，这测速测得也太离谱了。科长立刻跑到楼参谋的电脑旁，一边看视频一边信誓旦旦地说，这设备是正规招标的大公司来安装的，不可能出错。

但面对算出来的数据，科长也傻了眼。突然，科长大叫一声："瞧，刚才一个黑影从车旁闪过，是、是不是个人啊？"

楼参谋和孙班长赶紧凑上去，看了半天，二人都点头说："科长眼真尖，这么暗的光线，还能分辨出来，厉害！"

科长恍然大悟，惊叹道："我明白了，这测速器是雷达原理，不管是车还是人从它面前过，都能测出速度并显示。这跑步的小伙子速度可以啊，估计是看着测速器好玩，特意跑出28公里每小时的速度来！"

孙班长一拍脑袋说："我也想起来了，今天他确实在我车旁跑步呢，还对我潇洒地行了个举手礼。当时我心里还在想，他跑这么快咋还能给我打招呼哩！"

科长回过头对楼参谋说："我们工作没有做细啊。赶紧联系营房科在测速器旁安装个路灯，把光线搞亮。以后得辨别是人还是车超速。"

孙班长笑着说："像他这样跑得比车还快的，凤毛麟角。我和小马也是赶巧遇到这个'草上飞'，所以才被冤枉了……"

科长马上问道："听你的意思，你认识这个'草上飞'？"

孙班长骄傲地说："认识啊，我的小老乡。警卫连的，今年刚入伍，才从新兵集训队回来，跑步谁也追不上，都说他是连队跑不死的'汗血宝马'。"

科长一拍桌子，大笑道："哈哈，作训科正缺一个去集团军长跑比武的选手，今天就发现了一个。这超速查得好啊！"

（发稿编辑：王 琦）

（题图：陆小弟）

明朝嘉靖皇帝沉迷修道，对道家的事十分痴迷，尤其是算命之术。这一日，嘉靖和大臣们闲聊，得知刚好有两个大臣，家中的夫人都快要生了。嘉靖顿时来了兴趣，非要给这两个大臣算一算，看他们家将要出生的是儿子还是女儿。

这两个大臣一文一武，文臣名叫范文，武将名叫孙武。两人哪敢扫嘉靖的兴致，乖乖地报上自己的生辰八字。嘉靖认真地算了一会儿，最后断言，范文要生儿子，孙武要生女儿，还给大家讲解了一番算命的神妙之处。

散朝后，大臣们各自回家。范文刚一到家，家人就给范文道喜，说生了个女儿。范文大惊失色，当场就瘫坐在地。家人不解，就算老爷一心想要儿子，也不至于如此吧。况且夫人之前已生过儿子，这是第二个孩子啊。夫人不禁伤心地哭了起来。

范文连连顿足："夫人，你有所不知，今天万岁给我算了命，说我这个孩子是儿子。难道我要去和万岁说，他算得不准吗？万岁修道多

年，极其自信，又极好面子，这可如何是好？"

夫人一听也慌了。范文想来想去，只有一个办法，那就是隐瞒消息，把女儿换成儿子！可这事儿说来容易，到哪里去找个刚出生的男孩呢？正发愁呢，忽然有人来报，孙武来访。

范文赶紧让人将女儿藏起来，出门来见孙武。孙武一见范文，就拍着大腿说："坏事了！我的夫人

皇帝算命

□叶凌云

已经生了，偏偏是个男孩，这可如何是好？"

范文眼睛一亮，这可真是要什么来什么！如果是去别人家买个男孩，难保不会走漏风声，可这孙武和自己面临着同样的困境，肯定不会说出去。

范文赶紧说："老兄，万岁极爱面子，此事绝不能说万岁算错了！为今之计，干脆咱两家将孩子交换，这样一来，万岁的面子保住了，咱两家的危险也就解除了。"

孙武撇撇嘴说："你倒是想得好，我这可是儿子啊！你已经有个儿子了，我只有一个女儿啊，我还指望这个儿子继承香火呢。万一后面我没有儿子了怎么办？不行，我还是找万岁说清楚，总不能为了万岁的面子，我家就绝后了吧！"

范文眼珠一转，又想出一个主意："要不这样，咱俩就说万岁算得准，这事儿是我们两家的缘分，托万岁的福，咱两家定个娃娃亲，我愿意让儿子入赘你家，这样你儿子自然也就回你家了，如何？"

孙武想来想去，确实也没有更好的办法，只好同意了。两家人趁着夜色的掩护，抱着孩子大哭一场，将孩子交换到了对方的家里。

第二天上朝，嘉靖兴冲冲地问："听说二位爱卿的夫人昨日都生产了，不知朕算得可准？"范文和孙武异口同声道："准，万岁算得准极了！"范文接着说："这两个孩子都借了万岁的福气，臣等二人商量了一下，想定个娃娃亲！"

嘉靖十分开心："这是好事，等将来孩子长大，朕亲自赐婚！"两人赶紧磕头谢恩。

尽管孩子交换了，但哪有父母不疼自己孩子的呢？两家人都想方设法去对方家里看孩子，也经常邀请对方带着孩子来自己家玩。这样一来，两家的关系就变得十分亲近了。再加上有嘉靖赐婚的约定，两人在朝堂上的地位也扶摇直上，很快就成了嘉靖的左膀右臂。

转眼五年过去了，两家的孩子都长到了五岁，范文在朝堂上的势力越来越大，俨然成了文官的领袖。而嘉靖更加沉迷于修道，对于朝堂之事管得越来越少，范文就成了掌握实权之人，连嘉靖的命令，他有时都会顶回去。

一日，范文的二公子在家中玩耍时，不慎掉进井里淹死了。范文大惊，孙武更是悲痛万分，他来到范文家中，怒骂范文为何如此不上心。范文百般解释，孙武就是不听，毕竟这可是他的儿子啊。

从此之后，范文和孙武两家产生了隔阂，范文的很多命令，都受到了孙武的抵制，朝中大臣们对范文的能力也渐渐产生不满。范文找到孙武，恳请他不要因为私事影响了公事。

孙武破口大骂："你说得倒轻巧，死的那可是老子的儿子！老子绝后了！要不这样，你让你大儿子入赘我家，娶我大女儿，给我当儿子！"

范文大惊："这怎么行？我只有这一个儿子啊，给你当了儿子，我怎么办？"

孙武冷笑道："你看，一到你自己身上，还不是一个德行！既然如此，就别跟我说什么大道理！"

范文想来想去，没有更好的办法，只能咬咬牙，回家跟大儿子商量。

大儿子一听就哭了："父亲啊，您不知道这年头赘婿是什么待遇吗？进屋低一头，出门矮三分，祖宗无香火，族谱难存身。我又不是他亲儿子，谁知道进门了会怎样？"

夫人也连哭带号："你疯了吗？你是要让宗族没了香火，还是你在外面养了小妾，给你又生了儿子了？你要是嫌我们娘俩碍事，我们走，我们回娘家去！"

范文本就不情不愿，被儿子和夫人这么一闹腾，也就打消了这个念头。孙武见范文这边没什么动静，就变本加厉地跟范文作对，同时纳了好几房妾室，努力地想要再生个儿子出来。

范文也火了，反正自己大权在握，干脆找个机会，给孙武扣了个骄纵士兵、荼毒百姓的罪名，把他关进了大牢，想一不做二不休地把他干掉。

不料，嘉靖听说此事后，让锦衣卫将孙武从大牢里提出来，亲自审问。孙武一把鼻涕一把泪地说了自己被冤枉的事，还把自己当年和范文交换孩子的事也说了。

嘉靖大怒，立刻将范文叫过来问话。铁证如山，范文只好承认了，他辩解说："万岁，臣当时确实是为了万岁考虑……"

嘉靖冷冷地打断道："你的意思是，朕是喜欢谄媚的君主，为了自己一句戏言，不惜害得大臣们骨肉分离？你自己揣摩圣心，溜须拍马，为了荣华富贵，连骨肉亲情都不顾，却将罪名扣在朕的身上，可耻至极！"

范文吓得面如土色，再也说不

话来。嘉靖盛怒之下，直接将范文下了大牢，不久就以欺君之罪斩首了。

而对于孙武，嘉靖一方面怜惜其失去了儿子，另一方面考虑到这主意是范文出的，孙武只是无奈胁从，后面又主动自首，因此免其欺君之罪，并继续重用。不久之后，孙武双喜临门，小妾又给他生了个儿子，嘉靖亲自赐名，孙武从此更加忠诚。

多年后，嘉靖驾崩，孙武也已白发苍苍，卧病在床，他把儿子叫到床前，对他说："前几年，有一个亲兵随我征战沙场，我对他颇为照顾。后来他战死沙场，临死前告诉我一个秘密：他父亲曾是个锦衣卫，对他说过，其实当年万岁给我和范文二人算命时，我俩的夫人都已生产，而且锦衣卫已将消息传给了万岁，万岁是故意反着说的。"

儿子大吃一惊："万岁为何要这样做？"

孙武继续说："万岁当时登基不久，先皇留下的老臣很多，他在朝堂上的地位并不稳固。我二人当时年轻有为，万岁想要重用我们，但大明朝文武历来不合，他需要我二人团结一致，才能帮他对抗那些老臣。

"我二人若是互换孩子来养，说明我们怕他，那他就可以重用我们，而且换孩子也会让我俩变得亲近而团结；若是我两家宁可让他丢脸，也不肯换孩子，那他就会去培养其他人了。

"后来，我二人也变成老臣了，权力大了，尤其是范文，他触动了万岁的逆鳞啊，万岁就容不得他了。可他当时势力太大，万岁要除掉他，不但要有个敢跟他作对的人，还要有个极大的罪名才行。"

儿子吓得一哆嗦："父亲的意思是，我那个养在范文府中的哥哥……"

孙武点点头，苦笑道："你哥哥就是那个锦衣卫杀的。万岁埋下的伏笔，就是要在关键时刻用的。此事我当时不知，前几年知道了，也只能装不知道。孩子你记住，这件事，你也要永远当作不知道。"

儿子垂首道："那父亲为何要告诉我？"

孙武叹气道："新皇登基，一切都是未知数。我想让你知道，当皇帝的，从来不会把别人的性命当回事。你若是不明白这个道理，早晚会吃大亏的。"

（发稿编辑：朱　虹）

（题图：陆小弟）

康奈尔·伍里奇（1903—1968），美国著名作家，西方黑色悬疑小说鼻祖。本篇改编自他的同名代表作。

后窗

杰弗是个摄影记者，最近，他的腿受了伤，不得不在家休养。护工山姆每天定时过来照料他。

闷在家里太无聊，杰弗便在家里的后窗边观察邻居。时值盛夏，邻居们都拉开了窗帘，观察起来倒是挺方便。

不久，杰弗便对对面的一栋楼产生了浓厚的兴趣。那是一栋六层的老式出租公寓楼，正在进行现代化改造。他们每次只改造一套公寓，最顶层的六楼已经完工，还没有租出去，现在正在改造五层的公寓，又锤又锯，把楼下的一对穷夫妻吵得不得安宁。

那对夫妻住在四楼，丈夫似乎失业了，妻子身体不太好，每天待在家里。眼看着那妻子的精神一天不如一天，杰弗都不由得为他们着急。

这天晚上，杰弗睡不着，忽然发现那对夫妻卧室的灯一直亮着。起初，他还能看到丈夫在床边照顾妻子，但后来窗帘被拉上了。直到清晨，卧室的灯灭后，丈夫才来到客厅拉开窗帘，点燃了一根香烟。

抽完烟，那男人忽然微微探出

窗户，仔细地扫视着对面的房子。那专注的样子让杰弗有些发毛，所以当他的视线快扫到杰弗家时，杰弗赶紧将轮椅往后挪了挪。

接下来的几天，杰弗都没有见到那妻子，卧室的窗帘依旧拉着，丈夫除了偶尔进卧室拿东西，一直在客厅活动，晚上也在客厅睡觉。这天晚上，丈夫将一些女士衣服收合进行李箱，把箱子装得鼓鼓的。收拾完后，他一边喝酒一边休息，再次将目光扫向对面的房子。杰弗不由皱眉，这人怎么突然对别人的窗户这么感兴趣了？

天亮后，有两个搬运工人来搬行李箱。杰弗本以为男人是要送妻子去看病，可直到最后，妻子都没有露面，再联想到那丈夫这两天诡异的行为……杰弗心头一震：难道这男人杀了妻子，把尸体装进了箱子里？

强烈的好奇心驱使杰弗下定决心，要将这事查个水落石出。

他给当警察的朋友伊恩打电话，请他去调查那个男人。第二天，伊恩打来电话说派人去查了那个叫沃尔德的男人，没有什么异常。邻居们都说，沃尔德一大早就送妻子去火车站了，让她去乡下休养。警察们趁沃尔德出门的时候，偷偷潜入他家，结果在沃尔德的邮箱里发现了一张明信片，是他妻子昨天下午从乡下寄来报平安的。他们还设法找到了他寄出去的行李箱，收件人正是位于乡下的妻子。那女人当着警察的面打开箱子，里面只有一堆衣服。

杰弗追问道："邻居们亲眼见到他妻子去乡下的吗？明信片真是昨天下午寄的？开箱的女人有没有可能是别人假扮的？"

伊恩同情地对他说："我知道闷在家里不好受，别胡思乱想了。"

难道自己真的错了？杰弗挂了电话后，思考半晌，在一张便条上写下"你的妻子现在在哪里"，然后装进信封，让山姆从沃尔德家的门缝下面悄悄塞进去。

不久，杰弗就从后窗看到，沃尔德发现了那张便条，一脸惊慌，差点倒在地上。冷静下来后，他开始在房间里来回踱步，似乎在思考该怎么办。

杰弗肯定自己没猜错，但是沃尔德究竟把尸体藏到哪里去了？正在他苦思冥想的时候，对面楼的房东带着一对夫妻来六楼看房。巧合的是，六楼的三个人和四楼的沃尔德同时从客厅走进了厨房。杰弗目睹了这一幕，总觉得有点不对劲，但又说不上来哪里不对。

等天完全黑下来后，杰弗没有开灯，而是摸黑拨通了沃尔德家的号码，这是他从伊恩那儿要来的。电话通了，杰弗神秘兮兮地说，自己某天晚上无意间发现了沃尔德的秘密，想要点钱。沃尔德沉默良久，同意了。谈妥价钱和见面的时间地点后，杰弗又观察起来，只见沃尔德走进卧室，从衣橱里翻出个东西放在衣兜里，看样子是一把手枪。

见沃尔德出门了，杰弗拜托山姆去沃尔德家，把房间翻个底朝天。他想，沃尔德见无人赴约，赶回家时又发现房间被翻，一定会先去察看藏尸体的位置。

很快，山姆便完成了任务，回到杰弗家。没过一会儿，沃尔德也回到了自己家，在他推开门的一瞬间，杰弗又给他打了个电话，沃尔德来不及察看家里的情况，便打开灯接起了电话。

杰弗骗他说："我到了约定的地方，看见你带枪了，是想要灭我的口吗？既然你不守信用，我就去你家转了转。我知道你把她藏在哪里了。"

听了这话，沃尔德却毫不慌张，只是随意瞥了一眼屋里，甚至没有

进房间察看，他慢悠悠地说："你撒谎。"说完，他挂断了电话。

杰弗明白了，尸体肯定不在房间里，所以沃尔德才如此不在意……

过了一会儿，电话响起，杰弗拿起话筒后，却发现另一端没有任何声响。杰弗疑惑地挂断了电话。

这时山姆走过来向他告辞，两人道别后，杰弗又继续思考起下午见到的那一幕。终于，他想通了：六楼的房东三人和沃尔德一起从客厅走到厨房之后，六楼的三个人看起来变高了！

杰弗马上将轮椅转到电话旁边，他要给伊恩打电话，他知道尸体在哪了！但电话一直没有接通，连占线的"嘟嘟"声都没有。杰弗正疑惑，就听楼梯上传来了脚步声。难道是山姆忘拿东西了？正好让他去找伊恩，就不用等到明天早上了。

于是杰弗急切地打开门说："山姆，还有件事需要你帮忙……"他还没说完，就意识到那不是山姆，而是沃尔德，刚才那个没有声响的电话是他打的！杰弗立马话锋一转，威胁沃尔德："我刚给警察打了电话，他们马上就来。"

沃尔德轻蔑地笑了："我上来之前，已经把电话线割断了。"

杰弗正不知所措，就听到一声枪响，他绝望地闭上了眼睛，却不觉得疼。杰弗睁开眼一看，才知道枪声是从楼道里传来的，警察来了！

沃尔德顾不上杀杰弗了，他一把推开杰弗，想要跳窗逃跑，杰弗扶着轮椅站起来，却没来得及抓住他。沃尔德落到花园的草坪上，很快就穿过花园，顺着逃生楼梯翻进了自家窗户，不料早有警察埋伏在那里。沃尔德无路可逃，在绝望中饮弹自尽。

杰弗松了一口气，这才发现伊恩不知什么时候进来了。原来，伊恩挂断了杰弗的电话后，又给去乡下检查行李箱的警察打了个电话，问那开箱的女人长啥样，比对后才知道那女人根本不是沃尔德的妻子。伊恩赶紧继续调查，得知沃尔德的妻子生病十几年了，家里的收入全靠沃尔德一个人。最近他失业了，靠卖低档珠宝维持生计，由此认识了一个情妇，于是动了杀机，给妻子买了保险，还买了慢性毒药。

"沃尔德本想慢慢毒死妻子，却被她发现了，应该就是没关灯的那个晚上……"杰弗摸着下巴推测道，"争吵中，他杀了妻子，然后想到五楼的水泥地面刚铺好，于是上楼，在还没晾干的水泥地面里挖了个坑，把妻子埋进去，再用剩下的水泥照原样封好。接着，只要把情妇送到乡下去，让她假扮妻子就行了。"

伊恩点点头，顺着他的话说下去："过段时间再说妻子病逝了就行。不过，你怎么知道他把尸体藏在五楼的水泥地里？"

杰弗解释道："下午房东带人去六楼看房，正巧他们和楼下的沃尔德同时从客厅走进厨房。有趣的是，来到厨房之后，房东看起来变高了。还记得最新的消防法规吗？厨房的地面一定要比客厅的地面高一截，我想他们这次装修的时候一定遵守了这个法规，用水泥把厨房垫高了。所以我一下子想到，沃尔德一定是把尸体藏进了五楼的地面里，因为五楼的厨房这两天正在铺水泥地面，还没干呢。等工人们第二天在干了的水泥地面上铺一层软木，沃尔德的完美犯罪就完成了。"

伊恩倒吸一口气，冲杰弗竖起了大拇指："幸好你观察得仔细！"

杰弗摸了摸腿，笑了："幸好我的腿受伤了，让我这么无聊。"

（改编者：一味凉）

（发稿编辑：赵嫒佳）

（题图：佐　夫）

瘪瓜子

□ 魏 炜

城里有两家炒货行，一家名为宋记，另一家名为程记。宋记的生意很兴隆，程记则冷清得多，程老板为人心胸狭窄，锱铢必较，为此十分嫉恨宋记。

这天一大早，程老板就躲在暗处，悄悄观察着宋记的动静。不一会儿，只见宋老板开了门，指挥伙计们抬了几麻袋瓜子出来，开始簸。这一簸，瘪瓜子就被簸出来了，留下的饱实瓜子才被抬回后院炒。簸完后，伙计们把瘪瓜子装进布袋，也抬进了后院。

程老板心中一动：宋老板当街簸瓜子，那么多乡亲看到了，知道他家的炒瓜子都是饱满的，难怪都抢着来买。回到店里，程老板也有样学样，当街簸瓜子，可伙计们簸了半天，也没簸出几个瘪瓜子。他蹙着眉说："咋才这么点？"

伙计大能笑着说："东家，咱收瓜子时，都是精挑细选的，有瘪瓜子的一律不收，人家早就簸过一遍了。"

程老板眼珠一转，说："宋记每天早上都当街簸瓜子，你去把瘪瓜子收回来！"

不料，第二天一早，大能就气呼呼地跑回来说，宋记的伙计不让他收瘪瓜子。程老板当即带着两个伙计，气势汹汹地来到宋记门外，却见宋记的伙计已经把瘪瓜子都扫成了堆，正往布袋里装呢。

程老板冲过去，质问道："街上的东西，凭啥你们能收，我们不能收？"宋老板闻讯走出来，笑呵呵地说："兄弟，我家借了街上一块地方，簸了瓜子，赶紧收走，省得污了街道，可有啥不对吗？"

程老板强词夺理："我也是怕污了街道，帮你收起来，有啥不对吗？"宋老板说："你愿收就收吧，我多谢你了。不过，得称个斤两。"程老板说："称就称！"他扫了半布袋瘪瓜子，上秤一称，六斤四两，背回去撒在自家铺子门前。

到了傍晚，他再让伙计把瘪瓜子收起来，掺到生瓜子里，等到转天早上，众目睽睽之下，站在铺子门口簸。学了这招儿，程记的生意略有起色。

可没过几天，那几斤瘪瓜子都被踩烂了，不能再用了，程老板带着大能又到宋记门口去抢瘪瓜子。宋老板闻讯来到门前，惊诧地问："兄弟，你又要瘪瓜子作甚？"程老板说："明人面前别说暗话。你收这么多瘪瓜子，不就为了打活告示吗？"

宋老板摆了摆手说："兄弟，这你可想岔了。"原来，去年多雨，瓜子没结好，有大半是瘪的。他若不收，那些人家就要挨饿了，他就低价收来了。可不簸干净，卖不出去啊。今年天气又潮又闷，那些瓜子也返了潮，他都放后院晾着呢。实在没地方簸，他这才到铺子门口去簸的。

程老板不信："簸出来了，你为啥还要收回去？"宋老板说："咱做生意的，总要做个账，对个斤两。"程老板说："既然这样，我跟你讨几斤，行不？"宋老板点点头，让伙计搬了一布袋瘪瓜子给他。

程老板刚出铺子，却见几辆马车来到门前，车夫喊道："宋掌柜，我们来了，快些装货吧。到京城，道儿可不近呢！"程老板一惊。往京城送几车炒货，这是多大的买卖呀。他再一打听，差点儿把鼻子气歪了。原来前几天，宫里派了宿公公来这里采买，商家们都忙着拉拢这个财神爷，这么大的生意，竟让宋记抢了先。程老板咬了咬牙，暗道："宋老板，别怪我不客气了！"

程老板当即带着银票，去求见宿公公。宿公公一见到银票，乐得眉开眼笑，可当他听说程老板也是做炒货的，那脑袋就摇得像拨浪鼓了："咱家已定下宋记的了，怎好再收你家的？咱家也要言而有信啊。"程老板早有准备，又掏出一张银票塞到宿公公手里，说："请公公成全。"宿公公再看到这张银票，脸上都笑出花儿来了，说道："此事就交给咱家来办吧。"程老板高高兴兴地告辞出来。

三天后，宿公公派人传话，定下程记的炒瓜子，半个月送一次，每次三千斤，价钱随行就市。而宋记那边，已经被他推掉了。程老板不禁乐开了花，他立刻做了一块金字牌匾，上面写着几个大字：程记贡品。他还买了一堆鞭炮，在铺子前放起来，引得很多人来看热闹。他见宋老板也来了，特意走到他面前，暗含讥讽地笑道："多谢宋老板来捧场！"

宋老板淡然一笑，说："程老板这生意是做大了！"程老板得意扬扬地说："这才刚开始。程记打出了名号，生意定会越做越大！"他心里想，宋老板肯定恨死他了，指不定会想出什么馊主意来害他，可得防着点。他特意派大能去盯着宋记，但十几天过去了，宋记一点动静也没有。

一个月后，宿公公忽然派了个小太监来找程老板，让他过去一趟。程老板赶紧跟着小太监来到馆驿。

宿公公一见他，就沉下了脸，生气地说："程老板，你可害苦咱家了呀！"程老板一愣，问道："公公，此话从何说起？"

宿公公从袋中抓出一把瓜子，递给程老板："你来闻闻！"程老板接过来一闻，有股难闻的油腻味儿。宿公公接着说："就因为你这瓜子，我挨了大总管好一通训斥！你赶紧想辙！"

程老板想了想，最近一批送往宫里的炒瓜子，距今才十来天，怎么会变味儿了呢？他问道："我送进宫里的炒瓜子，不是当时就吃的吗？"

宿公公说："有一部分是即刻发给各宫的，还有一部分是送到颐和园里，供老佛爷闻味儿的。这出岔子的，就是老佛爷闻味儿的这些，这一变味儿，老佛爷立刻就耷拉下脸了。若是再有这么一回，咱家只怕脑袋不保啊！"

程老板这才明白过来，这炒瓜子送进宫去，不光要吃，还要闻味儿啊。这大夏天的，瓜子放上十多天，可不就变质了吗？要不让瓜子变质，那就一个法子：常换。可宿公公只按市场价给了瓜子钱，真要常换，他还不得赔到姥姥家去？他一时欲哭无泪，宿公公冷冷地说：

程掌柜，咱俩可是一条绳上的蚂蚱，真惹老佛爷生气了，咱俩就都孽着吧！"

程老板从宿公公那里出来，抬手就给了自己一个大嘴巴。本来没他啥事，非要跟宋老板抢这单生意，谁知却抢来了大祸事。不对，这宋老板之前往宫里送瓜子，明明没事啊，怎么到他这儿就出事了？难道说宋老板有啥诀窍？走投无路之下，程老板只得备下一桌酒席，去请宋老板。宋老板倒是爽快地答应了。

酒过三巡，菜过五味，程老板忽然离席，跪倒在地，连磕三个响头，颤声说道："哥哥救我呀！"宋老板忙把他扶起来，问他出什么事了。程老板讲了来龙去脉。宋老板一听，淡淡地笑笑说："要救你，也不难。"程老板赶忙说道："哥哥快讲！哥哥的大恩，我必当重报。"宋老板笑道："你只需买下我那些瘪瓜子就是了。"

程老板惊愕得瞪大了眼睛，说不出话来。

宋老板接着解释说，之前他跟宿公公谈买卖时，曾跟宿公公详细打听过这些瓜子是给什么人吃的，这些人有什么嗜好。宿公公悄悄透露，有一部分瓜子是用来给老佛爷闻味儿的。因为老佛爷住在颐和园的昆明湖畔，那里水气重，再加上今年异常潮湿，屋里霉味很重，闻着很难受，老佛爷就想到用炒货味来压霉味。炒瓜子的香味确实够重，但在那样的环境下，不出十来天，也会变质发霉。炒瓜子变质发霉后的油腻味儿，闻着更难受。怎样才能让炒瓜子不变质发霉呢？

宋老板忽然灵机一动，想到了那些瘪瓜子。瓜子仁变质发霉才让炒瓜子有了油腻味儿，而瘪瓜子没有瓜子仁，正好克服了这个毛病。因此，他每次送炒瓜子时，都送几袋瘪瓜子，并特别关照宿公公，这些是专门用来给老佛爷闻味儿用的。

程老板听到这里，忍不住拍手叫道："妙！"他当下就说，宋记的瘪瓜子，他全包了，价钱嘛，由宋老板定。宋老板一摆手，真诚地说："我咋买的，就咋卖给你吧！"

第二天，程老板就带着伙计，赶着马车，来宋记买瘪瓜子。人们看了，无不啧啧称奇，都夸宋记老板宅心仁厚，不计前嫌。宋记的生意也越发兴隆起来。

（发稿编辑：朱 虹）

（题图：谢 颖）

心服口服

□ 汪培君

从前有个县令，断案一向慎重，没想到这回有些草率了。

案犯叫卞九，是个孤儿，年方十六，住在卞家胡同，因无人管教，好吃懒做，平时东家蹭一顿，西家讨几口，馋了就偷只鸡偷只鸭。街坊们可怜他，气头上骂几句打两巴掌，过后还是管吃管喝。

那天，卞九提着只死鸡往家走，不料半路上被人夺去。卞九一口气追到县城外的芦苇荡，发现死鸡被扔在了水边，过去刚想捡，就看到水面上漂着个死人，吓得他大叫一声往回跑，却被迎面过来的两个衙役抓住，押进了县衙。

县令升堂问案，衙役禀报，他俩看到卞九追着死者来到芦苇荡，在水边争夺一只死鸡，拉扯中死者脚下一滑栽进水里，等被拉上岸已经断了气。卞九大喊冤枉，并实话实说，可县令不听，一拍惊堂木喝道："卞九因争死鸡误伤死者性命，虽不该抵命，但必须收监四年！"卞九委屈地大叫："你冤枉好人，我不服！"县令轻轻一笑说："我早晚让你服，押下去！"

第二天，卞九就被押到城南的采石场搬石头装车，天不亮就开始干，一直干到天黑。负责监管的狱卒特别凶狠，只要看到卞九像是在偷懒，不是呵斥谩骂，就是拳打脚踢。卞九哪里受过这样的苦，气得他天天暗地里咒骂县令。

这天，狱卒告诉大家，城里铺路急需石头，县令会亲自来催促，所以让犯人们都要玩命地干。卞九一听，便寻思着趁机报复一下县令，好出出自己这口恶气。

临近中午，县令真的来了，走走停停，指指点点。眼看着县令离自己越来越近，卞九搬起一块石头，装模作样往车跟前走，正走着他突然一个趔趄，身不由己地往前跑了两步，趴在了地上。

与此同时，一块核桃大的小石头从他的脚下飞起，直奔县令的鼻子。幸亏县令反应快，马上低下头，那石头才击在了乌纱帽上。

还没等县令发作，卞九已经爬起身来，装模作样地抢先说自己不是故意的。

可县令早听人说过，卞九平时不正经走路，而是踢着块石头走，天长日久，竟然练出了准头，他偷鸡偷鸭，就是先用石头踢死猎物的。因此，县令知道卞九是故意暗算自己，不由得气急败坏地吼道："目无尊长，跟本官耍小心眼，简直是狗胆包天，给我打！"

卞九气没出成反挨了顿揍，心里正懊恼，这时，县令问他："你可服气？"卞九忍着疼回答不服。县令一甩手，生气地走了。

转眼间过了一个月，打石头的那边缺人，狱卒就安排卞九去打石头。打石头就会使用大锤、手锤、錾子等工具，卞九不会，狱卒让一个姓王的石匠教他。王石匠不是犯人，是县衙请来专门教人干活的。卞九一看到王石匠，不由得松了口气，因为王石匠就住在卞家胡同，以前卞九没少去他家蹭饭。

跟着曾对自己疼爱有加的人学活，卞九本以为会轻松不少，没想到王石匠比狱卒还严厉，从拿锤持錾的姿势，到用力的轻重，卞九稍有差错就被训斥殴打。以前只有狱卒，现在又添了个王石匠，卞九实在忍受不下去了，就趁一个月黑风高的夜晚，偷偷逃出去了。

逃回家，卞九就在破草屋里睡下了，醒来天已大明，他也饿得肚子直叫，心里盘算到邻居家找点吃的，这家躲几天那家躲几天。没想到谁家的门也敲不开，最后有人隔着门板告诉卞九，昨天夜里有衙役来交代，左邻右舍谁敢接济逃犯卞九或者窝藏卞九，就抓谁全家。

卞九没法了，只好走出卞家胡同来到大街上，远远看见以前常去吃的烧饼铺，急忙往那儿走。不料人家一看见他，就立刻把烧饼搬进屋里，"哐当"关上了门。

卞九知道，自己现在是逃犯，街坊们不会再像以前那样对自己了，他肯定是讨不到饭的。想来想去，只有投案自首才能吃上东西，虽然他心中是万般不情愿，但扛不住肚子饿得难受，只好走向县衙。

刚到县衙门口，衙役就认出了卞九，上前抓住他押往大堂。卞九

有气无力地跪在朝堂之上，听到县令问："堂下所跪何人？"卞九报上姓名。县令问："你不是逃出去了吗？为何又自投罗网了？"卞九回答："老爷，小人饿极了，愿意回到采石场。"县令冷笑一声，一拍惊堂木："把他押回采石场！若再发现越狱，必罪加一等。"

王石匠看到卞九被押回来，就悄悄地告诉他："犯人跑出去不是饿死就是被打死，你年纪轻轻，倒不如在这里熬过四年再说。"卞九想了想，权衡再三，决定好汉不吃眼前亏。

从此，王石匠不仅教卞九石活，还教他吃苦耐劳，遇事不能只想着自己，还要想着别人。在王石匠的管教下，卞九渐渐不胡思乱想了，人变勤快了，技艺也突飞猛进。很快三年过去了，王石匠在离开采石场时交代卞九好好干，一年后出去跟着自己谋生。

很快又过了一年，二十岁的卞九长成了魁梧汉子，还练就了一手好石活。被放出来的那天下起了雨，卞九心想自家的破草房估计烂得不成样子了，卞家胡同也一定是水一半泥一半，让人不知道怎么下

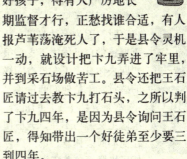

脚。他一边往家赶，一边暗暗地下定决心，等跟着王石匠干活挣到钱，先翻盖屋子，再把卞家胡同铺成石板路……

可等走进卞家胡同的时候，他惊呆了。因为胡同里既没有水也没有泥，而是清一色的石板路。他走到自己家时更加惊讶，石头门楼两边刻着对联，上联是：富自勤中来；下联是：福在善里存，竟然全是自己雕刻的！走进大门，三间青石墙、灰瓦顶，高大亮堂的房子矗立面前，他目瞪口呆，忘了迈步。

这时，从屋里走出来一个人，拍了卞九一下，卞九才醒过神来，这人正是王石匠。王石匠说："县令让我在此等你，我可等你多时了！"卞九早在心里把王石匠当作了亲人，他下跪道："师父，请告诉我这房子是怎么回事？"王石匠笑着说："这你得好好谢谢县令大人。"

原来，县令为人宽厚，百姓无不交口称赞，心悦诚服，只有卞九不以为然放出话来："要是县令能把卞家胡同铺成石板路，给我盖上三间新房，我才佩服。"

这话传到了县令的耳朵里，县令并没有生气，因为他早就关注卞九了，正想办法让卞九走上正路。

他知道想把卞九调教成好孩子，得有人严厉地长期监督才行，正愁找谁合适，有人报芦苇荡淹死人了，于是县令灵机一动，就设计把卞九弄进了牢里，并到采石场做苦工。县令还把王石匠请过去教卞九打石头，之所以判了卞九四年，是因为县令询问王石匠，得知带出一个好徒弟至少要三到四年。

当得知大门上的对联是县令亲笔写的时候，卞九更明白了县令的一片苦心，他直奔县衙，叩谢县令。

县令笑眯眯地看着卞九，告诉他："这几年你打的石头，除了自己的院墙房屋用掉的以外，其余的全部由县衙收购，铺在了县城的大街小巷。你家的石头房子和石头院墙，都是王石匠领着卞家胡同的人帮你弄的——剩下的银钱在这里，你拿走吧。"

卞九五体投地行了大礼，真心实意地说："老爷，卞九懂事了，也明白了您的良苦用心，我对您心服口服！您写的对联，我也会刻在心里！"县令满意地捋着胡须，不住地笑着点头……

（发稿编辑：田 芳）

（题图、插图：谢 颖）

谁是坏人

英国作家狄更斯少年时生活贫困，很早就被迫到工厂当了童工。一次上夜班时，因为太过劳累，狄更斯感觉自己体力不支，很想回去休息。工友也有同样的感觉，于是他们商量了一下，故意弄坏了工厂的机器。维修工又偏巧不在，老板便让他们回去休息，第二天修好了机器再接着干活。

回去后，狄更斯惴惴不安，心里颇为愧疚，毕竟老板平时对他们挺不错的。工友却刚好相反，他不仅没有不安，反而对自己的恶作剧感到兴奋，甚至已经开始谋划起下一次的"意外"。不过没过多久，他们做的事情就暴露了。老板很生气，将狄更斯和工友骂了一顿，最后将工友解雇，却把狄更斯留了下来。

狄更斯很不解，为什么他和工友同样做了坏事，他受到的惩罚却轻一些？老板对他说："不，你们不一样。你知道自己做了坏事，而且有悔改之意；而工友非但不觉得自己做了坏事，反而以此为乐。这是最严重的事情。"

坏人不一定是做了坏事的人，而是做了坏事会觉得开心的人。这样的人比做坏事本身更让人害怕。

（**作者**：张君燕；**推荐者**：刘山木）

少则无味，过则无意

苏麟是北宋时期的读书人，同时在杭州当一个小小的巡检，整日在偏远地方上班，一年也回不来几次，领导们都不认识他，因此一直没有机会升迁。前任领导任期一到走了，来了著名诗人范仲淹接任。

范仲淹很喜欢举荐人才，很多有识之士都被范仲淹举荐去了朝廷。苏麟因为官职太小，一直没有机会见到范仲淹，为此苏麟加倍努力，终于做出成绩，被邀请参加年会。

那时候的年会，就是范仲淹坐在主位，近人坐在旁边，本年度工作业绩出色的人，被邀请坐在下边，大家吃一顿饭，其间还让大家作诗助兴。

轮到苏麟,他起来立刻说了两句,也是他平生唯一的两句:"近水楼台先得月,向阳花木易为春。"

苏麟看似咏楼台亭榭、花草树木,实则暗示范仲淹,那些人因为离得近,得到您的照顾,而我离得远,得不到您的恩泽。

范仲淹是何等的聪明,面对苏麟给自己提的意见,感觉很有意思,一点都不显得尴尬和唐突,转而哈哈大笑,立刻记住了这个很有度的青年苏麟。经过调查,他发现苏麟确实能力出众,这几年因为在远离自己的地方工作,自己疏忽了,他立刻向朝廷写了封推荐信,使苏麟得到升迁。

有些时候,我们要想得到我们应有的利益,就需要一个进行表达的度,少则无味,过则无意。

(作者:任万杰;推荐者:晓晓竹)

翁同龢是大学士翁心存第三子,有一年,翁心存不在家,有一伙贼人来抢劫,原本家里的庄丁很多,对付贼人没有什么问题,可是负责护院的李教头认为最近没有什么大事,就让一些庄丁请假回家了。

谁知遇到了这么大的事。翁同龢得知李教头让庄丁回家,就让人把李教头喊来,李教头吓坏了,认为翁同龢一定会臭骂自己一顿,弄不好诬陷自己私通贼人,还会送到官府判刑。

可是让李教头意外的是,翁同龢

没有发火,而是平静地和自己研究如何守住庄子,等着援兵到来。最终想出办法:全力守到晚上,派人出庄子在后面虚张声势,让贼人误以为官兵到了,不战而走。

就这样集中兵力守了一个下午。晚上,李教头带着几个人偷偷爬下了庄墙,趁着夜色在后面一边放火,一边高喊"官兵到了,反抗者格杀勿论",贼人心虚一哄而散,庄子保住了。

翁心存回来后问翁同龢,李教头出了这么大的纰漏,他为什么没有发火。翁同龢说:"发火也解决不了当前的局面,此时更要沉住气,同心同德共渡难关。"

咸丰六年,翁同龢高中状元,先后担任清同治、光绪两代帝师。翁同龢曾写过这样一副对联,"每临大事有静气,不信今时无古贤",贴在自家的正堂上。遇事把脾气发出来,叫本能;把脾气压回去,那才叫本事!

(作者:任万杰;推荐者:王雪蔡)

(本栏插图:陆小弟)

把脾气压回去才叫本事

学写作文,从读故事开始

庄周送礼

□ 刘龙飞

战国年间，宋国人庄周提倡清廉自守，厌恶官场黑暗，不愿出仕。后来他因为有了儿子要养，无奈到漆园当了漆园吏，但对漆工们很是宽厚，对漆园生产的、只有富贵人家才用得起的生漆更是一滴不沾。

庄周有一位同窗叫曹商，在宋国朝堂当官，听说庄周当上漆园吏，忙来拜访，见到庄周就低声下气地央求道："我家里准备打一堂家具，要刷生漆，可生漆太贵了。看在你我同窗一场，偷偷送我一点吧？"

庄周摇头道："曹兄，漆园是国家的，漆工们都盯着，谁敢造次？想用生漆，原价来买。"

曹商气得大骂："我不信你真清廉，我一定要找出证据，让你名声扫地！"

庄周笑道："我诸事看轻，唯重视品行，自家所有家具都是白茬，连为自己早早预备下的棺材都是白茬的。何惧你查？"

庄周拂袖而出，庄公子忙进来向曹商赔礼，曹商嘴上说不怪，心里哪肯罢休，拼命寻找庄周贪污的证据，却始终未能如愿。

一年后，突然有消息传进国都，说庄周因为操劳过度，久病不愈。宋王听说后很着急，想起曹商是庄周同窗，就派他陪御医去给庄周治病。

一行人到了庄家，只见庄周躺在床上，面如死灰，气息微弱，但看到曹商就拼力说起一年前之事，劝诫曹商要清廉为官，曹商赶紧让御医诊断。御医诊断后把曹商请到屋外无人处，小声说道："庄周被血痰堵了气管，需震怒之下才能咳出。至于如何让他如此，我就不敢多嘴了。"

曹商想起庄周说过的白茬棺材就灵机一动，觉得借它定能把庄周狠狠折腾一顿，再凭借救命之恩，协迫庄周与他同流合污，这样既能解气又得到了实惠，可谓一举两得。想到此，他对御医耳语一番，御医连连点头。

两人又把庄家人叫出屋。走到远处，曹商才面现悲伤神色，说道："各位，御医诊出庄周病入膏肓，你们替他准备后事吧。"

御医也是连连点头，唉声叹气。庄家人顿时乱作一团，曹商示意他们安静，然后送走御医，回来对庄公子说："听说庄周早已为自己备下棺材，我想去看看是否符合礼数。"

庄公子照办，把曹商引到屋后，只见一口白茬棺材摆在那里，曹商马上摇头道："庄周名扬天下，又是官员，棺材怎能如此朴素？要刷上生漆才符合礼数！"

庄公子叹道："曹伯父，父亲的为人您是知道的，家里哪有钱去买昂贵的生漆啊？"

曹商笑道："庄周当漆园吏，一直清廉自守，这都要死了，弄点生漆刷刷棺材还不行吗？此事交我去办，但不要告诉庄周，以免他假惺惺地反对。"

庄公子犹豫许久后，还是同意了。

曹商立即去了漆园，召集漆工们说道："庄周一直对你们很关照，如今他病入膏肓，备下的棺材却是白茬，你们是不是拿出生漆帮他把棺材刷一刷？你们放心，此事一定保密。"

漆工们纷纷点头，从库房里取出最好的黑、红两色生漆，可保棺材千年不腐。曹商心中窃喜，暗道："庄周啊，被我冒你名义贪来的生漆抹黑，就算不死也撇不干净，看你还装不装清高？"

漆工们背起漆桶，跟着曹商去了庄家。等到了院门口，曹商让漆工们停步，嘱咐道："进门后要轻手轻脚，不可惊动庄周，否则又要遭斥责了。"

漆工们连连点头，随曹商小心翼翼地进了院子。庄公子一见，就引着众人到了屋后，漆工们开始给白茬棺材刷生漆，外面刷黑色，里面刷红色。虽然他们很是小心，但庄周还是听到了动静，强撑起身子出屋观看，把所有人堵到了屋后。

庄周扶着墙壁，指着已刷完生漆的棺材，咳嗽着质问漆工们道："说，谁让你们干的？"

漆工们都望向曹商，曹商见隐瞒不住，就走出来笑道："庄周，是我啊。你之前总是鼓吹清廉自守，如今你的棺材内外刷了漆园最好的生漆，这算不算贪污呢？"

庄周指着曹商，大骂："厚颜无耻！"

曹商理直气壮地回道："总比你沽名钓誉、自欺欺人好！"

庄周急火攻心，"哇"的一声，吐出一大口血痰后瘫倒在地，仍指着棺材瞪着儿子大叫："我死后也绝不贪贿，把它卖了归还生漆钱，把我尸身烧了，扬了！"

庄公子吓得跪倒，连声大叫："父亲不能死啊，儿子有罪，有罪啊！"

没想到曹商却满脸堆笑，如释重负地说道："大侄子勿慌，你父亲不会死的。"

曹商扶起庄周，让众人看，气色竟然好了很多，众人都惊喜交加，曹商这才讲了御医的话，庄家人赶紧对曹商千恩万谢，只有庄周仍冷冷地盯着他。

曹商得意扬扬，转向庄周说道："庄周啊，漆工们已答应保密，你还有行贿的把柄落在我们手里。你也经历了生死，无须惺惺作态，好好想想该如何报答你的救命恩人吧！话说我家去年打好的家具，至今没上生漆呢。"

庄周转了转眼珠，笑道："曹兄的话让我茅塞顿开，那就破例送一次礼吧。"

庄周说罢，召集漆工们过来，曹商以为是要送他生漆了，不禁喜上眉梢，不料庄周却指着上了生漆的棺材，对漆工们大声吩咐："你们把这口棺材送到曹大人府上，一路上要大声喊叫'庄周遭污，死去活来。曹商得逞，赚口棺材'！至于生漆的钱，就每月从我的俸禄里扣吧。"

曹商羞得袍袖遮脸，马上跑了，漆工们哪肯罢休，抬起棺材边追边喊。从此无人质疑庄周的清廉，赞其为"漆园傲吏"。

（推荐者：小 檐）

（发稿编辑：田 芳）

（题图：豆 薇）

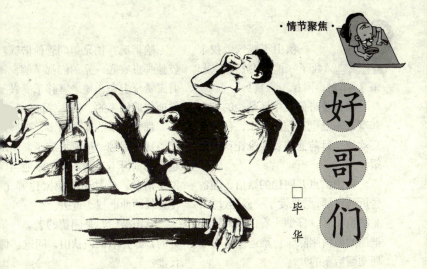

好哥们

□ 毕 华

秋山有一群哥们儿，时不时就凑一块儿喝上一顿。

这天，他们又在小酒馆相聚，喝得人仰马翻，十分尽兴。秋山酒气熏天地回到家，被老婆白露骂了一通："天天就知道喝喝喝，净干些没用的！"

秋山听了不高兴："怎么说话呢？咋就没用了？"

白露早就看不惯他们这些酒肉朋友了，怒道："你那帮狐朋狗友，是帮你赚钱还是帮你养家？只会喝酒！你要是有点啥事，看谁理你！都说借钱最能看透人心，不信你挨个试试，都得掰。你这是浪费时间做无效社交！"

秋山一来气，跟她较真了："试试就试试，你等着！"

他拿起手机，想要给开加工厂的刚子发信息，可刚子财大气粗，万一真给自己转了，到时候再告诉对方，自己只是测试他们的情谊而已，多伤人啊，得想个折中的办法！

秋山思来想去，发了条朋友圈："只要不提钱，兄弟情延绵！"

这条朋友圈的意思很明白，要想做好兄弟就不要提钱，不然容易翻脸。到时候，哪个哥们儿给他点赞，就是认同这个观点的，是怕借钱给哥们儿的主儿，以后他就得离这种人远一点！

第二天，秋山打开朋友圈，差点晕过去，包括刚子在内，几乎所有的哥们儿都点赞了！

白露在一旁冷嘲热讽："看到没？我说得没错吧！"

秋山不服气，挨个数了一遍，突然高兴起来："不对，阿德没点赞！"

阿德是哥们儿中话最少的，办起事来一点也不拖泥带水，秋山很喜欢他。目前他的表现没让秋山失望！

秋山忙点开阿德的微信，准备告诉他实话，结果发了一段话过去，竟被拒收了，仔细一看，原来阿德把他的微信删除了！难道他是看了朋友圈后删的？

白露阴阳怪气道："看吧，这个跑得最快！"

秋山简直是被当头来了一棒，不试不知道，一试全端掉啊，看来这些所谓的哥们儿，真不值得深交。他决定，慢慢疏远他们，再也不跟他们聚餐了！

过了半个多月，刚子给秋山发来消息："出来喝点儿啊，老地方，顺带喊阿德一块来。"

一听要他叫"阿德"，秋山气不打一处来："要叫自己叫，我没他微信！"

刚子一愣："啥？他把你也给删了？"

秋山一问才知道，阿德把所有人的微信都删了，和他们都切断了联系！

啥情况？怕兄弟们管他借钱？就他那点家底，兄弟们都了解，每月工资全上交，他老婆胖丫高兴赏他仨瓜俩枣的，谁会管他借？

都说话少的人想法多，难道是那条朋友圈触动他哪根筋了？秋山越想越觉得不对劲，决定跟他当面说个清楚。他知道阿德家住哪儿，便怒气冲冲地找了过去。

秋山敲门，是阿德的老婆胖丫开的，她并不认识秋山，问道："你找谁？"

秋山说自己是阿德的朋友，好些日子没见到阿德，就来看看。一听这话，胖丫就冲屋里喊："真来人了，你赢了！"

秋山不解，进屋一看，吓了一跳——阿德躺在床上，腿上绑着石膏，动弹不得！

阿德见到秋山，感激涕零："好兄弟，你没让我失望！"

原来，那天聚餐大家都喝高了，阿德回来的路上栽到沟里，摔断了腿。胖丫很生气，说什么也要找一同喝酒的那帮哥们儿算账，要大伙儿分摊阿德的医药费。阿德怕她偷拿自己手机给大伙儿发信息要钱，伤朋友感情，情急之下就把大伙儿的微信都删了。

胖丫怪阿德傻，说他竟保护一

帮不知道是不是真心的狐朋狗友。阿德不服，两口子就此打赌，阿德失联，看那帮哥们儿是否有人惦记他。要是有，胖丫输，以后再不拦着他跟他们来往；要是没有，阿德也算看清他们不是真朋友，直接断交！

秋山松了口气："那么说，你并不是因为我的朋友圈，才把我删了？"

阿德一愣，问他啥朋友圈。看来他压根没看到！秋山告诉他实话后，阿德乐了："我俩是半斤八两啊，你小子在线上试探，我是线下实测。不过事实证明，线上没啥说服力，一个赞能说明啥？还是等我收网吧！"

正说着，又有人敲门，竟是刚子！

秋山替阿德迎上去："刚子，你咋也来了？"

刚子愣了一下，支吾着说，他也感觉阿德突然删除好友不太正常，肯定是事出有因，就过来看看。

阿德高兴极了，他瞪了一旁的胖丫一眼："看到了吗？这就是我朋友！愣着干啥？赶紧做饭去！"

等胖丫进了厨房后，得知真相的刚子忙掏出手机："既然都是误会，赶紧把好友加回来吧，一会儿我在群里把情况说明一下，省得其他哥们儿多想……"

加完微信后，刚子借着打电话出去了一趟。秋山心想，他该不是偷偷去小店买礼品吧？秋山怕自己失礼，也借故出去了，没想到在小胡同里听见刚子正在打电话："放心吧，老婆，他没跑，虚惊一场，欠咱那五千块黄不了！对对，欠条我先揣兜里，他敢翻脸要赔偿，我就让他还钱……"

秋山听着，心里五味杂陈，就在这时，他收到了另外几个哥们儿的微信消息。原来，他们得知秋山在阿德家，有委婉的，有直接的，大意都是问：阿德会不会问他们要赔偿？

秋山肯定地告诉他们，阿德不会让他们分摊医药费的，几个人似乎都松了口气。看到群里刚子说要组局在阿德家喝酒，大伙儿又热烈起来，纷纷说马上到……

考虑到阿德有伤，那顿酒好多人都没喝尽兴，唯独秋山喝醉了。回到家，他一头栽到白露怀里："老婆，以后除了阿德，谁喊我喝酒我都不去了！"

（发稿编辑：王　琦）

（题图：张恩卫）

幸运球

□ 贺小波

五彩山景区刚营业，附近的村民便在景区外摆上了各式各样的小摊，当起了小老板。懒汉刘二也跟风摆了个类似于套圈的小摊。

刘二人虽然懒，脑子却活络，他知道，要想比人家赚得多，就得走不寻常的路。所以，他摆的摊不是普普通通的套物品，而是投掷幸运球。他用一块帆布做了几十个圆形口袋，每一个口袋外面都用胶带粘了一张印有吉祥话语的卡片。要是顾客投中了，刘二就会大声念出卡片上的吉祥话。果真生意一开张，幸运球游戏就力压其他套圈游戏，乐得刘二直叹"懒人有懒福"！

这天，刘二刚支好摊位，就有人要买五十个幸运球投掷，刘二偷

乐：好运来了挡都挡不住！

他抬眼一看，却发现是女儿刘静高中时的同学高峰，刘二沉下脸色道："你想干什么，来砸场子的吗？我警告你，这可是法制社会，小心我报警，把你送进局子里！"

高峰嘻嘻一笑，说："刘叔，最近我运气不好，想投个球转转运。怎么，买卖上门还有往外推的道理吗？你赚谁的钱不是赚？"

刘二扭头往四周扫视了一圈，未见有其他顾客，心道：早上第一份生意，不能由着性子来，不然会影响一天的财气！他把微信支付码递到高峰面前，面无表情地说："别啰唆了，赶紧付钱，投掷完了就从我眼前消失。"

按理说，高峰是刘静以前的同

学,刘二应该客气对待,为啥他却是这个态度呢?原来,高峰正和刘静谈恋爱,可刘二嫌高峰家庭条件不好,自己沾不上光;而且现在农村人都想往县城奔,高峰在县城里也没有买房子,刘二就死活不同意两人交往。上次,高峰上门拜访未来的老丈人,刘二不仅把他轰了出去,还把他带的礼物扔出了门。为此事,刘二父女俩大吵一通,差点闹到断绝关系的地步。

高峰支付完毕,弯腰从脚边的筐里捡了十多个海绵实体球,笑吟吟地望着刘二说:"刘叔,那我可投了。"

"废话少说,投完滚蛋!"刘二的语气仍很不客气。

高峰故意逗他道:"刘叔,您这就不对了。我既然付钱了,就是您的顾客,顾客是上帝,您不会不知道吧!对待上帝,您就是这种态度?"

这时,慢慢开始有人朝摊位聚拢,刘二怕高峰再说些难听话影响了生意,就没有再说什么,只是站在一旁冷冷地盯着他。

高峰拿起球瞄准布袋,轻轻投了过去,海绵球一下就进了布袋。刘二斜眼瞥了一下布袋上的字,大声喊道:"生活顺意!"高峰又顺势投进了一球,刘二继续喊道:"洞房花烛!"

高峰拿球专投跟婚姻生活有关的吉祥语,刘二心知肚明,却故意装糊涂不理会。再看高峰手中的球,像长了眼睛一样,在刘二接二连三的喊声中一个个乖巧地滑进了口袋。现场围观的游客越来越多,刘

二也不由得兴奋起来，早把刚才对高峰的芥蒂抛到九霄云外，满脑子都是游客争相投球的场面，喊声也更大了。

谁知，随着高峰最后一个幸运球投入布袋，刘二的喊声却迟迟没有响起。

为啥呢？高峰这次投进球的布袋，上面贴的不是吉祥语，而是"嫁女儿"三个字。

刘二大吃一惊：布袋的吉祥语都是他根据游客的心理精心设计的，咋会出现"嫁女儿"的字样呢？一定是让刘静和高峰做了手脚！都怪他刚才过于激动，未仔细检查布袋上的吉祥语，着了他俩的道。

围观的游客也来劲了，有人起哄道："喊哪，快喊，大伙都等着听呢！"

刘二的脸青一阵红一阵，不知该不该喊：他这人虽然很懒，也爱贪小便宜，但向来说话算话，掷地有声，要是这句"嫁女儿"喊了出来，不就说明他承认高峰这小子了吗？刘二骑虎难下，这时候，刘静突然从人群中冒了出来，得意扬扬地冲刘二说："做生意讲究的是诚信，不然谁会信你？瞧，都有人拍抖音了，这可是最好的证据！"

"对呀，对呀，既然贴出了就得兑现，做生意怎能失信于人呢？"

"大伙都监督着，不诚信的买卖咱可不参与啊……"

听着大伙七嘴八舌的议论，刘二咬咬牙，狠下心喊道："嫁女儿！"话毕，人群顿时响起一阵热烈掌声。

刘静从容地走到高峰身边，拉起他的手，转身给现场的游客鞠了一躬，然后冲刘二扮了个鬼脸，笑着跑开了。

事情到这里也就明白了，刘二不同意刘静和高峰的恋情，小情侣就利用投幸运球的机会，偷偷把布袋上的一张吉祥语换成"嫁女儿"三个字。他们担心那布袋被刘二发现或让其他游客误投了，所以刘二刚支起摊，高峰就第一个上了——为了练投球，高峰没少去别的摊位套圈。

见两人走远，刘二暗叹一声，默默地走到布袋前，将"嫁女儿"的纸片撕了下来。人群中顿时有声音冒出来："为啥撕了纸片，我也没找媳妇呢！"

刘二没好气地吼了一声："我就一个闺女，只能嫁一次！做生意得讲诚信！"

人群中又响起一阵哄笑……

（发稿编辑：赵媛佳）

（题图、插图：张恩卫）

就怕查酒驾

□ 陈 宏

江林平时喜欢喝点小酒。有天中午，他开车到镇上，碰到了同学张三，两人相约到小馆子吃饭。

江林想喝酒，又怕交警查酒驾。张三说："每人喝两瓶啤酒，应该没事。"江林担忧地说："两瓶啤酒也属于酒后驾车，要罚的。"张三拍着胸脯说："我有个微信群，只要哪里有交警查酒驾，路过的驾驶员都会在群里发消息。今天你就往西岔路开，那地方不查的，出了事我负责。"

江林听后放心了，喝了两瓶啤酒。吃完饭，他还没把车开到西岔路，就被交警查了，驾驶证被扣了，

还被罚了两千元钱。

江林去找张三算账，张三说："我说的是西岔路被查我负责，你还没到西岔路，不关我的事。"

江林无奈，只好自认倒霉。驾驶证被扣了，江林只好骑电动自行车上下班。更让他堵心的是，有天在路上碰到张三，他竟还寻江林的开心："老同学，驾驶证拿回来通知我一声，我做东，摆一桌，庆祝一下。"听了这话，江林气不打一处来，心想，这事都是因为你，既然你说摆一桌，那我也让你好好破点财！

过了段时间，江林拿回了驾照。这天，他拿了套备用衣物放到后备

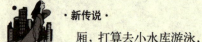

厢，打算去小水库游泳，没想到张三发来信息问他驾照拿回来了吗？江林回他："拿回来了，你啥时兑现你的承诺，摆一桌呀？"没一会儿，张三发来一条语音，江林点开来听，是说张三约了五个同学，晚上友谊大酒店不醉不归。说完，张三又补了一句："如果怕交警，你骑电瓶车来。"

江林气呼呼地回他一句："不用担心，我爬也能爬来。"接下来，他也不去游泳了，回家喝茶看电视，等到时间差不多了，他开车去了酒店。

停好车，江林昂首阔步地走了进去，却没见到张三等人，就发微信问他怎么还没来。张三回道："同学们要六点钟才能到，还有一小时，你来早了。"这下，江林感到难为情了，你想想，人家请客，自己来早了，别人还以为你是饿死鬼投胎呢。

于是江林就坐在大堂沙发上等。可他等了近一小时，张三还没来，这时，边上有人打招呼："江林，你也来吃饭呀！"江林抬头一看，是老表带着几个人去包厢吃饭。江林只好尴尬地应付说："我等朋友呢！"

老表哈哈笑着说："这么迟都

不来，估计不会来了，这样吧，和我们一起吃点，反正人都认识。"说着，他将江林拽进了包厢。

十几分钟后，张三打来电话"江林，我和同学们都到了，你咋还没来？"

江林强压着火气，说："我早到了呀！在大堂等了你半天了！"张三问："你在哪个大堂？"江林说"友谊大酒店的大堂呀！"

张三愣了，说："我说的是'友联大酒店'，你跑到'友谊大酒店'干啥？快来，大家都等急了。"

天哪，闹了半天是自己弄错了呀！原来，张三订的那个"友联大酒店"是个路边饭店，而江林听岔了，以为是四星级的"友谊大酒店"闹了乌龙。

江林有些不好意思，说："你招呼同学们先吃，让他们等我怪难为情的。"

张三也不客气，说："好，那我招呼大家先吃，你到了自己罚三杯！"

挂了电话，江林拿起手中的杯子，站起身敬了一圈说："各位，我同学聚会，所以先走一步，大家尽兴！"说着他一饮而尽。江林走出酒店，嘴里嘟囔着埋怨张三："没钱摆什么谱？在路边饭店请客，害我白等了一个多小时，等下不把你灌趴我就不姓江……"说着，他钻进驾驶室，刚发动汽车，张三的电话又来了："我酒都敬了一圈了，你怎么还没到呀？"

江林有些烦了，随口回答说："我怕查酒驾，没开车，是走过来的，没那么快。"说着他挂了电话。

俗话说怕什么来什么，江林的车刚转了个弯，就看见前方有交警在查酒驾，江林猛地想到，刚才在包厢敬了一圈，这次被抓肯定要拘留了。他条件反射般猛地停了车，拉开车门便跑。

两名交警一看人跑了，奋起直追。江林回头见交警紧追不舍，慌不择路。前面是条小河，没路了，怎么办？他心一横，牙一咬，"扑通"一声跳进了河里，谁知，河里都是淤泥，他两只脚一进去就拔不出来了……

交警很快就抓住江林，把他拉上了岸。其中一个交警拿出测酒精仪器，让江林对着吹气。接着，那两名交警拿着仪器诧异地轻声嘀咕："刚才他满脸绯红，怎么会没酒精含量呢？"

江林听了个清清楚楚，这时才猛然醒悟，天哪！刚才包厢还没上菜，自己敬的是茶，没喝酒跑啥呀？

面对交警的询问，江林哭丧着脸说："我就怕查酒驾，一看到你们，就误以为自己喝酒了……"

现在裤子和鞋子都湿了，怎么办？还好，下午本想去游泳，后备厢里有现成的衣物。江林到附近的公共厕所去换裤子和鞋子，换好出来，竟看到意外的一幕：张三正被交警逮着，测出是醉驾，要直接送拘留所了。

江林问张三怎么回事，张三哭丧着脸，说："你说你走来的，我就开车来接你，结果被查了！"

原来，张三本来也不敢开车来接江林，可几个同学埋怨张三办事不牢靠，七嘴八舌地说今天是给江林接风，你明知道江林不敢开车，就应该叫他接过来。张三脸上挂不住了，他在那个群里问了一下，路上有没有查酒驾的交警，群里有人回答说没有，张三这才壮着胆子来接江林，没想到交警突击检查，他被逮了个正着。

张三上警车的时候，江林拍拍他的肩膀，说道："兄弟，你在里面好好反省，出来那天我请客，好好摆一桌，给你接风！"

（发稿编辑：王　琦）

（题图：张恩卫）

断贼根

□ 朱关良

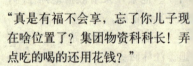

老张当了一辈子工人，含辛茹苦地把儿子培养成才，帮衬着他成家立业。按说该过点好日子了吧，但老张勤俭节约惯了，恨不得把一分钱掰成两半花。

儿子张阳看不下去，对他说道："老爸，以后你吃的用的我包了，退休金你自己攒着。"

张阳不顾老张反对，之后的日子，经常大包小包地往父亲家送东西，鸡鸭鱼肉米面粮油一应俱全，把老张的冰箱塞得满满的。老张心疼得直哆嗦，干脆把家门换了锁，偷着跑到参场打工去了。

张阳好不容易打通了父亲的电话，老张倔强地说："你别找我了，天天流水似的往我身上搭钱，你老婆孩子不用养呀？"

张阳停顿了一会儿，忽然笑了：

"真是有福不会享，忘了你儿子现在啥位置了？集团物资科科长！弄点吃的喝的还用花钱？"

"啥？这些东西都是你从单位偷的？"

"说得这么难听，仨瓜俩枣还叫偷？你就别管了，赶紧回来，你孙子都想你了。"

挂断电话，老张立刻和参场老板辞职，工钱都没要，火烧火燎地赶到了儿子单位。张阳见父亲来了很惊讶，但工作太多，便急匆匆地说道："爸，我今天特别忙，你先回家，等我下班了去看你。"

老张低声说道："儿子，爸就一句话，你以后千万别占单位便宜了，这就是偷呀！"

张阳瞥了一眼老张，有些不耐顶："行行行知道了，您真是小题大做，自己以前天天往小饭店送煤咋不说呢？"

老张被噎得哑口无言，只好失魂落魄地离开了，脑子里浮现出一幕幕往事。

张阳七岁那年就没了娘，老张在矿上看管煤场，工资不高，勉强够爷俩糊口。

那时煤矿效益不稳定，经常压工资，最长的时候压了八九个月，老张被逼得走投无路，打起了歪主意，把视线放在了煤场上面。他每天偷偷装两编织袋煤块，晚上用自行车驮着送到饭店卖掉，这样每个月大约有两百多块钱的进项，支撑着爷俩活下来。

有道是久行夜路必撞鬼，有天晚上，老张照例将煤块送到一家饭店时，忽然从饭店走出个浑身酒气的人，大着舌头道："好你个老张，居然监守自盗，偷煤出来卖！"

老张吓了一跳，定睛一看，正是顶头上司、运销科科长雷大嘴儿，他立刻赔着笑脸道："雷科长，八九个月没开工资了，我也是实在没办法，请您高抬贵手，饶我这一回吧。"

雷科长眯着眼道："我也不难

为你，进去把我们那桌账结了，这事儿就过去了！"

老张只好乖乖地进了饭店，一看菜单傻眼了——他们居然吃了两百多块钱！老张带着哭腔哀求道："雷科长，不是我不懂事，实在是拿不出这么多钱呀。"

雷科长闻言，扭脸冲包间里喊道："肖科长，抓到个偷煤的，你出来处理一下！"

矿公安科肖科长晃晃荡荡地走出来，呵斥道："靠墙蹲着，等吃完饭再收拾你这个蛀虫！"

老张来了倔脾气："我们矿工都活不下去了，你们却整天胡吃海喝，一顿饭钱顶我们一个月的工资。到底谁是蛀虫？"

肖科长顿时炸了毛，掏出手铐将老张铐上，推推搡搡地把他弄到公安科禁闭室关了起来，自己又回饭店喝酒去了。

第二天，矿上贴出告示，通报批评了老张的盗窃行为，罚了他两百块钱，又让老张在广播站读了忏悔书，这才把他放出来；煤场也不让他看了，而是发配到职工浴池打扫卫生。

其实，当时在矿区偷煤是很普遍的事，但这么一弄，大伙儿全知道了，搞得老张好几年抬不起头来，连带着儿子张阳也跟着受同学奚落。

这段灰色的回忆令老张每次回想起来，心里都酸痛不已，正在伤神时，他的手机响了起来。一看来电显示，他顿时眉开眼笑地接起电话，慈祥地说道："乖孙子，想爷爷了吗？"

张阳回家时，发现父亲正陪着儿子玩遥控汽车，顿时不高兴了，严厉地训斥道："不是说好你期中考试进前三名才给你买遥控汽车吗？怎么能让爷爷花钱呢！"

孩子笑嘻嘻地说道："爸爸，这个遥控汽车没花爷爷的钱。我不是学习委员嘛，有的同学没完成作业，就给我十块二十块的，让我别去报告老师。这钱都是我这么攒下来的。"

张阳劈手给了孩子一个耳光："这都谁教你的？小小年纪就琢磨这些歪门邪道！"

没等孩子哭出声来，老张就冲上来对着张阳拳打脚踢："谁教的？上梁不正下梁歪，还不是跟你学的！你往我那送的东西不也是利用职务之便搞来的吗？"

张阳护着脸，气急败坏又有些无奈地说道："爸，那些东西都是我买的，怕你心疼钱才撒谎说是从单位拿的！我们物资科管的是钢材，哪有鸡鸭鱼肉呀？我寻思你要占小便宜才那么说的。"

"放屁！你爹是偷过东西，但那时是被穷逼的，社会风气也不好。现在吃穿不愁了，谁还扯那个犊子呀！你记住，就算老子是贼，也没有一个爹希望子承父业的。"老张话锋一转，"孙子受委屈了，都怪爷爷出了这个馊主意。"

老张心疼地给孙子揉着脸，扭头对张阳道："遥控汽车是我买的，之所以骗你，也是想让你感受一下当爹的知道儿子犯错是什么心情，结果闹了这么个笑话。大孙，你揍爷爷两下出出气吧！"

孩子眼里还噙着泪水，却认真地说道："爷爷，只要你以后不那么节俭，我就原谅你了。"老张听了，笑得跟朵花似的。

看着儿子和父亲其乐融融的场景，张阳眼眶湿润了。说实话，他骗父亲说东西是从单位拿的，其实是为了试探父亲的态度……他悄悄走到阳台上，给同学发去一条短信："老同学，对不起了，你托我的那件事办不了，我父亲和儿子都看着我呢……"

（发稿编辑：赵媛佳）

（题图：陆小弟）

阿P解忧

□ 刘振涛

阿 P 的丈母娘去世有段时间了，可老丈人还是没从悲痛中走出来，整日长吁短叹，郁郁寡欢，把阿 P 两口子愁坏了。

这天，老丈人又茶饭不思了，小兰急得直掉眼泪。阿 P 脑筋一转，对小兰说道："有个办法可以一试，且得花点钱。"说着，阿 P 在她耳边耳语一番。小兰犹豫了："能行吗？"

阿 P 把胸脯拍得直响："放心吧，肯定行！"

过了两天，阿 P 拖着拉杆箱，做贼般跟老丈人小声说，他背着小兰买了几张彩票，可马上要出差，怕彩票过期，让老丈人有空去附近

彩票站看看中没中。老头架不住阿 P 再三央求，只好答应了。

阿 P 拖着箱子走了。老头拿着彩票去了彩票站，递给女老板："你帮我看看，这几张中奖没？"

只见机器把彩票吃进去，再吐出来时多了个鲜红的中奖印章，女老板眼睛一亮："中了，中了一个单选，老爷子，厉害啊。"说着，她点出一摞大钞，递了过来。

老头一愣，这么容易就中奖了？还一千多块，这钱也太好挣了吧？

回来路上，老头急忙打电话告诉阿 P："姑爷啊，中啦！一千多呢。你都不知道，彩票站里有几个老家伙见我领奖，特别眼馋！"

其实，阿 P 根本没出差，正躲在胡同里观察老头呢，见他露出

笑模样，忙说："爸，你开心就好，反正是外财，孝敬您老了！"老头抑制不住喜悦，说等阿 P 回来一起喝一杯！

等老丈人回家后，阿 P 走进彩票站，对女老板说："张姐，谢谢你啊，还有人中奖的话，彩票别兑，再给我留着，我得巩固一下我爸的热情。"

原来，这张中奖票是他走遍附近彩票站，多花 100 块，跟中奖还没兑的人买来的。显然，张姐也知道事情原委，痛快地答应了。

阿 P 走出来，给小兰打电话："看来这办法对症，咱要配合好老爷子，尽快让他把兴趣转移到彩票上来。"

阿 P 如法炮制，让老丈人去兑了几次奖，老丈人的心彻底活了。阿 P 两口子见老头变得生气勃勃，终于放下心来。

看老丈人经常中奖，彩票站里那几个老头都围着他团团转，夸他是高人，想要他透露点经验。老丈人的虚荣心得到了满足，为了给那几个老家伙"指点迷津"，他整天泡在彩票站琢磨数据。

这天，老头刚回来就喜形于色："小兰，我中奖了，一百七十多呢，我找到了一条生财之道啊！你们给我拿两千，我计划追几个号，不出半个月准中。"

阿 P 和小兰对望一眼，只要他开心就好，行！

一个月后，饭桌上的老头蔫头耷脑，估计是没中奖。阿 P 说："爸，别灰心，没中就当赞助公益事业了。"

老头一梗脖子："街对面的老张中了两千多，说我水平不行，这不是气我吗？我中奖金额虽然没他多，但中奖次数比他多啊。死老张，如果我不告诉他一个号码，他根本中不了。"

阿 P 哭笑不得，只能安慰："爸，偶然中奖是运气，您中的次数多，那是技术！所以，您水平可比张大爷高多了，您要是舍得投入，中的一定比他多，对吧？"

老头顿时眉开眼笑："说到我心坎上了，阿 P 啊，再给我拿三千，我要倍投，必须压他一头！"

接下来的日子，老头是开心了，可阿 P 和小兰架不住他三天两头要钱啊。这个爱好要不得，还得转移目标！

阿 P 的大脑飞快运转，目光落到丈母娘遗像上，他一拍大腿："有了！老丈人怎么走上彩票这条路的？不就是因为思念丈母娘吗？

时老丈人最听她的，让他见到丈母娘！"

小兰听着瘆得慌："胡说啥呢？我妈不在了，他咋见？"

阿P给小兰端来镜子，小兰一照，顿时明白了：嘿，自己跟亲妈长得挺像。可要让老头把女儿认成老伴，这难度还是太大了。阿P"嘿嘿"一乐："看我的！"

傍晚，丈人照旧去买了彩票回来，阿P端来好酒好菜："爸，预祝你今晚中奖，来，咱爷俩先喝两盅。"

阿P知道丈人酒量不咋样，二两下肚，准倒，于是他连连给老爷子敬酒。很快，丈人就醉眼蒙眬，舌头也大了起来。阿P到门口一招手，打扮成老太太的小兰就轻飘飘地进来了。台词是阿P给的，大意是叮嘱老头心脏不好，不要做容易激动的事，不要再买彩票，否则她就把他领走。

第二天早上，老丈人刚一睁眼，阿P和小兰就围到他床前，试探着问："爸，昨晚你是不是见着谁了……"

老头"哼"了一声："你们表演完了？"阿P心里"咯噔"一下，被识破了……

老头瞪了阿P一眼："我是喝多了，又不是喝死了！"

接着，他白了小兰一眼，叹口气："胳膊肘往外拐！行，我再也不买彩票了。你们这装神弄鬼的，我怕哪天你们就把我送去给你妈……"

阿P一咬牙，看来只好实施昨晚临时想的方案了！他赶紧说："爸，你误会了，其实……我们想要二胎，所以得未雨绸缪啊。这阵子家里开销有点大，才……小P一直在他爷爷那儿，我知道您不高兴，所以，这个小的就交给您带，并且跟您的姓，您看咋样？"

小兰还没反应过来，老头就猛地坐起来，眼睛放光："真的？好好好！说好了跟我姓，不能赖账！好姑爷，这事抓紧办，小兰只要怀上了，我伺候！"

阿P的心这才落了地。两人走出老丈人的卧室，小兰冷不防捶了他一拳："信口开河，你自己生吧！"

阿P一怔，眉开眼笑地跟在小兰身后："这、这臣妾做不到啊……"说完，他暗暗庆幸自己多想了一招，也得亏是我阿P才有这个智慧！这么想着，他又吹起了口哨。

（发稿编辑：王　琦）

（题图：顾子易）

救人英雄，孰真孰假？真相背后，人心叵测……

□ 滕建军

真假英雄

1. 见义勇为

孙大勋是市炭黑厂的一名工人。这天，他下班后骑着电动车回家，路过河边时，突然听到有人喊救命。他停下车凑过去一看，原来是一个老头带着孙子来河边钓鱼，孙子不小心掉到河里去了。

岸边围了不少人，却没有一个人下去救。老头急得像热锅上的蚂蚁，语无伦次地喊："救救我孙子！谁救了……我孙子，我给……一万块钱感谢费！"眼见没人行动，老头又紧接着喊："我给三万，不，五万！"

都说重赏之下必有勇夫，可岸边却没有一个人跳下去。孙大勋还听到有人在小声议论："这时候说得好听，过后没有几个认账的！""就是，有见义勇为的牺牲了，被救的却连面都不露，让人寒心呢！"围观的人大多忙着拿手机拍视频，有人甚至直接开启了直播模式，现场向粉丝们痛心疾首地感叹世风日下，人心不古。

老头只能无助地一遍遍喊着救命。这时忽然有个人跑过来，来到河边一看这种情形，二话没说一个猛子就扎进了河里，快速向孩子游去，很快就将奄奄一息的孩子救了上来。

孩子被灌了一肚子水，已经呛晕了。孩子的爷爷赶紧将孩子抱来向外控水。大伙儿都忙着拍摄□子哇哇吐水的视频，没有人注意□，那个救人的英雄悄无声息地离□了。

别人没注意到，孙大勋却早就□到了，因为那个人和他一样，也□着炭黑厂统一的工装，戴着同样□防尘帽和口罩。对方走的时候还□下口罩拧了一下水，孙大勋一看，□不是和他一个车间的傻东吗？

傻东大名叫李向东，因为为人□厚，经常干一些别人眼里光吃亏□占便宜的傻事，所以大伙儿都叫□傻东。孙大勋知道，傻东肯定连□头喊的给多少钱都没听到，只听□救命了。

孙大勋眼珠一转，忽然计上心□。他们两个人穿着一样，身材又□仿，乍一看根本分不出来谁是谁，□下傻东走了，如果自己……想到□儿，孙大勋赶紧四处张望，看到□远处有一个钓鱼的水桶，跑过去□看，里面盛着大半桶水。趁着大□儿的注意力都在抢救孩子身上，□大勋端起水桶，从头到脚浇在了□身上。

然后孙大勋蹑手蹑脚回到施救□场，装模作样地脱下劳保鞋向外□水。这时孩子被救醒了，脱离了□命危险。孩子的爷爷终于松了口

气，这才想起救命恩人来，环顾四周看到了浑身湿漉漉的孙大勋。老头分外激动，嘴里喊着"恩人呐"，伸着手跑过来想要表示感谢。那帮拍视频的也反应过来，连忙举着手机跟在后面想抢拍这感人的镜头。

见到这种场面，孙大勋心里却"咯噔"一下，俗话说做贼心虚，他此时最希望的是"悄悄地进村，打枪的不要"，人多眼杂，万一被人看出什么破绽就糟了！眼见这么多人都举着手机向他冲来，孙大勋脑子一蒙，拔腿就向自己的电动车跑去。

老头还以为他是做了好事不想留名呢，急得在后面一边追一边喊："恩人呀，你别跑！我要给你感谢金，感谢你对我孙子的救命之恩！"

孙大勋跨上电动车刚要走，一听老头说要给感谢金，连忙停下来。可一看后面紧跟而来的那群人，他顿感头皮发麻，于是急匆匆地对老头说了句："大爷，我在市炭黑厂上班，我叫孙大勋，记住了啊，孙大勋！"说完，他一扭车把，骑着电动车跑了，留下老头对着他的背影不住地念叨："孙大勋，孙大勋……"

第二天，孙大勋刚上班，就

被人喊去了厂长办公室，到那儿一看，昨天那个老头也在。厂长见到孙大勋，让他摘下口罩，然后问老头："你看看是他吗？"老头站起来认真看了看，实话实说："那人戴着口罩，全身上下都湿透了，没看到模样。"

于是厂长问孙大勋："你昨天下班后干啥了？"孙大勋早有准备，先装模作样地对老头说："大爷，你怎么还找到这儿来了？"然后才跟厂长说："昨天下班经过河边时，听到有人喊救命，我跑过去

一看，原来是大爷的孙子掉河里了，当时也没顾上多想，就跳下去将孩子救了上来。我本来想悄悄离开的，没想到被大爷看到了。大爷硬是拽着我的电动车不让走，实在没办法，我只好告诉他我的工作单位和姓名，大爷这才肯放手！"

老头听了，急忙上前紧紧握住孙大勋的手："恩人呐！昨天你等于是救了我们一家人的命啊！我今天来找你，就是来兑现承诺的。"说着他拿过桌上的一个手提包，刷的一下拉开，里面是整整齐齐的一捆百元大钞。

孙大勋一见，心里顿时乐开了花，但仍强装不动声色地一个劲推辞："大爷，你这是干啥？快收起来。"见老头执意要给，孙大勋装模作样地推辞了一番，见火候差不多了，就想顺水推舟收下。

没想到这时厂长却突然说道："你们不要争了，这样吧老同志，既然你坚持要兑现承诺，那这个钱暂且先由厂里替孙大勋同志收下，我现在就通知工会，让他们搞一个见义勇为颁奖会，正好借这个事儿大力宣传宣传。到时候厂里也拿出五万块钱，和你这五万块一起奖励给孙大勋同志，同时号召全厂职工都要向孙大勋同志学习，学习他这

奋不顾身、见义勇为的精神。"

孙大勋一听，脑子顿时"嗡"一声，他可不想大张旗鼓地办什么颁奖会，只想悄悄地拿五万块钱心满意足了。所以他真心实意地表示，做这件事不算啥，没必要搞么大动静。

谁知他越这么说，厂长越觉着他的精神难能可贵。最后厂长把桌子一拍，斩钉截铁地说道："这事就这么定了，颁奖会那天还要请一些媒体来大力宣传，让他们别光盯着那些负面消息报道，败坏了社会风气！"

孙大勋心里有苦说不出，只能忧心忡忡地回到车间想对策……

2. 不速之客

孙大勋在网上仔细看了傻东救人的视频，发现傻东自始至终都戴着口罩和帽子，再加上水花四溅，根本看不清楚他的样貌，等孩子救上来后，所有的人都去拍抢救孩子的场景了。而孩子苏醒后，再拍就是他孙大勋的画面了。孙大勋反复看了很多遍，确认连他自己都看不出疑点，心里这才安定不少。

现在只要傻东不出声，这事就没什么后顾之忧了，孙大勋挠着头想了半天，终于想到一个主意。

中午在食堂吃饭的时候，孙大勋特意拉着傻东找了个角落坐下，很兴奋地告诉他，人要走运了，真是挡都挡不住！昨天他下班路过河边时，看到有个孩子掉进河里，当时也没多想，就跳下去把孩子救上来。没想到今天孩子的爷爷找到厂里，非要给他五万块钱表示感谢不可，而厂长还说要为他召开表彰大会。

傻东一听就愣住了，觉得不可思议："哎呀！真巧！昨天我路过河边时，也碰到一个孩子落水，被我救上来了。"孙大勋啧啧几声说道："怪不得我听旁边有人议论，说这么会儿工夫掉下两个孩子了，说明这个地方太危险，应该安装护栏。"

傻东听了连连点头："就是，还得加强孩子的安全教育。"孙大勋看了看他，装作一脸惋惜地说："可惜兄弟你的运气不好，救了人啥好处也没捞着。"只见傻东满不在乎地摆了摆手："这有什么，咱救人的时候本来就没想着要捞啥好处！"

孙大勋趁机一竖大拇指恭维道："兄弟，和你的思想境界比起来，哥差远了！我看你救人的事就别往外说了，要不哥这个奖都不好意思

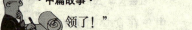

领了！"

傻东听了，憨厚地笑起来："说这干啥！"然后他大口大口吃起饭来。

这下孙大勋可以放心大胆地领奖了。颁奖会那天，孙大勋披红挂彩，容光焕发地站在领奖台上。他被评为厂里的精神文明模范，厂长亲自为他颁发了荣誉证书，并在全厂职工的见证下将十万块钱交到孙大勋手上。

媒体记者长枪短炮地对着他一顿拍，孙大勋在台上抱着奖金证书，乐得咧着大嘴都合不拢。

颁奖会结束，孙大勋将钱存进了银行卡里，下班后买了几样好菜，准备好好庆祝一番。

谁知他刚把酒菜摆好，忽然听

到有人敲门，开门一看，原来是□车间的阿辉。孙大勋一看到他就□点头皮发麻，为啥？这阿辉平时□到早退、偷鸡摸狗，啥坏事都能□他沾边，连厂领导见了他都头痛□

阿辉嬉皮笑脸地走进来，看□桌上有酒有菜也不客气，拿起一□鸡爪就啃。孙大勋虽然不高兴，□也拿他没办法，只得打着哈哈招□他坐下，问他突然大驾光临，有□贵干。

阿辉嬉皮笑脸地说："也没□么大事，就是过来拿点钱花。"

孙大勋听了一愣："什么钱？□

阿辉阴阳怪气地说："你那十万□钱不觉得烫手吗？"

孙大勋闻言心里一"咯噔"□"你什么意思？"阿辉收起了笑容□不阴不阳地说："我也不跟你绕圈子了□那天救人的是傻东□不是你！"

孙大勋一听顿□时呆住了："兄弟□话可不能乱说！咋□的，看哥得了钱，眼□红了？"

阿辉听了冷冷□一笑："咋的，你觉□着现在没人能分出□

，救人的到底是你还是傻东，是吧？"阿辉接着说道："说来也巧，昨天我刚好休班，约了朋友在那儿钓鱼，恰好离小孩落水的地方不远。刚开始我只是站着看热闹，后来看到有人穿着咱们厂的工装下河救人时，我就想上前去看看到底是谁。"

听到这儿，孙大勋有点慌了，但很快又稳住了阵脚，"哼"了一声说："别在这儿蒙我了！你也知道，咱们在车间里干活的，一天班下来，身上到处沾满了黑灰，在没洗澡之前都不愿摘下防尘口罩，你怎么知道救人的不是我呢？"

阿辉听了哈哈一笑："是，开始我也认不出来是谁，可没想到傻东走的时候，竟然摘下口罩拧了拧水。"说到这儿，阿辉干笑了两声："如果当时我穿着工装，看到傻东走了，说不定我也会像你这么干，可惜呀！我运气不好，没穿工装。"

听到这儿，孙大勋真慌了。

见他沉默不语，阿辉显得越发得意："要我说啊！要怪就怪咱们厂的工装太显眼。偏偏我就特意看了一眼，当看到了远处的水桶，我就赶紧躲在树后打开手机，哈哈！果然和我想的一样。"说完，阿辉得意地打开手机，放了一段视频。

孙大勋一看彻底傻眼了，原来

他跑到水桶边，拿起水桶往身上倒水，然后回到施救现场，一直到他骑着电动车走，这个可恶的阿辉，竟然从头到尾一点没落地全录下来了。

看到孙大勋头上开始冒汗了，阿辉趁机开出了条件："你现在是名利双收！名誉嘛，我肯定是没戏了；至于钱嘛，我倒可以多分一点。这样吧，我们三七开，你给我转七万块钱，我就当这事从没发生过。"

孙大勋一听顿时清醒过来："什么？我冒着后半辈子让人戳脊梁骨的风险去冒名顶替，你竟然想拿大头，只给我剩三万块钱！你小子也太黑了！"

阿辉晃了晃手机威胁道："你也不想想，如果我把视频交给厂长，你不仅一分钱得不到，还得身败名裂。"

孙大勋气得牙根儿直痒痒，却又无计可施，最后咬了咬牙："兄弟，你也别太黑！这样吧，我们平分，你五万我五万。你如果同意便罢，如果不同意，那你爱咋办咋办！可我也要告诉你，你如果把视频交出去，我固然会身败名裂，可你也一分钱拿不到！"

阿辉转着眼珠想了半天，最后

哈哈一笑："都是一个车间的，何必要闹到两败俱伤呢！好吧！只要你给我五万块钱，我就将视频删掉。"

3. 再起波折

刚到手的钱还没捂热乎，就被人敲诈走了一半，孙大勋这个懊恼劲儿就别提了。谁知令他更懊恼的事还在后头呢！第二天，他刚到厂里，厂长就让他去办公室一趟，孙大勋心里有点忐忑，不会又出了什么意外吧？

当他来到厂长办公室看到傻东媳妇的时候，心里顿时暗叫不妙。果然，厂长问他："刚才李向东媳妇说，李向东那天也救人了，这是怎么回事？"

孙大勋只能装糊涂："是吗？李向东也救人了！被救者家属也来感谢了吗？这是好事啊！咱们厂接连有职工见义勇为，说明厂领导平时思想教育抓得好！"

傻东媳妇可跟傻东不一样，她这个人说话办事嘎嘣脆，没等厂长说话，她就先忍不住了："你别装糊涂了，明说了吧，救人的是我们家傻东，不是你！"

原来，那天孙大勋跟傻东说，有两个孩子在河边先后落水，傻东

觉得这事挺巧的，回家就当趣事□□给媳妇听。没想到他媳妇一听就警觉起来，连忙让傻东将事情的经□仔仔细细说给她听。

当听到傻东救人后，悄悄地□了，后来，孙大勋成了见义勇为标范，还得了十万块钱，傻东媳妇□马上就感觉到这里面有问题，于是急匆匆地找到厂里反映情况。

见孙大勋还在装傻充愣不想承认，傻东媳妇冷笑着说："你真是聪明反被聪明误，你怕我家傻东说出真相，就骗他说那天有两个孩子先后落水。可我去那儿仔细打听过了，那天只有一个孩子落水，对此你怎么解释？"

事到如今，孙大勋已经无路可退，只能来个死不承认："谁说我告诉傻东那天有两个孩子落水了，我根本没说过。我只对傻东说我救了一个孩子，孩子的爷爷找到厂里要给我感谢金，厂里还要对我嘉奖。"

傻东媳妇一听就急了："你的意思是我们傻东撒谎了？我们傻东是什么人谁不知道，从来不会撒谎，再说，他为什么要撒谎？"

孙大勋不慌不忙地两手一摊："至于他什么用意，为什么会撒谎，我怎么知道？也许是看到那么多奖

眼红了吧。"

厂长疑惑地看着傻东媳妇和孙大勋，既然那天只有一个孩子落水，现在却出来了两个救人的，那到底谁才是救孩子的真正英雄呢？

孙大勋在心里盘算了一下，如今唯一的证据，就是阿辉手里的视频。但阿辉已经拿了他五万块钱，肯定不会出卖他。

想到这儿，孙大勋有恃无恐地说："这还用问吗，厂长？如果是傻东救的，他能主动告诉孩子的爷爷他叫孙大勋吗？"厂长一听，对啊！如果是李向东救的，他为什么要告诉别人他叫孙大勋？

傻东媳妇不服气地说："我们傻东说那天把人救上岸后，接着就走了，根本没跟任何人说过话。我认为是被救孩子的爷爷搞错了，因为他们穿着一样的工装，所以错把孙大勋当成救人的了。"

孙大勋一下子被说中要害，顿时恼羞成怒："你别满嘴胡说八道。岸上那么多围观者，你是说大家都眼瞎吗？连谁救的人都看不到！"

厂长此刻也拿不定主意了，只好告诉他们："这件事非同小可，我们已经向市里为孙大勋同志申报了见义勇为先进个人，而市里也因此准备授予我们厂精神文明建设先

进单位，如果真像李向东媳妇说的那样，这不成笑话了吗？这样吧，你们先回去，下午我们领导班子专门开个会研究一下，看看应该怎么办！"

等他们走后，厂长想了想，找出那天老头留下的电话打了过去，再三询问："老同志，你确定那天救人的告诉你，他叫孙大勋吗？"老头很肯定地说："是的，我确定恩人的名字叫孙大勋，因为我当时怕忘了，重复了好几遍后，特意记在了手机记事簿上。虽然可能有同

音字，但肯定是这个发音。"挂断电话后，厂长不由得也挠起头来，这李向东和孙大勋两个名字，不管怎么听也不可能听岔了！

俗话说好事不出门，坏事传千里，傻东媳妇到厂里来闹的消息，很快就在厂里传开了。一时间说什么的都有，有人说依照傻东的为人，他肯定不会撒谎；但也有人说人家老头明明白白说恩人就叫孙大勋，这还能有错？再说就算老头有可能认错，可当时有那么多围观的，难道大家都会看错？

4. 真假难辨

这时孙大勋却听到消息说，傻东媳妇有了新的证据，据说厂里有好几个人都准备给傻东做证。孙大勋一听就慌了：难道当时还有厂里其他的人在吗？不可能啊！记得当时穿着厂里工装的只有他和傻东两个人。

惊慌之下，孙大勋找到了阿辉，问他当时看没看到还有同厂的人在。阿辉很肯定地摇了摇头："我确定当天只有你和傻东两个人穿着咱厂的工装，因为咱们厂的工装很显眼，如果现场还有别人穿，我肯定能看到。"

孙大勋就跟他说了有工友要给傻东做证的事，阿辉听后，嬉皮笑脸地说："怕什么？他有证人，（你）也有证人。你再出两万，我来帮（你）做证！"

孙大勋一听顿时气不打一处来，恶狠狠地说道："我告诉（你），如果我露馅了，那你敲诈勒索的罪名也跑不了，咱俩是一根绳上的蚂蚱，你看着办吧！"

阿辉没想到反而被孙大勋威胁了，本想发火，但转念一想，孙（大）勋说得也对，只好不情愿地说："（你）放心，其实那个视频我还有备份。"

孙大勋一听，气得直骂娘："我就知道你小子没安好心！"

阿辉却嬉皮笑脸地解释："这不是还没来得及删嘛！你看，现在不就派上用场了？"孙大勋听了一头雾水，你脑袋被门挤了吧！那（个）视频能派上什么用场？给对方证明我是假冒的？

阿辉嘿嘿一乐，说："你不用管了，到时候你就知道了，保证对你有利！我可不会搬起石头砸自己的脚。"

到了下午，厂里领导班子专门召开了会议。厂长把事情的来龙去脉讲了一遍，领导班子顿时一片哗然。他们叫来了傻东车间的几个班（组长）

长，在会议室大屏幕上播放网友们拍到的救人视频，让熟悉他们两人的班组长看看救人的到底是谁。

没想到这些班组长看了半天，始终确定不了。这下领导们也为难了，一位领导说："现有的证据都证明救人的就是孙大勋，李向东如果拿不出证据来，咱们不能光听他的一面之词。"其他领导也纷纷表示同意，说被救者家属就在现场，人家说得明白，救命恩人就是孙大勋，这还有什么好质疑的？

正当领导们要达成一致意见时，跟傻东一个车间的几个工友忽然来到了会议室，说要跟领导反映情况。这几位工友说，事发当天，本来他们约好了由傻东请客，可当他们按照约定时间来到酒店时，却左等右等不见傻东，电话也打不通。

他们怎么也不敢相信，傻东这样的人竟然会放他们鸽子，正当大火儿不知如何是好时，傻东却急匆匆地赶来了。工友们这才知道，本来傻东要回家洗澡换衣服，却不想路上碰到一个孩子掉进河里，他因为下河去救孩子，所以耽误了点时间。

因为怕工友等急了，救上来孩子以后，他连句话也没说就匆匆走了。工友们问他电话怎么打不通，傻东说当时光急着救人了，忘记手机还在衣服里，等回家后才发现手机让水泡坏了。

听了几个工友的话，领导们都沉默了，这时那几个班组长也都证实，傻东为人忠厚老实，平时从不撒谎。

事情再一次陷入了僵局，领导们又为难起来。这时，阿辉突然来到了会议室，向领导们报告说，他能证明到底谁才是真正的救人者，接着就讲述了事情的经过。

阿辉说他当天休班，恰好就在现场钓鱼，目睹了整个事件。他说："当看到孩子被救上来以后，救人的竟然穿着我们厂的工装，我就赶紧拿出手机记录，想看看这个救人的英雄到底是谁。"

说着他打开了手机，播放了一个视频，但是孙大勋浇水那段被剪掉了，是从孙大勋湿漉漉地站在救人现场开始，一直拍到孙大勋骑车走掉。放完视频后，阿辉动情地说："真没想到孙大勋救人以后，竟然想悄悄地走掉，要不是被救孩子的爷爷赶上去再三追问，说不定孙大勋还在当他的无名英雄呢。"

这时一名领导问道："你怎么能确定他就是孙大勋？"阿辉看了

看车间的班组长和那几个工人，说："他们都可以做证，这辆电动车的牌号就是孙大勋的。"领导们齐刷刷地看向他们，这几个人都默默地点了点头。

阿辉紧接着说："如果真像傻东说的是他救了人，那么他骑着孙大勋的电动车怎么解释？还有他为什么要告诉被救孩子的爷爷，他叫孙大勋呢？"

这下领导们算是彻底被难住了，虽然阿辉的人品不值得相信，可人家不仅在现场目睹了整个事件的发生过程，而且还有视频做证。而傻东虽然人品很好，也有很多工友为他做证，可毕竟都是口说无凭，缺乏有力的实际证据。

厂长只好让他们几个先回去，容他们领导班子再研究研究。等他们走后，领导们也陷入了纠结当中。有的领导说孙大勋的名字已经上报了，因为这件事，市里也准备授予他们厂精神文明先进单位，总不能这时候让他们先停停，说这件事有了新变故，救人的英雄可能是假冒的！这不是乱弹琴嘛！

而有的领导却说，这关系到一个人的道德品质问题，如果真的是搞错了，那不是让真正的英雄寒心吗？所以应该跟市里实事求是地说明真相，一定要调查清楚以后再上报。

还有的说既然实在分不出来，那就变通一下，孙大勋表彰申报不变，再给予李向东同志在厂内通报表扬。反正他平时表现不错，就把他提为车间组长作为奖励。这个意见却遭到了厂长的强烈反对，两个人之中肯定有一个是假的，这么做不是让坏人得逞了吗？不行，一定要想办法追查出真相。

领导们开了一下午的会，也没研究出个所以然来，只好先暂且放一…他们这边是暂且先放一放，可…上却热闹起来。

5. 真相大白

不知道是谁把这事捅了出来，一时间在网上掀起了轩然大波。老百姓茶余饭后议论纷纷，各大网站…帖子乱飞，说什么的都有。谁知…来争去，却始终没能够搞明白，…底谁才是真正救人的英雄，而谁…是浑水摸鱼的冒牌货。

但渐渐地，网上的舆论开始偏…孙大勋，因为他的证据更充分，…傻东仅靠人品和工友的证词，说…力明显有点单薄。甚至还有人在…上发起了投票，看看有多少人支持傻东和孙大勋，结果竟然是支持…大勋的占了绝大多数。

随着偏向孙大勋的网友越来越多，有人开始网暴傻东，说的话很难听，气得傻东冲媳妇直发火，埋…媳妇不应该将这件事说出来，现…弄到了不可收拾的局面。本来傻东就少言寡语，经过这件事，变得更加沉默寡言了。

傻东媳妇一个人在网上孤军奋战，发帖声称坚决支持和相信丈夫，但毕竟势单力薄，她发的帖子很快就被淹没了，反倒招致了更多的网暴。

不少媒体都来采访傻东，说的好听是来为他发声的，但其实他们关心的并不是真相如何，而是话里话外都在诱导傻东，好博取眼球和流量，好像撒谎的就是傻东似的。

就在大伙儿都以为要尘埃落定的时候，这天，厂长突然接到了一个电话。接完这个电话，厂长的表情变得异常严峻起来。他点燃了一根烟，默默地吸完，就打电话把孙大勋和傻东都叫到办公室来。

厂长非常严肃地告诉他们，事情闹成这样已经无法收拾，必须要分出个是非曲直来。他说这件事在网上发酵以后，引起了很多人的关注，有人提供了一条重要的线索，他现在已经知道了，到底是谁在撒谎。如果现在撒谎的人肯主动承认，他愿意给他一次机会，低调处理；假如还是执迷不悟，等他向媒体揭露真相的时候，可什么都晚了！

孙大勋听完却毫不在意，心想：经过了这么长时间，你们也没查出什么眉目，现在网上反而是一边倒地支持我。厂长这是黔驴技穷了，竟然想要来诈我，我可不会轻易上当。于是孙大勋得意扬扬地说："我相信真的假不了，假的也真不了！"而傻东则一直默默地低头不语。厂长见状只好叹了口气："既然这样，那就明天见分晓吧！"

第二天，在厂长的安排下，厂领导一行人以及傻东、孙大勋来到了那天救人的河边。厂工会还邀请了不少媒体的记者，更有不少自媒体听到消息，纷纷赶来蹭热度，现场不少手机都开启了直播模式。

所有人都在期待，都想看看厂长究竟会有什么办法来还原真相。这时，厂长招了招手，秘书拿过来一只橡皮鸭子递给他。只见厂长抬起手，用力将橡皮鸭扔进了河里，然后大声说道："既然实在分辨不出真相，那么我们就用这个办法来解决吧！你们俩谁先抢到橡皮鸭子，谁就是真正的救人英雄！"

此话一出，顿时让所有人都大跌眼镜。傻东和孙大勋也不由得面面相觑，不用说他们，在场的人几乎全都蒙了，这也太儿戏了吧！

这时，厂长却大声说道："昨天，我接到了一位农村老人打来的电话。现在网络的力量真是太强大了，连身处偏远农村的老人都知道了真假英雄的事。这位老人很气愤，他说自己是托人好不容易才查到我的电话的。他告诉我，他唯一的要求就是，必须要在尽可能多的媒体

面前揭开事情真相；还说，一定要让所有人都知道真相，绝不能让真正的英雄受委屈，要还英雄一个公道！"

说到这儿，厂长看向孙大勋："要不用和李向东比了，只要你能像救人视频中的那样，一个猛子扎下去，踩着水把橡皮鸭捞上来，你就是真正的救人英雄！"

此刻孙大勋却脸色大变，浑身如筛糠一般抖动，头上也冒出了豆大的汗珠。

厂长看了他一眼，没再理他，直接面对着媒体记者大声说："打电话的老人就是孙大勋的父亲！他告诉我，孙大勋从小是在农村长大的，小时候有一次下河游泳腿抽筋了，差点淹死，当年被一个村民正巧遇到救了上来。从那以后孙大勋去河里游泳，只敢待在河边水浅的地方扑腾两下，再也不敢到深水区，所以尽管他会游泳，却只会几下狗刨，根本不可能像视频里那样一个猛子扎下去，还能踩水把人救上来，他没那个本事！"

厂长的话音刚落，就见孙大勋如同被抽去了骨头一般，软绵绵地瘫在了地上……

（发稿编辑：田　芳）
（题图、插图：杨宏富）

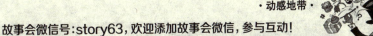

· 神探夏洛克 ·

钻石大盗

珠宝拍卖会上，两颗大钻石失窃了，而臭名昭著的乔伊斯那天也出现在拍卖会上。乔伊斯是个大盗，手段高超，警方没有发现任何证据，只能眼睁睁地看着乔伊斯回到住处。

夏洛克以私人身份上门拜访乔伊斯，乔伊斯面带微笑地把夏洛克引进寓所。然后，不慌不忙地对夏洛克说："夏洛克先生，请随便坐吧，还好你今天来了，因为明天我就要搭乘飞机离开这个国家了。要喝点什么吗？威士忌加冰块？"说完，乔伊斯便倒了两杯加冰块的威士忌，并把其中的一杯放在了夏洛克面前。

夏洛克微笑着说："那我还真是来对了，多谢款待。不过，我想你明天应该走不了了，因为那两颗失窃的钻石被你偷了！"

亲爱的读者，你觉得夏洛克找到乔伊斯偷钻石的证据了吗？

超级视觉

是一盆蔬菜，倒过来看，又像是一个人脸。

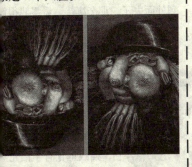

想知道答案吗？

1. 您可直接扫描下面二维码。

2. 购买 2023 年 9 月上《故事会》。

动感地带，与您不见不散！上期答案见本期 P24。

思维风暴

什么东西越年轻就越旧？

·细节·

大鹅找弟弟

弟弟很淘气，明明才五岁却成了混世魔王，整天就在村里赶鸡撵狗，导致村里的小动物一看到他就逃得远远的。

这天，弟弟不知道又跑到哪里去野了，天黑了也没有回家。大伙在村里找了一圈没有找到他。于是就想，要不放几条狗去帮忙找找看，就拿了弟弟的鞋子给村里的狗闻，谁知狗闻了之后却不肯去找，试了好几条狗都是如此，可见弟弟到底有多讨村里的狗嫌了。

见此情景，姐姐想到一个办法。她想起家里的一群大鹅见到弟弟就会绕道走，于是赶着那群大鹅出去围着村子绕了一圈，结果走到村头的西瓜地，那群鹅怎么都不肯往前走了。大伙就仔仔细细地在西瓜地里找了一遍，果然在西瓜地中间发现了呼呼大睡的弟弟，手里还抱着吃剩的大半个西瓜。

（阳光般的遥）

遗弃儿

读小学的时候，外婆养了一只猫。每天猫吃饱喝足后，不是在外婆怀里撒娇，就是躺在外婆脚跟前守着。有了猫，外婆都不喜欢抱我了。

看到外婆对猫比对我更好，我总想捉弄它。有一次，趁外婆不在，我在猫碗里悄悄拌上一大把辣椒面，红红的，看上去还让人挺有食欲。猫冲我喵喵叫了几声表示感激，它刚吃进一口，就厉声叫了起来，逃命似的蹿到外面去了。那个凄惨，看得我很解气。我咧着嘴大笑，一转身竟看到外婆瞪着我，她举起手作势要揍我，但又慢慢放了下去。

后来外婆去世了，那只猫总围着我转，终于有一次，我忍不住蹲下抱起它，猫眼里竟有了泪光点点。那一刻，我知道，我们都是外婆的遗弃儿。

（何秋）

82

太迟

晓玲养了一只宠物狗。她为了生计外出打工，只能将宠物狗交给爷爷，千叮咛万嘱咐让爷爷照顾好，爷爷欣然答应。

这天，晓玲接到爷爷电话，说宠物狗不行了。她急匆匆赶回家，和爷爷一起送它去宠物医院。可惜，医生也回天乏术。晓玲很不满，冲爷爷大喊："狗狗长了肿瘤，不是一朝一夕的事，你怎么不早点送到医院呢？"

爷爷像做错事的孩子，低下了头说道："也许不是狗送得太晚，而是你回来得太迟……你都四年没回家了……"　　　　（风开季节）

女儿的新任务

女儿考上了大学，我想这回日子终于轻松了，不用再贪黑起早伺候她了。可她走之前又给我安排任务——照顾从她同学那儿弄来的一只狗，说是同学家有事，没人照顾，最多一学期，到时候就领走。没办法，我又成了狗狗的仆人，每天喂狗、遛狗、给狗洗澡，很怕给养瘦了。

总算挨过一学期，女儿放假回来见狗狗养得不错，也很开心。我正想着这回可以把狗狗还回去了，女儿却漫不经心地说："我同学不要狗狗了，你就养着吧！"

唉……我心里真是郁闷，不过想想，要真送走了，我还有点儿舍不得，那就养着吧。

后来，我无意间听到女儿和同学打电话："要不是你那只狗狗，我妈就该整天在家打麻将，享清福了。"我摇头苦笑，却听到女儿又说："可是她有糖尿病，不放开腿勤溜达哪能行？"

　　　　（春之晓晓）

回头的鸽子

那天，我在墙角发现一只受伤流血的鸽子，我急忙拿来酒精、棉纱，为它消炎包扎。

我给鸽子取名"米娅"，像对朋友一般精心照料它。等到米娅伤愈，我虽然心里很不舍，但也只能将它放归自然。临别前，我将一个铜铃挂在米娅脖子上——这叫"放生铃"，狩猎者一般不会对这类鸟儿下手。米娅一步三回头，终于展翅飞走了。

几个月过后，一阵铃声由远及近传来，竟是米娅一路蹦着回来了，它来到我脚边就伏下一动不动。我赶它："你属于大自然，应该展翅翱翔。"

这时妻子看出端倪，摇头道："看清楚了，它现在还能飞吗？"我这才发现米娅身上竟然挂着好几个铃铛，难怪刚才响动声那么大。好家伙，放生啥时候变成负重了？　（鹰翔狼啸）

（本栏插图：孙小片）

叛徒老丁

□ 袁作军

老丁本是大兴米厂的销售经理，怎么就成了叛徒呢？

一开始，厂里的收购经理小杨找吴老板抱怨："老丁每天都是小车进出，陪那些米贩子吃喝玩乐。而我面对的是没完没了的验质、过磅，忙得吃饭、上厕所都要带小跑。"车间经理小朱也找吴老板诉苦："我最惨！每天在昏暗的厂房里，不停地巡视机器、检验米质，空气污浊，噪音震耳。可是老丁轻轻松松，工资奖金之外，每年还另有七八万元的差旅、招待费，不公平！"最后，吴老板给小杨、小朱每月增加两千元奖金，米厂相安无事了几个月。

后来，吴老板突然罹患肺癌住院，米厂大权就全盘移交给了大学毕业宅在家里的儿子小吴。小吴上任，听取了小杨、小朱二人的意见，果断地取消了老丁的差旅费，收缴了专用小车。

老丁还想争取一下，说："小吴老板，你收回的小车，不过是停在院子里淋雨晒太阳，何必呢？你这样一来，我就没法开展工作了。"

小吴说："老丁，给你一个人配小车，其他经理没有，人家心理能平衡吗？销售工作，困难肯定有，克服一下嘛。"

老丁无话可说了，只能长叹一声。老丁从此被"钉"在厂里，坐等生意上门，时不时地还被指派帮忙去验质、过磅、扛米包，整天弄得灰头土脸。

老吴老板得知情况，急忙从医院回厂，呵斥小吴："胡闹！你这样搞，是要赶走老丁吗？收购、加工、销售是铁三角，缺一不可呢。"

小吴说："谁要赶他走了？小杨验质过磅，小朱操作机械，技术含量都很高。老丁呢，游山玩水，吃吃喝喝，一身的特殊化，算什么？你也不要说得那么邪乎。我们的客户群体已经形成，没有他老丁，估计天塌不下来。"

小吴读的是中文专业，主攻现代诗歌。老吴说："米厂管理，不象你写诗歌那么浪漫。记住，老丁不能走啊。"

老爸的话，小吴只当耳边风。谁知第一个月，大米销量就减少三百吨；第二个月，销量又减少了六百吨……小吴不满地说："老丁，你是不是闹情绪？"

老丁说："没有，是市场竞争太激烈。我们镇周边的大型米厂就有五家，小型米厂更多。客户关系要频繁地维系。小吴老板，你还是要恢复差旅、招待费，配备专用小车。你信不过我，可以另行安排销售经理。"

小吴哼哼哈哈，未置可否。几个月后，老吴老板不治去世了。大兴米厂全部由小吴老板说了算。挨到年底一统计，大兴米厂年销售量十年来第一次跌破五千吨的新低！

全厂上下一片哗然，矛头全都恶狠狠地指向老丁。小吴拍着桌子骂人："你这个销售经理，难道就是个饭桶？没给你特殊化待遇，就消极怠工！"

老丁百口莫辩，引咎辞职："我无能，我不干了总可以吧？"

小吴说："可以。"他还扣了老丁全年的奖金和一个月的工资。

金牌销冠，赋闲在家，好几家大型米厂闻风而动，重金力邀老丁加盟。老丁一一婉谢，最终却进了效益堪忧、小打小闹的鸿昌米厂，担任销售经理。人们不解地问："你这是睁着眼往泥坑里跳呢，为的哪般？"老丁说："这里离大兴米厂最近！"

人们甚是疑惑。一年后，答案浮出水面：老丁带着众多的新老客户，使鸿昌米厂一跃成为全镇米业龙头老大；而大兴米厂却冷冷清清，门可罗雀，离倒闭仅有一步之遥了……小吴老板逢人就骂："叛徒老丁，不得好死！"

（推荐者：鱼刺儿）

（发稿编辑：田 芳）

（题图：孙小片）

王某是个年轻教师，担任五年级一班的班主任。这天上午，他上完课，刚回到办公室，就有学生着急地跑来报告：小蔡同学不小心用圆规戳伤了小周同学的眼睛。

王某一听，就急了。学生安全是学校工作的重中之重，学校天天要求老师对学生开展安全教育，为此还制订了不成文制度：哪班学生出了安全事故，由哪班老师负责。王某急忙来到教室，大致了解了情况后，便叫车把小周送到医院，同时还联系了双方家长。

进了医院，因急需做各种检查，学生家长尚未赶到，王某就自掏腰包，垫付了 3000 元的医药费。经医生检查，小周右眼角膜穿透伤，需进行人工晶体植入手术，并被评定

为九级伤残。小周在医院住近一个月，医疗费等各项费□共计 10 万元。

小周的家长要求小蔡家□额赔偿，小蔡的家长不同意□说这事又不是小蔡故意的，□然他家孩子下课期间挥舞圆规□不对，但如果小周不回头，□不会发生这样的事，因此只□赔偿一半。

小周的家长不同意，说□己孩子遭了罪，不应该再出钱□

学生在校受伤
学校应承担责任吗

□ 朱西岭

。最后，两家商讨后，一致认为事情发生在学校，学校老师监管不力，应该承担一半的责任。于是，双方家长一起找到学校，责任自然落到了王某身上。

王某据理力争，说他平时经常在班级内开展安全教育，出事后，他也及时把孩子送到了医院。如果是出钱的话，3000块垫付款可以不要。双方家长自然不会同意，他们对王某说，如果不赔偿医药费，他们就告到教育局，让教育局来处理。

王某刚入职不久，一时间不知如何是好。他不想赔钱，可又担心这事被告到了教育局，即使他不被处理，也会影响他的声誉，因此产生了花钱消灾的想法。可到底赔多少钱合适呢？五万块钱，他一时之间还真拿不出来。

正在王某犯难时，一个亲戚了解情况后说，这事虽然发生在学校，但他的学校经常开展安全教育，事后他又尽到了妥善处置的义务，无须进行赔偿。

小周的家长岂肯善罢甘休，于是把学校、王某和小蔡的家长均告上了法庭。法官认为，小周、小蔡均已年满十周岁，属于限制民事行为能力人，对自身行为的危险性有一定的注意义务，综合考虑案件实际情况及各方的过错程度等，酌情认定由被告小蔡的家长和学校承担相应的赔偿责任。

最终，王某不仅不用赔偿，还拿回了垫付的医药费。

律师点评：这个故事涉及了一个法律问题，即学生在校受伤，该由谁承担法律责任。

根据法律规定，无民事行为能力人或者限制民事行为能力人，在学校受伤的，由责任者承担责任。学校未尽到管理职责的，应该承担相应补充责任。

本故事中，小蔡同学在课间休息时，不小心用圆规戳伤了小周同学的眼睛。因此，原则上是由小蔡同学的法定监护人、学校共同承担赔偿责任。而承担责任的具体比例则根据他们的过错程度认定。学校尽管已开展安全教育，也及时尽了妥善处置义务，但作为校方，对限制民事行为能力的未成年人仍须进行监管。因此，小蔡同学的监护人承担70%、学校承担30%的责任较为妥当。

（发稿编辑：朱 虹）

（题图：孙小片）

意外效果

□ 冯 凯

阿辉和同事大华关系要好。这天，大华跑来向阿辉诉苦。原来，大华的老婆也在同一家公司上班，平时两人一起开车上下班。由于他们分属不同部门，在家里又忙于照顾孩子，根本没空沟通，婚姻渐渐出现了问题。阿辉让大华别急，他会帮着想办法。

五天后，阿辉找到大华说："我发现你开车时，嫂子总坐在后排。这可不行！"大华双手一摊，表示没办法。阿辉摆摆手："你要让她坐在副驾驶座上，两人才能亲近！"大华点头称是。

又过了一周，大华还是很沮丧，因为老婆虽然坐在副驾驶座上，却一直低头玩手机，全程无交流。阿辉被他气乐了："你不会找话题吗？难得两人独处，可以谈谈情说说爱嘛！"

接下来，阿辉出差了一个月。回来后，他特意询问大华情况。大华笑眯眯地说："我听了你的话，开车时和她聊天，但半个月前，由于分了心，不小心撞车了……"阿辉大惊失色。大华继续说："还好，人没事，但车撞坏了，到现在还没修好，我只好改骑摩托车！"阿辉松了口气，幸亏人没事，不然自己就成了罪人。

看到阿辉的表情，大华哈哈大笑："其实，算起来，我还是得谢谢你。"阿辉一怔："为啥？"大华神秘地说："因为你的建议，我和老婆的关系已经变好了。不说了，准备下班，接老婆回家啰！"说完，他转身离开。

阿辉一头雾水，没过一会儿，就见大华开着摩托车载着老婆飞快地驶过，老婆紧紧地抱住他……阿辉顿时恍然，一拍大腿，兴奋地叫道："挨得近，抱得紧，小两口，亲上亲！"

（发稿编辑：田 芳）

□ 张金垓

一山难容二虎

钱员外生前沉迷女色，因为荒淫过度竟意外身死。到了阴间，他孤身一人，倍感寂寞，不禁怀念起了在人间时的风流快活，就托梦给儿子，要他烧个美人纸扎给自己。

钱少爷倒也孝顺，第二天天一亮，就到纸扎店去买美人纸扎。

纸扎店老板见来了有钱的主儿，忙把店里最贵的美人纸扎推销给钱少爷，还说："这种制作精美的美人纸扎只需五百铜钱，便可买一送一。"

钱少爷觉得花一样的钱可以买两个，两个美人纸扎烧下去，老爹可以左拥右抱，肯定会很满意，于是就痛快地掏钱买了。然后，他到钱员外坟前，把美人纸扎一并烧给了老爹。

谁想到，两个星期后的一个午夜，钱员外又给儿子托了个梦，说是

烧给自己的两个纸扎美人整天争风吃醋，不是这个把那个打哭了，就是那个把这个打伤了，自己也被吵得不得安宁。钱员外还说两个美人天天大呼小叫：一山难容二虎，除非一公一母！最后他对儿子说："你快过来带走一个吧！"钱少爷心想：我要是过去帮你，不就回不来了吗？他安慰了老爹，也有了主意。

次日一早，钱少爷又去了那家纸扎店，买了一个英俊小生的纸扎，拿到老爹坟前烧了。原来，钱少爷打的算盘是，让纸扎公子带走一个美人，这样老爹不就可以既有人陪又清静很多了吗？

谁知，又过了两天，钱员外再次托梦给儿子，气急败坏地说："你小子自作聪明，给我弄个这么英俊的纸扎公子，我正准备将两个美人中的一个嫁给他，不料他花言巧语，竟将两个美人全拐跑啦！现在我又成孤家寡人了！"

（发稿编辑：田　芳）

找戒指

□丁凯丽

王荣开了间小旅馆，平时生意一般。这天，来了个老大爷，找到他询问："我一周前在这里住了一晚，丢了一个戒指，你们看见了吗？"

王荣问："戒指很贵重吗？"老大爷苦笑着说："倒也没有，但对我来说很有纪念意义。你看，我特地又从外地过来找的。"王荣在工作群里发消息询问，片刻有了结果，从前台到房间清洁员，全都说没看到。

王荣双手一摊，说："不好意思，你会不会是在其他地方遗失的？"老大爷摇摇头："不会的，我记得当时躺在床上，把戒指拿在手里看，没来得及戴回去就睡着了。"这下，王荣也没话说了。

老大爷想了想，说："能不能再让我进房间看看，说不定它掉到床底了呢？"王荣勉强点点头："好吧……"

那个房间客人刚走，里面还没整理，很是凌乱。老大爷趴到地上细看，

并没发现戒指，失望之下，干脆把[床]翻了个遍，连枕套也没放过。果然有个小戒指被卷进枕套里，不细心检查，根本就发现不了。

老大爷欣喜地说："就是它！"王荣尴尬地笑了笑，说："找到就好。"老大爷说："谢谢，谢谢！我会有所表示的。"

很快，在旅馆的预订平台上，显示出老大爷给的五星好评，还有他自己找戒指的详细经过。员工们看到后，都很兴奋，纷纷对王荣说："老板好不容易有个五星好评，我们的旅馆生意要变好了！"谁知王荣却喃喃道："惨了，旅馆完了。"

员工正纳闷时，门口突然冲进几个网红博主，他们举着手机，吵吵嚷嚷地说："谁是老板？丢了七天的戒指还能在枕套里找到，这里的床上用品到底多久才换？！"

（发稿编辑：王　琦）

马大发是个房地产大佬，他新建了个养老院，交给儿子小马打理。

小马不到三十岁，年富力强，又是管理学博士。他踌躇满志，每天忙得焦头烂额，想用业绩向父亲证明自己。可不到半个月，养老院的老人们天天找他扯皮，说他这也不对，那也不好，院里被弄得一团糟。没办法，他只得向马大发递交辞呈，让父亲另请高明。

马大发又托人帮忙物色新人选，很快就找到了一人。此人退休前任文化局副局长，工作经验、沟通能力、接地气的口头表达方式，都比小马更出色，而且她是文艺骨干出身，组织老人们唱歌跳舞啥的，再合适不过。可让马大发没想到的是，这位前女副局长，也仅仅在岗位上坚持了一个月，就黯然退场，原因还是老人们不买她的账。

养老院成了烫手山芋，马大发万般无奈之下，决定借助媒体招聘贤才。可直到招聘截止日前一天，才来了一个应聘者。马大发亲自面试，但很不满意：应聘者小婕是个二十出头的小姑娘！一问经历，马大发更是大失所望，对方是邻市一家幼儿园的教师，为了到本地跟未婚夫团聚，刚辞了那边的工作。

失望归失望，马大发想着死马当作活马医，还是签下了小婕。令人想不到的是，三个月试用期内，养老院风平浪静，一派祥和！

马大发忍不住问小婕用了啥高招，小婕抿嘴一笑："没啥高招，我就用了教小朋友的那一套。"

"这都行？"马大发更好奇了。

小婕笑着说："难道您没听过'老还小'？人老了，就成了老小孩啦，把他们都当孩子哄就行……"

（发稿编辑：朱 虹）

凭啥这么牛

□赵功强

·幽默世界·

逃单

□ 楚 囝

大斌开了家鞋店，交给老婆阿美打理。这天，阿美一个人看店，有个顾客试穿了一双鞋后，趁阿美没留意，就走到外面不见了。事后，大斌叮嘱老婆说："以后顾客试穿鞋子时，不能让对方走到外面！"阿美忙表示记下了。

第二天，店里来了两个年轻小伙，其中一个挑了双鞋，穿在脚上试着走了两步，突然快速跑向门外。阿美见状，边喊边追了出去。

不料，小伙刚跑到门外就停了下来，店里另一个小伙则用手机拍下了这一幕。原来试鞋的小伙是一位短视频博主，平时专发一些搞笑视频，这次就是事先策划好，来拍摄顾客逃单后店主的反应的。

阿美告诉大斌此事后，大斌笑着说："你要学会看情况嘛，之前我就说过不能让顾客试鞋时走到门外，他们是两个人一起来的，只有一人跑出去了，肯定不是想逃单嘛。"阿美又表示记下了。

第三天，店里来了个中年男子，他挑好鞋穿在脚上后，竟也突然想往门外冲。阿美见状，忙一把将男子拦住，男子着急地说："哎呀，有警察来了！"

阿美死死地拽着男子，说："看见警察就想跑，你肯定有问题！"

男子挣脱不掉，指着外面怒道："你看，交警把罚单给贴上了！要不是你拦我，我就能跑出去把车给挪了。"说完，他怒气冲冲地换上自己的鞋子，走了。

事后，阿美委屈地对大斌说："这回，他可是一个人来买鞋，我才不让他出去的。"

大斌查了下监控，叹气道："可他把自己的名牌鞋留在店里了，那鞋比我们店里的贵好几倍，他怎么可能逃单呢？"

（发稿编辑：朱 虹）

只此一家

□ 马凤文

县有关部门要对各小学进行安全检查。消息一出，幸福小学的校长把王老师叫到办公室，说："这次检查如果不合格，学校会被全县通报批评。你平时负责安全工作，咱们可不能丢脸啊！"

王老师拍着胸脯说："校长，放心吧！我有办法。"

三天后，李主任一行人来到学校，由校长亲自迎接。王老师把检查人员带到了一个房间门口，李主任抬头看着"安全档案室"的门牌，眼睛一亮，说："很好，能把安全材料独立设一个档案室的，全县只此一家。"

听到表扬，校长和王老师都很高兴。王老师指着档案柜说："这里面都是安全材料。"李主任打开一个档案柜，只见里面的档案塞得满满当当，纸张陈旧，一看就知道是多年积累下来的。李主任称赞道："很好。能有这么多材料的学校，全县只此一家。"

王老师递过一份安全方案，说："这是方案，请您多提宝贵意见。"

李主任打开一看，整个方案不足千字，眉头一皱。王老师赶紧说："我们重在落实，去掉了不切实际的内容。"

李主任点点头，说："简洁明了，便于执行，全县只此一家。"

检查结束，李主任等人正打算离开，就在这时，一个学生突然跑过来，冲着王老师大喊："王老师，我们老师问你还收不收废纸了？"

王老师吓得脸色惨白，大吼一声："走开，走开！"

李主任发现苗头不对，赶紧返回档案室仔细察看，发现那些陈旧的材料居然都是废纸充数，真正的材料只是上面薄薄一层。李主任气得脸色铁青，一拍桌子怒斥道："用废纸充当安全材料，全县只此一家！"

（发稿编辑：王 琦）

程红开了一家服装店，凡是进店的顾客，都逃不过她的三寸不烂之舌，被忽悠得买这买那，满载而归。

这天，程红见一个胖姑娘正往下脱试穿的牛仔裤，忙上前道："这裤子你穿着真显瘦，好看，姑娘你买吧！"姑娘把裤子提了提："可我拉链都拉不上，肚子的肉都在外面呢！"

程红前后瞅了瞅，跟着姑娘一起使劲道："姑娘，你使劲吸口气，这不，穿上了！均码，看着一点都不紧，而且这弹力款真显瘦，姑娘你买吧！"

姑娘有些迟疑，程红再次发力："这是今年的新款，不是你这个身材都穿不出这个效果，姑娘你买吧！"终于，姑娘招架不住忽悠，掏钱买下了牛仔裤。

第二天店门一开，一个五十多岁的妇女就奔了进来，气呼呼地拎着条牛仔裤，对程红说："这是昨天你卖给我闺女的？根本就穿不了！"

程红看了一眼妇女身后的胖姑娘，假笑道："姑娘穿得挺好看的，显瘦……"

还没等程红发挥特长，妇女就怼了回来："那肚子勒成个肉球似的好看？你咋睁着眼睛说瞎话！"

这是碰到硬茬了，程红讷讷地还口。哪知那妇女越说越过分，最后来了一句："嘴里没一句实话，你天天这么骗人，小心遭报应！"

程红也来气了，忍不住反驳道："谁说我没实话？"

妇女一愣，冷笑道："那你说说你劝我闺女买裤子的时候，哪一句是实话？要是你说得出，这条裤子我就不退了！"

程红笑了笑，调出监控录像，指着画面说："我反复劝她的这句'姑娘你买吧'，就是我发自肺腑的实话呀！"

（发稿编辑：赵嫒佳）

店老板的实话

□胶年儿

殊途同归

□ 徐树建

早年间，有三个人都去学习乐器，赵大学二胡，钱二学唢呐，孙三则选择学小提琴。

赵大说："二胡多棒啊，是中国民族音乐的灵魂，《二泉映月》一响，全世界为之倾倒。"

钱二一脸不屑地说："说到民族音乐，百般乐器中唢呐为王，唢呐一响，就没有你们二胡啥事了。"

这时，孙三笑了起来："跟我的小提琴相比，二位就不觉得二胡和唢呐太土气了吗？"

这下甭说赵大，连钱二都说不出话来了，是啊，人家小提琴显得多高大上啊！

转眼间，多年过去了。这天，街头走来一群人，敲锣打鼓，乐声阵阵，唢呐钱站在队伍正中，摇头晃脑地吹着唢呐。原来这是一个民间响器队，就是专门操办丧事的，唢呐钱成了主力成员。

正边走边吹，唢呐钱忽听到一阵如泣如诉的音乐声传来，细细一听，竟是《二泉映月》！只见路边坐着一人，正闭着眼全神贯注地拉着二胡。此人衣衫褴褛，面前摆着一只不锈钢碗，里面有几枚钢镚，竟是二胡赵！

久别重逢，两人来到一家小酒馆叙旧。唢呐钱长叹一声："造化弄人啊，想不到咱哥俩如今沦落成这样，幸亏当年学了唢呐和二胡，不然今天连饭碗都没有。"

二胡赵也感慨万千："回想起来，孙三当年学小提琴真是明智的选择，人家小提琴多高档，哪像咱们……"

就在这时，有个人走到他们身边，举起手里的小提琴，谦卑地说："二位先生，要不要我为你们拉上一曲《梁祝》？酬劳嘛，二位随意赏点……"

这声音似曾相识，二胡赵、唢呐钱抬头一看，哇，居然是老熟人——提琴孙！

（发稿编辑：朱　虹）

有本事的男人

□ 庞启帆 编译

格拉姆是个普通职员，他家中有六个孩子。虽然他挣钱不多，家中开销也常常入不敷出，但他总觉得自己是个特别有本事的男人。他总爱在别人面前炫耀，说："现在很多夫妻生不出孩子，也不知道是哪里出了问题。知道我家有几个孩子吗？六个！"

最近，格拉姆带全家一起出行时，他不叫妻子拉罗莎的名字，而是叫她"六个孩子的母亲"。拉罗莎觉得丈夫的这个叫法太难听了，尤其是在众人面前，她更觉得难堪。于是她多次向丈夫提出抗议，但格拉姆还是不管不顾，照喊不误。

一个星期六的上午，格拉姆和拉罗莎带六个孩子到公园去玩。八个人一路浩浩荡荡，路人无不为之侧目。看到路人的反应，格拉姆自豪极了，尤其是那些与自己同龄的男人，格拉姆觉得他们全都流露出羡慕的目光。

到了公园，格拉姆与拉罗莎分别带孩子去玩他们喜欢玩的项目。孩子们兴奋极了，拉罗莎也很开心。几小时后，孩子们玩累了，该回家了，拉罗莎忙着帮孩子们收拾东西。格拉姆看着妻子和孩子，觉得等待已久的一刻终于到了，他积攒起力量，用最大的声音对拉罗莎喊道："六个孩子的母亲，我们准备回家了吗？"

顿时，周围人的目光全都齐刷刷地聚焦在他们身上，有的妇女甚至笑起来。拉罗莎觉得尴尬极了，她忍无可忍，愤怒的情绪终于爆发了。她深吸一口气，也大声对格拉姆喊道："马上走，两个孩子的父亲！"

（发稿编辑：王 琦）

（本栏插图：小黑孩 顾子易）

2023年

中国十大廉洁故事评选

·每篇奖金 3000 元·

兴廉洁之风，树浩然正气。为加强新时代廉洁文化建设，鼓励广大作者创作老百姓喜爱的廉洁故事，上海金山山阳廉洁文化基地与《故事会》杂志社，联合出2023年中国十大廉洁故事评选活动。

评选范围：2023年《故事会》有关栏目发表的"廉洁故事"，如新时代廉洁事、中华传统文化中的廉洁故事、红色廉洁故事、家风家训廉洁故事等。

评选方法：专家评选及网络投票。

奖项设置：获奖作品奖金为每篇3000元，全年共10篇，并颁发获奖证书。

投稿方式：欢迎广大作者踊跃来稿。邮箱：gushihuilianjie@126.com。老者可直接投给固定联系的编辑。篇幅控制在3000字以内。作品后请附：姓名、址、手机号、身份证号、开户银行信息及账号。

其他说明：获奖作品著作权归作者所有，主办方享有使用权、发布权和改编，凡参赛者视为接受本项约定。

中国十大幽默故事评选

·最高奖金 每则 4600 元·

为鼓励广大作者创作出老百姓喜爱的幽默故事，中国幽默故事基地上海金山阳镇与《故事会》杂志社，联合推出 2023 年中国十大幽默故事评选活动。

评选范围：2023 年《故事会》"幽默世界"栏目发表的所有作品。

评选方法：1. 每季度评选出 6 篇季度奖作品；2. 荣获季度奖的作品再参加年度总决赛，经专家评选及网络投票，评选出 2023 年中国十大幽默故事。

奖项设置：季度奖奖金为每篇 1000 元，全年共 24 篇；年度奖奖金为每篇000 元，全年共 10 篇。年度奖获奖作品将颁发获奖书。

征文信箱：gushihui999@126.com。请作者自留稿，参赛稿一律不退。

火车与故事

孟文玉 故事会红版编辑
Meng Wenyu Stories Editor

上周末，我带女儿去苏州。赶往虹桥火车站的路上，她问我："妈妈，我们不是要坐高铁吗？为什么要去火车站啊？哪里有火？"

听了这个问题，我马上想到了一部热播剧。剧中男主角年轻时就是一名火车司机——真正烧煤火车的司机。剧中，男主角曾引以为傲的工作岗位，随着时代的变迁而消失在历史的洪流之中。电视剧末尾，老年的男主角以开出租车为生。拉客途中，他偶然穿过一片玉米地，看见了一列火车喷着白色的蒸汽呼啸而来。那个火车司机，正是年轻时意气风发的自己。他对着年轻时的自己说："向前走，别回头啊！"

而我对于火车的最初记忆，是长长的绿皮列车。那时车速慢、铁路线少，旅客多、票难买。每到大站人山人海，上车下车堪比打仗。小学暑假爸妈带我去北京旅游，因为人小挤不上火车，站台上的一个叔叔便把我举起来，从列车的车窗把我递到了我爸妈手里。

从烧煤的火车到内燃机列车再到今天的高铁，这条路看起来走得很快，其实走得很不容易。拉回思绪，我给女儿解释："因为火车最早真的是有火的，要靠烧煤提供动力。虽然现在这种火车已经淘汰了，但大家仍然习惯'火车'和'火车站'这样的说法。"

刷身份证进站来到站台上，我给女儿讲了一个笑话：一个第一次见到火车的人说，我的天，这个东西躺着都跑那么快，要是站起来跑，那还得了？

看着眼前的复兴号，女儿笑得前仰后合。这个笑话是我小时候从《故事会》里看到的，二三十年过去，火车早已不是当年的那个火车，这个笑话却历久弥新，竟然可以逗笑现在的孩子。

小时候听老人讲故事，开头往往都是：很久很久以前……很多故事，的确是"过去的事"吧。但翻开《故事会》，不但有"过去的事"，还有"现在的事""未来的事"……时代的列车不会在某个站点停留太久，但只要你翻开《故事会》，总有精彩的故事陪伴着你。

（插图：丁德武）

82

2023

SEMIMONTHLY

9 月 上 半 月 刊

CONTENTS

扫二维码，可听全本故事。

开门八件事，扫码听故事。一本可读、可讲、可传、可听的全媒体杂志。

故事会

红版·上半月刊

社 长、主 编 夏一鸣
副社长 张凯
副主编 吕佳 朱虹
本期责任编辑 孟文玉
电子邮箱 yuwenmeng@126.com

· 发稿编辑 ·
吕 佳 丁婉瑶 陶云韫 曹晴雯
美术编辑 王怡斐 郭瑾玮
红版编辑部电话 021-5320 4055
绿版编辑部电话 021-5320 4050
地址 上海市闵行区号景路159弄A座3楼
邮编 201101

主管、主办 上海文艺出版总社
出版单位 《故事会》编辑部
发行范围 公开

· 出版发行部 ·
发行业务 021-5320 4165
发行经理 钮颖
媒介合作 021-5320 4090
广告业务 021-5320 4161
新媒体广告 021-5320 4191

· 融媒体中心 ·
《故事会》微博 @故事会
《故事会》微信 story63
故事中国网 www.storychina.cn
《故事会》网店
shop36332989.taobao.com

故事会公众号　　故事会小程序

国外发行 中国图书贸易总公司
印刷 上海四维数字图文有限公司
发行: 中国邮政集团公司报刊发行局总发行
国内代号 4—225 定价 8.00元

漂亮的文身

小齐收养了一只流浪狗，那小狗肚皮上有一个漂亮的文身。小齐觉得好看，也在自己手臂上文了一个。后来小齐带狗狗去宠物医院打疫苗，宠物医生看着小齐的手臂说："这个……"

小齐说："这个图案好看吧？在小狗身上发现的，我特喜欢。"

医生说："其实，小狗身上那个是我做的，我们这边给宠物绝育后都会文这样的图案做标记……"

（丁二烤）

（本栏插图：包丰一）

第三名的感言

社区自行车比赛结束了，获奖者发表感言："其实我忘记带自行车了，能获得第三名，我很满意。"

有人问道："没有自行车？那你是怎么得的第三名？"

"我坐在第二名的车后座上。"

"既然如此，为什么你不坐在车篮里？"

"第一名先坐进去了，我没抢过他。"

（迪迪豆豆）

好多了

女友给大刘发消息："我今天倒霉了，心情不好。"大刘回复："没事的，我有办法，不信你瞧好了、了、了、了、了、了、了、了、了、了、了……"

女友奇怪地打电话问他："什么意思？好多'了'啊！"

大刘说："看，你自己说的，好多了，那我就放心啦！"

（任万杰）

4

历史惯例

同办公室的大壮和小丽年龄相仿，平常也爱吵架斗嘴玩闹。

这天，大壮对小丽说："以后我们别吵了，停战吧！"

小丽问："停战？怎么停？"

大壮说："按历史惯例停啊！"

小丽愣了一下，马上脸红了："难道是……联姻？"

（楼下老李）

宿舍长的劝说

夜深了，大学宿舍内传出了均匀的鼾声，只有不爱学习的张三还在看电影。宿舍长忍不住劝道："我们明天还要上课呢，别看太晚了啊！再说这么精彩的电影，现在一口气看完了，明天上课的时候你看啥？"

（荷之韵）

离职的原因

某心理学家的助理要求离职，心理学家问她："你为什么要离职呢？"

"因为我无论怎么做，都不能让你满意。"助理答，"我上班来得晚，你说我懈怠；早早来上班吧，你又说我太焦虑；我准时踩点上班吧，你居然说我有强迫症！"

（潘光贤）

啥都有

小美的一个大学男同学开了家商店叫"啥都有"。小美问他："你的店里真是什么都有吗？"

男同学说："当然，啥都有！"

小美开玩笑说："我缺个男朋友，你店里也有？"

男同学听了，起身就往店后面走。小美说："你去找什么？难道你店里真有男朋友卖？"

男同学回头一笑："这个真没有卖的，但我可以当你男朋友！我这就去收拾行李，马上跟你走！"

（暮春）

竹签里的哲学

小学门口有一家炸串店，小明和小力常常去吃。这天他俩正在吃炸串，小明说："听说老板会把吃完的竹签回收再利用，所以我们干脆把竹签全都折断，让他回收不成！"小力觉得有道理，吃完炸串顺手就把竹签折断了。折了一会儿，小力若有所思地说："可是，本来我们还有机会吃到自己用过的竹签，照现在这个情况，我们下次来吃，竹签可都是别人用过的了……"

(炸鸡尾)

还有多远

老王去爬山，买了门票进山，没走多远就累得气喘吁吁。王便向山路边卖饮料的小贩："请问还有多远到山顶啊？"小贩看了看山顶又看了看老王，说道："你买了180块钱的门票，这才爬了不到5块钱的山，你说还有多远？"

(黄山客)

还是准的

一个姑娘对算命的说："去年你说我今年肯定有桃花，可今天已经是12月31号了，桃花的影也没有！你算得一点都不准！"

算命的想了想，心一横，咬牙说："其实吧，我一直偷偷喜欢你……"

(么么哒哒)

纠 结

学生对老师说："老师，我发现您是一个很纠结的人。"

老师问道："我怎么纠结了？你说说看。"

学生说："您上课总说这三句话——'看书干吗？看黑板！''看黑板干吗？看我！''看我干吗？看书！'瞧，您一节课也没想明白到底让我看哪儿，还说您不纠结？"

(麻辣鸡丝)

放门口

小张找工作，投了某某外卖公司的职位。几天后，这个公司的人事给他打电话："您好，我这里是某某外卖……"

还没等人家说完，小张就习惯性地说："我的外卖到了对吧？直接放门口就行！"　　　（机智飞侠）

醉汉打车

一个醉汉打车，司机怕他吐在车上，就启动引擎假装开车，然后关掉引擎说："先生，到了！"

可醉汉不下车，还扇了司机一耳光。司机吼道："凭什么打我？"

醉汉大着舌头说："开这么快，多危险啊！你是想谋财害命吗！"

（卧龙城主）

买　车

大刚去买摩托车，标价 8800 元，大刚还价 8000 元，老板不肯卖，大刚便转身走了。可大刚实在是喜欢那辆车，便决定第二天让点步，一定把车买了！

大刚第二天进店后，趁老板走开了，跟老板娘问价。老板娘看了看他说："昨天讲价 8000 的就是你吧？卖给你了！你走后，我老公后悔得一晚上没睡着。"（兰之幽）

网络主播

儿子当了网络主播，老爸总觉得不是正经工作。这天儿子又在直播，老爸便生气地推开儿子，坐在摄像头前说道："拿着父母的血汗钱给主播刷礼物，你们不羞愧、不难过吗？虚拟世界只能给你们虚幻的快乐，现实世界里的奋斗才是人生的意义！"

粉丝们觉得这些话太励志、太正能量了，纷纷打赏。老爸看着不断增长的收入，念头一转，对儿子说："要不，你给我注册一个账号吧，我也要当主播！"

（当红不让）

整整三十年了！二愣当初只身来到省城，没日没夜地挣钱，好不容易攒了一百多万，不为别的，只为出当年那口恶气！

那年冬天，二愣三十岁，马上就要结婚了。这天他骑车去给女方送彩礼钱，路过邱镇时下起大雪，他见街边有家小卖部，就想进去歇歇，顺便给女方家里买点东西。谁知小卖部没人，二愣刚要喊，里间门帘一挑，有张脸冲他一笑："忙着呢。"二愣认出那人是昔日一个赌友，他便不自觉地跟了进去。

里间的小土炕上围着一圈人，因抽烟的人多，地中央还点着火炉子，所以整个屋子都烟雾腾腾的，热浪扑脸。二愣本打算看一会儿就走，可他只看一眼便迈不动步了。

原来这伙人玩的是"瞪眼"，即一人坐庄，三人下注，每人手中两张扑克牌，配点见尾数大小。因亮牌的瞬间赌徒们都会把眼睛瞪起来，人们就管这玩法叫"瞪眼"。

庄家正是这家小卖部的老板田福，只见他边洗牌边催促大家下注，因为除了庄家这门，其他三门任何人都可以押钱，当然有赢有输，就得看各人的眼光和运气了。

二愣看了一阵，心眼便活泛起来，他想把给女方家买礼物的钱赢出来。开始，他小数额地下注，

愿赌服输

□ 忍者文身

8

点——最大的点数！二愣倒吸一口凉气，自己前面这张牌是方块六，后面配啥也大不过九个点，除非是副"对子"——再来个"六"，可这概率太小了！二愣的手不禁哆嗦起来，迟迟不捻开眼前那两张牌。

看热闹的都着急了，邱福却慢慢掏出一支烟叼在嘴上，四下找火时，二愣叫道："我给你找火！"说完，他起身下地来到火炉前，挑开炉盖后，伸手抓起一块核桃大的火炭冲到邱福面前："接着！"

众人全被震住了！邱福却很淡定，他撸起裤腿露出腿肚子："先放在这上面吧，等分出输赢我再点烟。"二愣也不客气，上前就把那火炭放到邱福的腿肚子上。众人傻眼了，谁知邱福对二愣说："不急，啥时亮牌，你说了算。"

二愣没搭腔，盯着那块火炭，直到它渐渐变暗，邱福的腿肚子也被烧焦了一大块，他才无奈地将自己那两张牌翻过来：方块六后面是一张黑桃三，也是九个点！但按赌场规矩，双方点数相等的情况下，庄家赢。邱福一下就将二愣那八百

知几轮下来，他押哪门哪门输。二愣的手心渐渐湿了，下注却越来越狠，不知不觉输了一千多，连彩礼钱都出现了亏空。二愣急了，将剩下的钱都掏出来，冲邱福挑衅道："我就这点老本了，你敢单挑吗？"

邱福一笑："来者不拒！"

周围人一听赶紧腾出场地，二愣便与邱福面对面坐到了炕上。二愣手里正好八百元，邱福便也数出八百元放到明处，又将扑克牌往前一递，说二愣是客，让他洗牌。二愣一摆手，说："谁洗都一样！"

"那我就不客气了。"邱福熟练也洗了几次牌，交替着给每人发了两张，全是背面朝上。按惯例，赌走们都会将两张牌握在手里慢慢捻开，邱福却直接亮出了牌底！

众人定睛一看：一张梅花二，一张红桃七，配在一起正好九个

元划拉过去了，得意道："我腿上这火炭凉了，你再给我抓一块？"

二愣恼羞成怒："你牛啥呀，我早晚让你输得倾家荡产！"

"呵，好大的口气！你剩几毛钱啊，就敢这么说话？"

"我现在虽然没钱，但三十年河东，三十年河西……"

"好！我就等你三十年，我看你怎么让我输得倾家荡产！"

两人就这样结了"梁子"。

时光飞逝，三十年过去了。这天，二愣特地将自己装扮得像个富豪，到老家县城后，他先去预约好的银行提了一百万现金，又来到一家汽车租赁公司，进门就说要租一辆最贵的豪车。女店员说，最贵的一款豪车，日租金两万六。二愣为了能在气势上压倒邱福，咬牙交了租金。

邱镇这些年变化非常大，二愣一时竟找不到邱福的家了，就向路人打听。那人告诉他，邱福八成是在镇北的山坡上放羊呢。二愣心里冷笑：看来邱福混得不咋样啊！

果然，镇北的山坡上有一老一小正在放羊。二愣下车来到他们近前，认出那老的正是邱福，邱福却已认不出他了。二愣伸出当年被火

炭烫伤的手指说："三十年前，俩有个约定，你难道忘了？"

邱福恍然大悟："是啊！还记着呢？我早戒赌了，现在只带孙子放放羊，享受天伦之乐。"

"你倒是享受天伦之乐了，我当年的彩礼都被你赢光了，到在还打着光棍呢！"

"老弟，实在对不住了！我当年赢你的钱加倍还你行不行？"

"不行！"二愣转身一指不处那辆豪车，"我那车上带着一多万呢，有本事你再给我赢去！"

邱福显然是被那辆豪车惊了，他沉吟半晌才说："你看，这里也没有扑克牌，你一定要赌话，咱俩赌点新鲜的好不好？"

二愣耸耸肩："随你便！"

邱福点点头，然后对孙子声交代了几句，那小男孩便从羊中牵出一只又老又瘦的羊向山上去。邱福从羊群中牵出一只又高壮的羊来，对二愣说："咱们就去'见愁'上赌吧。"

"鬼见愁"是当地一处有名峡谷。二愣倒不怕那地方，只是心留在这里的豪车和车上的钱。福看出了他的心思，说："放心只要把车锁好了，不会有事的。"

二愣随邱福和那只羊绕到山背

后，又顺小道爬上山顶，到鬼见愁时，小男孩已牵着那只又老又瘦的羊站到了峡谷对面。鬼见愁上面架着一座独木桥，仅能容一人通过，邱福问二愣："如果把这两只羊同时赶上独木桥，哪只会害怕？"

二愣撇撇嘴，说："对面那只呗，咱们这只羊多壮！"

"那就赌一下吧。"邱福说完，就冲对面的孙子招招手，爷俩便同时将两只羊赶上了独木桥。当两只羊走到桥中心，眼看快要头顶头时，惊奇的一幕出现了：这面那只又高又壮的羊吓得连连后退，而对面那只又老又瘦的羊却步步紧逼，一直逼得这只羊退回了原地！

二愣蒙了："这只又高又壮的，怎么会怕那只又老又瘦的？"

邱福笑着解释："因为这只羊比那只羊幸福啊！"

"这跟幸福有啥关系？"

"当然有了！这羊是我羊群里的头羊，有好多老婆和一堆孩子，吃喝不愁，优哉游哉；而那只羊一无所有，又疾病缠身，所以才敢跟这只羊拼命。这种情况下，谁幸福谁让步，这就叫'幸福让'。"

二愣不知这还有学问，只好认输："行，我该输给你多少钱？"

邱福摇摇头："刚才咱俩都没说赌注，就算了吧。"

二愣不甘心，提议再赌点别的，邱福却连连摆手。二愣就故意刺激他："你是不是没钱？"

"是。"

"穷鬼！"

"是。"

接下来，二愣几乎把所有贬损人的词语都喷出来了，邱福却始终点头说"是"，这还怎么赌啊？不过，二愣虽然没能让邱福"倾家荡产"，但积压在他心头三十年的恶气总算释放出来了。

二愣下了山，开着租来的豪车去还车。可是，他刚走进那家租赁公司，女店员就把租金退给他了。二愣问为啥，女店员说是老板让退的。二愣更奇怪了："你们老板是谁？"

女店员回答："就是邱镇的邱福啊，他刚打来过电话。"

二愣傻了，他不知道，其实邱福有次因为赌博几乎倾家荡产了，好在家人不离不弃，他才及时醒悟，戒了赌，专心做起了生意。后来生意做大了，邱福却尽可能地将时间用来陪伴家人，带孙子放羊，就是他近来最享受的一件事……

（发稿编辑：曹晴雯）

（题图、插图：孙小片）

一个小划痕

□ [美] 贝蒂·莱伯格

星期六的早晨，瓦艾伦一睁开眼，脑子里就跳出了两件事：购物和见多洛蕾丝。

第一件事令人愉快。瓦艾伦喜欢购物，尤其是每年的秋季清仓大甩卖。今年她看中了一张漂亮的咖啡桌，但因为太贵一直没买。上次去商店，瓦艾伦试图找出一些瑕疵，以便讨价还价。终于她有所发现：一条桌腿内侧有一个小划痕。

"只是一个小划痕，一点都不明显。"店主笑着说，"谁会像你这样趴在地上找一个小划痕呢？"

最后，店主只同意让利百分之五。瓦艾伦当然没有买。今天，瓦艾伦要再去看一看，也许会交上好运，以半价买下来呢？

第二件事令瓦艾伦想想就头疼。瓦艾伦的丈夫有个叫保罗的生意伙伴，多洛蕾丝是保罗的妻子。她喜欢卖弄、炫耀，明里暗里都想压瓦艾伦一头。瓦艾伦很讨厌她，但为了丈夫不得不应酬。这不，今晚她要和丈夫一起去保罗家赴宴。

瓦艾伦盘算着怎样才能不被多洛蕾丝压下去。她要做头发、做指甲、穿漂亮衣服，她会在交谈中尽显学识和幽默，她会称赞多洛蕾丝的食物，但绝口不提家庭布置上的创意，尽管她知道多洛蕾丝一定会花不少心思，也会做得非常出色。

可问题来了，秋季清仓大甩卖

中午就结束了，而美发师给瓦艾伦安排的时间是上午，也就是说，如果她想收拾得漂亮点，就会错过大甩卖活动；如果想在大甩卖活动中有所收获，就会错过约定的美发时间。瓦艾伦想，如果不能以光鲜夺目的样子出席晚宴，她会很痛苦，所以她决定等一天再买桌子，但愿秋季清仓大甩卖后桌子还没售出。

做好美发和美甲后，秋季清仓大甩卖活动也结束了。下午瓦艾伦什么也没做，她一直坐着，思考如何与多洛蕾丝斗智斗勇。

晚上去吃饭的路上，瓦艾伦感觉很好，漂亮的衣服、头发和指甲，仿佛跟公主一样。当车子快到多洛蕾丝家时，丈夫露出了赞许的笑，但瓦艾伦很快意识到，丈夫不是对自己笑的，而是对多洛蕾丝家的花园笑的。花园里开满了花。

"该死的多洛蕾丝，她是不是刻意选在花开满园的时候举办晚宴？"瓦艾伦嘀咕道。

瓦艾伦随丈夫走进干净如洗的大理石门厅，受到男女主人的热情欢迎。多洛蕾丝穿了一套华丽的服装，说是一位天才设计师设计的。瓦艾伦从未听说过这位设计师的名字，但她承认，衣服确实很漂亮。

一番客套后，瓦艾伦与丈夫步入客厅，与其他客人见面。忽然，一样东西吸引了瓦艾伦的目光。

是一张咖啡桌！难道是自己看中的那张桌子？瓦艾伦调整了一下慌张的情绪，与其他客人坐在一起。大家很健谈，衣着和举止也都很迷人，但瓦艾伦的心思被那张桌子搅得一塌糊涂，甚至连基本的礼仪都没表现出来。她一定要搞清楚它究竟是不是自己看中的桌子。

瓦艾伦拿着酒杯和一块餐巾布，走向靠近咖啡桌的那面墙，装作欣赏墙上的画。"画很漂亮！"她提高嗓音说，然后故意把餐巾布掉在地上。"哦，让我来吧。"一位男士殷勤地帮她拾起了餐巾布。瓦艾伦暗想，我谢你个大头鬼！

"哦，这些画呀，"多洛蕾丝走过来，"是我在佛罗伦萨买的，它们是当地一位著名画家画的，他一年只画几幅，因此非常珍贵。我们很幸运地买下了它们，多亏了一对老夫妇帮忙。我告诉过你他们的事，他们是我们在长岛旅游时认识的……"多洛蕾丝不失时机地吹嘘起来。瓦艾伦厌恶地背对着她，心想，谁要听这些？瓦艾伦只想弯腰看看能不能找到她要找的东西。

见多洛蕾丝走开了，瓦艾伦又

故意把餐巾布掉在地上，这次她抢在那位绅士之前弯下了腰。"哦，让我自己来吧！"她蹲下身，然后看到了桌腿内侧的那个小划痕！

是那张咖啡桌！不过瓦艾伦没有因为桌子被多洛蕾丝买下来而沮丧，反而变得兴奋起来。

"哦，这真是一张漂亮的桌子！"瓦艾伦边说边把多洛蕾丝叫了过来，然后忍住心中的得意，想听一听多洛蕾丝将会怎么吹嘘。

"这张桌子呀，说来话长。"多洛蕾丝眨眨眼睛，来了精神。

太好了，瓦艾伦想，你就编吧，最好说是手工艺人特地为你设计与制作的，或者是某个著名工匠的限量版作品，越玄越好……但这一次，我知道真相！

这时晚宴开始了。整个晚宴，瓦艾伦都在策划着一个如何在不贬低自己的情况下揭露多洛蕾丝的方案。晚宴后，瓦艾伦正想找个由头谈咖啡桌的事，多洛蕾丝主动过来搭讪，她用一种微妙的手势把瓦艾伦叫到走廊，说要分享一个秘密。

"亲爱的，我知道你喜欢淘便宜货，今天早上我看到秋季清仓大甩卖的巨大招牌时就想起了你，于是我走了进去，结果一眼就看到那张漂亮的咖啡桌，似乎是天意，这么好的东西竟然出现在那里，以前我从没去过那种卖劣质货的地方，我想，好吧，让我买下它吧，即使我不得不降低自己的购物标准。让我们保守这个秘密，好吗？"

淘便宜货？看到清仓大甩卖就想到我？降低了她的购物标准？还是我们的秘密？瓦艾伦挤出一个笑脸，离开了走廊，骂道："该死的多洛蕾丝，真是个虚荣的女人！"

（编译：邓　笛）

（发稿编辑：曹晴雯）

（题图、插图：孙小片）

14

上海市松江区民乐学校 颜亦奇

小侦探

在读了很多侦探小说后，我深深地被书中侦探们的缜密思维和强大的逻辑推理能力所折服，一心想成为一名侦探。最近，我还真的体验了一把小侦探的感觉。

那天，我和妈妈吃完晚饭后，在小区里散步。突然，我感觉脚下被什么东西绊了一下，转过身去低头一看，竟然是一块名牌手表，看起来很值钱。我捡起这块表，开始发愁，怎么找到失主、物归原主呢？在妈妈的建议下，我写了一张招领启事，贴在小区入口的醒目处。在招领启事上，我简单地描述了发现手表的时间、地点，并留下了自己的联系方式和地址，以便失主尽快来认领。

第二天，有个叔叔上门，自称是手表的主人。我不假思索地想把手表交还给他，妈妈却及时阻止了我，并提醒我要问清相关的细节，不要太过草率。正当我们想询问关于手表的细节时，门铃响了，开门一看，又是一位叔叔，也自称是手表的主人。我诧异万分，心想：幸亏妈妈多留了个心眼，没有轻易地把手表交给第一个叔叔。

由于同时出现了两个认领手表的人，我和妈妈商量了一下，打算通过细节来确认谁是真正的失主。妈妈询问了几个有关手表的问题，他们都对答如流。我俩面面相觑，一时被难住了。

忽然，我的目光扫到了一个细节：表带上的插孔，有一个明显比其他孔大一些，说明手表的主人经常插这个孔。于是，我灵机一动，让两个人分别戴了一下这块表，没想到他们都正好插这个孔。一时之间我陷入了沉思：手表的主人只有一个，到底是他们中的哪一个？还有什么线索能帮忙破解谜题呢？

这时，我无意中往窗外一看，一道刺眼的阳光让我晃了眼。我茅塞顿开，有了好主意。我问他们两个人是不是经常戴手表，他们都毫不犹豫地点点头。我胸有成竹地说："好了，我已经可以确定谁才是手表真正的主人。"当我说出这句话时，一个人有些慌乱，另一个人却镇定自若。

我说："请你们伸出手，我来看一看。"我仔细地观察了一下他们两人的手，一个人手腕上有一圈白色的印记，另一个人手腕上却啥也没有。

我把表给了手上有白色印记那个人，对他说："叔叔，你一□就是手表的主人。因为现在是夏天阳光强烈，经常戴手表的话，手腕上会留下印记——肤色会浅一些。

手表的主人对我表示了感谢，另一个人见谎言被识破，灰溜溜地走了。

我开心极了，这一回，我通过仔细的观察和严谨的推理，找到了手表的主人，体验了当小侦探的成就感。

(我的青春我的梦"第三届中小学生故事会征文获奖作品选登)

（指导老师：亚 红）

（发稿编辑：吕 佳）

（题图、插图：孙小片）

□ 许申高

一辆山地车

可雨和小芳是一对夫妻，两人都是骑行爱好者，经营着一家广告公司，小日子过得很滋润。

几乎每天晚上，小两口都会关注网上一个名叫"穷游四海"的视频博主。他是阿雨的大学同学，本名游四海，后来爱上骑行，就取了个"穷游四海"的网名。这些年，他骑着大学时花几百块钱买来的一辆二手山地车满世界跑，饿了，就在路边生火做饭；累了，就搭帐篷休息。四海省吃俭用，但他做公益很大方，赚的钱基本上都花在了这上面。六月中旬的一天，四海从南昌出发，决定一路向西，前往拉萨。

小芳看了四海的视频，大为感动，对丈夫说："你这同学真不简单！从他规划的路线看，会经过我们常德，到时我们请他吃个饭。"阿雨说："那是当然，而且我还想给他表示一下，就是没想好怎么表示。虽然四海的父母都不在了，他至今还是单身，但他人穷志不穷，不会随便接受别人的馈赠……"小芳点了点头，表示赞同。

五天后，四海到了常德，在美丽的柳叶湖畔骑行。他和阿雨已经约好，就在这儿见面。四海沿湖骑了一段，突然听到"咔嚓"一声，链条断了。正好附近有个驿站，他赶紧把车挪到驿站空地上，从车上卸下装备，找出工具，开始修车。

很快，阿雨和小芳骑车来了。见四海埋头修车，阿雨问："路好好的，车怎么坏了？"四海抬起头，用衣袖抹了抹额头上的汗，笑道："车老了，不争气，经常跟我闹别扭，打算进藏之前换辆新装备。"

修好车，三人骑车来到附近一家土菜馆。店里客人特别多，菜点好了，一时半会儿还上不来，三人就坐在包间里喝茶聊天。餐馆老板和阿雨是好朋友，进来打招呼："你们先坐坐，别急啊！"过一会儿他又进来了，对阿雨两口子说："我老家襄阳来了两位好朋友，这会儿没事，想去环湖大道上转转，能不能借你俩的车骑一下？"阿雨说"行啊"，然后起身去开了锁。

等阿雨回来，四海问："你俩的车好像是同一款新车，我之前研究过，要一万多块钱吧？"阿雨回答道："我们买了不到一个月，价格比以前是涨了点。"刚说完，阿雨的电话响了。接过电话，他对四海说："你和你嫂子喝会儿茶，我有事出去一下。"走了几步，他又想起什么，对四海说："我们的车被餐馆老板的朋友骑走了，所以我

得骑你的车去，车锁了吗？"四海点头，赶忙起身去开锁，然后把车前车后两个塞满装备的大包取下，放到一边，笑道："我这车老掉牙了，不好骑，你别笑话啊！"阿雨说没事，然后骑着车匆匆走了。

不到二十分钟，阿雨就回来了，一脸大功告成的高兴样儿。这时菜也上来了，两人喝了点啤酒，开始回忆大学期间的往事，小芳则在一旁饶有兴味地听他俩说故事。

一会儿，阿雨收到一条微信，是一个客户催要发票。阿雨忙从随身小包里找出发票，交给小芳："你给他送去吧，我再陪四海聊聊。"小芳正往外走，突然说："我也骑四海的车去吧，车没锁吧？"阿雨一拍脑门，说："真没锁，我忘了！"四海笑道："反正车就停在窗外边，能看见，没事。"阿雨松了一口气，然后叮嘱小芳："那可是四海的爱车，你骑的时候千万要当心！"看着小芳骑车走了，两人又继续聊。

大约过了半个小时，小芳回来了，她手足无措地站在那儿。阿雨没在意，倒是四海注意到了，忙问："嫂子，怎么了？"小芳望着四海说："我、我把你的车弄丢了。"四海以为她是开玩笑，说："丢了好啊，我就骑你的新车。"阿雨也不相信，

道："对，就骑她的车，跑西藏好不过了。"

小芳急道："真丢了，你俩怎不相信呢？我刚才都是打车来。"听她这么一说，阿雨和四海时望向窗外，果然，只有两包装，没看到车。小芳又说："我送票回来的路上，上了趟洗手间，来一看，车没了！进去的时候我来是想锁车的，可一来我不知道密码锁的密码，二来我们这里一不会出现小偷小摸这种情况，没到这种事偏偏就让我碰上了。"

阿雨先前的高兴劲儿全没了，问："你报警了吗？那地方有没摄像头？"小芳愣了两秒，说："卫间哪来摄像头？我当然报了警，

但没抱希望，估计是找不回来了。"阿雨急得连连摇头，自言自语道："怎么会这样呢？唉……"

四海看老同学急成这样子，宽慰道："我这车不值钱，丢了就丢了。旧的不去新的不来，等会儿我就去买辆新的。"小芳说："要买也得我买啊！要不你就骑我的车，我的车啥都有，前后都能放装备，我也在车座下加装了工具包。"阿雨听了，点头表示赞同，四海却摇头说："这哪行啊？你们的车那么贵，我不能要！"

小芳生气了，说："你要不同意，我立马去给你买辆新的。"说着，她就往外走。阿雨急忙拦住她，对四海说："你就骑她的车吧！那车款式和我的一样，配色也是男性系列的，你能骑！要是让她去买新的，一定比这更贵。"四海坚持道："你们别把这事放心上，我自己去买就行了。当初我的车只花了几百块钱，要赔也就几百块钱的事。"阿雨来火了，说："你要这样，我就不认你这兄弟了！"

小芳急忙责备阿雨："你怎么说话的？老同学之间啥事不好商量，犯得着这样吗？"

她又劝四海："四海，要是按你说的办，我们会愧疚一辈子，阿雨也会责怪我。而且我的车毕竟是新的，你骑它上路相对来说更安全，我们也更放心啊！这样吧，你要实在觉得车贵，不好意思收，下次就在骑行视频里给我们的广告公司打个广告，怎么样？这车就当是广告费了。"四海想了想，终于答应下来："好，听嫂子的。"

当天下午，四海骑着新车上路了。阿雨和小芳目送着他，等到完全看不见了，阿雨突然问："四海的车真被偷了？"小芳说："我还能骗你？"阿雨一跺脚，说："糟了！"小芳忙问："怎么了？"

阿雨这才说："餐馆老板替朋友借车是我导演的一出戏，我借故骑四海的车出去，是为了悄悄地将一万块钱放进他车座下的工具包里，哪想到你会把车弄丢……"

小芳很意外："你怎么不早说？而且你怎么直接送现金呢？"

"我想了好久，临了才想到骑行路上还是现金比较实用。就是怕四海不收，我才悄悄把钱塞进他车座下的工具包里，这包一般人不会注意，而且不易拆，比较安全。"

"要知道你这样，我就应该让你把钱塞在我车座下的工具包里，这样就能送他两份礼物了。"

阿雨又惊又喜："啊！你也在演戏？那车呢？"

小芳笑道："你一撒谎就脸红，要早告诉你，这戏演得下去吗？再说我也是临时决定的，当时你让我去送发票，路上我想到你先前说过要表示一下，却一直不见你有什么动静，我这才想到这主意。走，回家去吧，车在后院里。"

回到家中，阿雨去取车座下工具包里的钱，掏着掏着就傻了眼，原来工具包里还藏着一个包，里面是一大沓现金！阿雨和小芳明白了，这钱肯定是四海放的。两人商量一番，向四海坦白了一切，并打算把这钱给四海送过去。谁知四海得知后，说："不用啦！这钱取出来，本来也是打算换一辆新装备的，而且路上备点现金更方便。之前你问嫂子报没报警的时候，她明显有点慌张，后来她又极力让我收下她的新车，我就猜到了我的车没丢。嫂子这辆车，其实我很早就看中了，现在就当是我从你们这里买下来了，不够的钱，就从以后的广告费里扣吧，哈哈……"

（发稿编辑：曹晴雯）

（题图、插图：陆小弟）

车祸现场

□ 南怀中

伊小素是一位刑警。今天是周末，伊小素却没时间放松，她刚刚接到局领导的电话，市少年宫门前发生了一起司机驾车冲撞行人的案件。挂上电话，伊小素匆忙赶往少年宫。

来到现场，伊小素看到少年宫大门旁的围墙边，停着一辆蓝色轿车。轿车周围拉着警戒线，几名同事正在拍照取证。

同事向伊小素介绍了案情：事故发生在下午4点10分左右。一名女性驾驶员突然开着轿车冲向路边围墙，撞伤了一名路人。伤者已经被送到附近医院，没有生命危险，肇事女司机则被警方控制。

同事说："据在场群众反映，轿车的冲撞目标可能是一对父子，当时他们正走在围墙旁边，车辆冲着他们就撞了过去。多亏父亲反应快，拉着孩子躲过了。经询问，确认他们是肇事女司机的丈夫和小孩。"

伊小素点点头，她走到肇事车辆前仔细观察起来。这是一辆新能源汽车，口碑不错，街上经常能看到这款车。

肇事车辆几乎是笔直地撞在了水泥围墙上，车的前脸完全变形，车内的几个气囊也已经弹出。被撞的围墙上写着一行大字标语"提高人口素质"，肇事车辆刚好就撞在"口"字里面，乍一看仿佛要被怪兽张嘴吞没一般，整个画面让人感觉有些诡异。

检查完现场后，伊小素驱车回到刑警支队。一名同事把肇事女司机的资料递给了伊小素。

女司机名叫邓茹芸，是一名销售经理。她丈夫叫孙嘉行，是一家互联网公司的程序员。目前两人正在打离婚官司，他们有一个刚上小学的儿子。

审讯室里，对邓茹芸的审讯正在进行。隔着审讯室的玻璃，伊小素看到邓茹芸五官精致，右耳挂着一条闪闪发光的银色耳坠，左耳处却没有耳坠，一道明显的划痕从耳朵根部一直延伸到脸颊。看来是汽车碰撞时的撞击力令耳坠脱落飞出，划伤了脸部。

邓茹芸的情绪有些激动，一直大喊着她没有故意撞人，是汽车失控了。审讯她的警官只用一句话就让她闭上了嘴："汽车失控，怎么会这么巧，准确地朝你老公撞过去？我知道你俩最近在闹离婚。"

邓茹芸低下头，过了一会儿喃喃地说道："我真没有故意撞人我是在和老公闹离婚，可我也没想过要撞他啊……"

邓茹芸抬头看了一眼警官，接着说："每个周末下午，我家小都要去少年宫上课，平常都是负责接送。今天我去接他，却见到人，老师说他爸爸把他接了，我就开车去找他们。刚看到们，车子突然就失控了，直直地他们撞去。我拼命踩刹车、打方盘，都没反应，还好没撞到他们我知道有个过路的被撞了，他还吗？我真是对不起他……我没想人……"

讲到这里，邓茹芸抽泣起来伊小素见她情绪崩溃，知道审问时不会有新的进展，就决定去找她的老公了解一下情况。

孙嘉行父子俩此时也在公安局里等候询问。伊小素找到他们，让一位女警先把孩子带出去。

孩子临出门时，突然对着伊小素大喊了一声："我妈妈不是坏人，她不会撞我的，她是天底下最好的妈妈！"

等孩子走远，伊小素关上房门，询问事发时的情况。孙嘉行说，他和邓茹芸性格不合，最近在闹离婚为了争夺孩子的抚养权，他想找机会跟孩子多相处一会儿，今天下午就抢先去少年宫接孩子下课。刚走出没多远，突然听到身后有动静，一回头，就看到一辆车朝自己冲过来。他赶紧拉着孩子跳到一边，躲了过去……

伊小素点点头，又问了几个问题。结束讯问前，孙嘉行关切地问："警官，那我老婆能回家吗？"

伊小素说："不行，她涉嫌刑事犯罪，已经被拘留了。"

孙嘉行又问："那我什么时候能把汽车拿回去？我上班的地方离家远，没有车很不方便。"

伊小素答道："等警方做完相关调查取证，就会把汽车返还给你，到时我们会通知你的。"

两天后，技术部门的调查结果出来了：汽车的控制系统状况良好，没发现失控的迹象。从汽车制造商那里获得的云端监控数据显示，事故发生前，汽车一直是加油的状态，车子是笔直地朝孙嘉行父子撞过去的。因此可以得出结论，这是一起蓄意驾车冲撞行人的恶性案件。

此外，对邓茹芸的手机进行检查后发现，她在事发前两天，曾多次上网搜索汽车失控撞人和保险索赔等信息，而孙嘉行父子俩都买过人身意外险，受益人正是邓茹芸。邓茹芸的作案动机也很清楚了。

案件似乎已经尘埃落定，但是伊小素总觉得哪里不对劲。她的脑海里总是浮现出孩子对她大喊的那句话："我妈妈不是坏人，她不会撞我的，她是天底下最好的妈妈！"

还有一个疑点，如果邓茹芸计划好要去撞人，为什么不提前把长长的耳坠摘掉，这样她就不会被划伤了。这些疑点一直困扰着伊小素。

这天晚上，伊小素回到家，还在想着案子的事。突然，电视里一则汽车广告吸引了她的注意。广告里介绍的正是邓茹芸驾驶的那款新能源车，屏幕上展示着汽车的各项优点，其中最突出的，就是它的自动驾驶功能。

伊小素脑中灵光一闪，想到了什么。她立刻给警队的技术部门打电话，请求检查肇事车辆的自动驾驶系统，看看是否被人动了手脚。

第二天中午，伊小素接到了技术部门专家的电话："小素，有发现。那辆车上的自动驾驶系统，被人植入了一个很隐蔽的人工智能木马程序，程序设定在出事当天下午4点启动。启动后，该程序会利用车载摄像头对周围环境进行检测，一旦发现预设目标，就会直接撞过去，即使司机踩刹车也无济于事。"

伊小素心中一惊：车子果然被人为控制了！下午4点正是孙嘉行接完孩子往回走的时间，平常他并不会去接孩子，偏偏这一次他就正好出现在那里，再加上他本人是程序员……伊小素心中有了推测：一定是他对自己家的汽车动了手脚！可是，她还有一个疑问：孙嘉行怎么做到让汽车准确地朝自己撞去呢？

专家告诉伊小素，车载摄像头还无法精准识别人脸，预设的撞击目标只能是比较显眼的建筑、墙体等物。伊小素心中一动，想起了肇事车撞在"口"字标语上的那一幕。原来，墙上那行标语，"提高人口素养"中的"口"字就是预先设定的目标！

专家还告诉伊小素一个有意思的发现：这个木马程序其实预置了自动销毁步骤，一旦汽车完成冲撞，程序就会自动销毁。但是，因为碰撞时力度太大，造成汽车控制系统失电，万幸最后这个销毁动作并没有被执行，不然就没法查到了。

伊小素感叹道："怪不得孙嘉行急着想把肇事汽车要回去，他就

是怕警方发现他在车里动了手脚，真是人算不如天算啊！"

挂上电话，伊小素立刻查了事围墙附近的监控，果然发现，事发前两周，孙嘉行曾在事发地多次对围墙拍摄，特别是标语里那个"口"字，他拍了很多张特写。监控还显示，他在被撞前曾频频表并观察附近的车辆，以确保他4点时正好走到"口"字旁边，车子看上去像是朝他撞来，但又至于真的被撞到。同时，技术部在孙嘉行的电脑中，恢复出了被除的木马程序……

当这些证据被摆在孙嘉行面时，他立即坦白了。

"是……是我干的。"孙嘉行色铁青，吞吞吐吐地交代起来，"茹芸手机里那些搜索信息，也是趁她不注意，偷偷用她的手机搜的。我想要孩子的抚养权，可孩年纪小，判给妈妈的可能性很大我就想到了这个主意，让别人以邓茹芸为了保险费故意开车撞这样的恶意行为，一定会让法官孩子的抚养权判给我。我没有料会撞到其他路人，我真的是没有到啊……"

（发稿编辑：吕　佳）

（题图：陶　健）

杰克·里奇，美国作家，曾获得爱伦·坡最佳推理小说奖。
他毕生创作了五百多篇短篇小说，构思精巧，为人称道。本篇故
事改编自其短篇小说。

神秘消失的香烟

变卖庄园

亨利靠打零工为生，他做梦也没想到，自己还有一个有钱的远房叔叔。更难得的是，这个远房叔叔还记得他，竟然在临终前给他留了一份遗产。

叔叔名叫奥威尔，他拥有一个祖传的大庄园。本来这庄园是要传给他的儿子罗伯特的，不幸的是，罗伯特顽劣成性，居然因为考试作弊被抓，一怒之下开枪打死了教授，被关进了监狱。这还不算，罗伯特在监狱里没待多久，就越狱潜逃了。

结果，他在警察的追捕中驾车冲下大桥，消失在了河水中。

一连串的打击让奥威尔伤心欲绝，没多久就离开了人世。去世前，他把庄园留给了三个远房侄子，亨利、威尔伯和希尔斯。遗嘱规定，三个侄子可以住在庄园里，一切开销由信托基金承担。等他们都死后，庄园就会被捐赠给慈善机构。

除了三个侄子，遗嘱上还有一个特别的受益人，就是庄园的老管家爱德华。奥威尔在遗嘱中交代，自己死后，爱德华可以继续住在庄

园里，谁也不能赶走他。

除非三个侄子都死了，庄园换了新主人。

亨利赶到时，威尔伯和希尔斯已经在庄园了。他们在爱德华的引导下，参观了这个古老的庄园。

威尔伯不满地说："这地方太偏僻了，我要是搬来这里，还怎么打理芝加哥的生意？"

"就是，我可不想天天对着一片农场发呆。"希尔斯表示赞同。

威尔伯说："要不我们卖了庄园，把钱分了，回芝加哥生活吧？"

"好主意，你怎么看？"

威尔伯和希尔斯一起看向亨利，亨利可不这么想。他孤身一人，居无定所，好不容易有了这么个安身之处，要是把庄园卖了，他再去哪里住呢？拿着分到的钱去芝加哥买房子吗？那也不够啊！

亨利表明了自己的意见，威尔伯和希尔斯却不以为然，坚持要变卖庄园。他们决定去芝加哥寻找买主，碰碰运气。

凶案突发

他们走后，庄园里就只剩下亨利和管家爱德华。亨利经常去书房看书，他发现一件奇怪的事——自己放在桌子上的香烟时常会少掉几

根。他没有离开过房间，屋子里也没来过别人，可就在他一转身的工夫，香烟不见了。

这样的情况一直持续了三天，亨利感觉自己快疯了。他找来爱德华询问，爱德华肯定地说，庄园里没来过别人。可是，香烟就这么不翼而飞了。

正在亨利焦头烂额之际，威尔伯和希尔斯回来了。他们还没找到合适的买主，准备休息几天再出去找。亨利安下心来，他让爱德华给自己准备一辆马车，他要去参加当晚在小镇上举行的园艺交流会。

交流会开得很成功，等亨利回到庄园，已是晚上十点了。他一进大门就发现不对劲，院子里站满了警察。原来，威尔伯被人杀死了，他死在了庄园外面的小路上，有人对着他的胸口开了一枪，死亡时间大约是当晚八点半。

警长把亨利带回警局，问："今晚八点半，你在什么地方？"

"在园艺交流会的现场啊！"

"不对吧？根据我们的调查，你九点钟才到达会场，这中间的半个小时，你去了哪里？"

亨利解释说："今天是我第一次参会，走岔了路，在路上耽搁了半小时。"

"也就是说，你有作案的时间……"

"你这是在怀疑我吗？可我为什么要杀死威尔伯呢？"

"你们准备卖了庄园，少一个人，不就可以多分一份钱了吗？"

亨利郁闷道："要是这么说，希尔斯也有嫌疑啊！"

"可他没有作案时间，他一晚上都待在自己的房间里。"

"那还有爱德华呢。"

"一个老仆人，他能有什么杀人动机？快说，你是怎么杀死威尔伯的？"

可是亨利真的没有杀死威尔伯，他怎么能承认呢？审问了半天，警长也没有抓到亨利的把柄，只能放他走了。

亨利回到庄园，希尔斯看到他，一脸恐慌地说："真想不到你这么心狠手辣，为了多分一份钱，连自己的堂兄弟都杀。"

亨利无奈地说："希尔斯，动动脑子吧，为什么非认定是我干的？说不定他遇到抢劫了呢？"

希尔斯想了想，觉得也不是没有这可能，只得先作罢了。这之后，他继续寻找买家，亨利则专心练起园艺。他的香烟还是会隔三差五地丢两根，不过他已经不在意了。

枪声再起

转眼一个月过去了，又到了园艺交流会的日子。亨利早早出门，这次他没有迷路，按时抵达了会场。可是，等他回去时，发现庄园里又来了不少警察，这次是希尔斯被杀了。同样在晚上八点半，被人杀死在了庄园外的小路上。

警长盯着亨利，眼里都要冒出火来，可他不能拘捕亨利，因为好多人证明，案发时亨利就在园艺交流会现场。

警察走后，亨利的心提了起来：自己不是凶手，那会是谁干的呢？突然，他脑中灵光一闪：他曾听爱德华说过，他家世世代代都是这里的管家。如果庄园被卖掉，爱德华失去的不仅是一份工作，更是失去了家，所以，会不会是他杀了威尔伯和希尔斯？

这太可怕了！爱德华下一个要下手的对象，会不会就是自己？毕竟现在亨利是庄园唯一的受益人。卖掉庄园的钱，足够他去芝加哥买房定居了。亨利想抽上一根烟，好好想想下一步该怎么办。可是，等他去书房拿香烟时，发现桌子上的一整包香烟都不见了，连烟盒都没给他留！

这下亨利坐不住了。

他找到爱德华，盯着对方的眼睛问："爱德华，这庄园里没有别人，对吧？"

"只有我们两个，先生。"

"你也不抽烟，对吧？"

"是的，先生。"

"那你能告诉我，你偷走我的香烟，是把它们送给谁了吗？"

爱德华躲避着亨利的目光，神色不安。亨利说出了自己的推测："罗伯特还活着，对不对？他开车坠河后根本就没死，而是逃回庄园，躲了起来。"

爱德华没有回答，但他的表情显然是默认了亨利的猜测。

"是罗伯特杀了威尔伯和希尔斯。他担心庄园被卖掉，让自己失去藏身之所，才出手杀了他们，对不对？"

一连串的追问，让爱德华难以招架，他结结巴巴地说："先生，你、你千万不要去告诉警察……要是警察抓走了罗伯特，你在庄园也住不下去了。"

"为什么这么说？"

"因为罗伯特才是庄园的第一继承人。他之所以把庄园留给你，是因为他不能公开露面。可要是他被抓了，他肯定会第一时间收回庄园，把你赶出去。"

"那我该怎么办呢，卖掉庄□离开吗？"

"那他一定会杀了你。"

"可我要是继续住下去，他□样也会杀了我。"

"不会的，你要是死了，庄□就会被捐赠出去，那么他就失去□藏身之所。为了保住庄园，他□□不会杀你，还会保护你。所以，□大可安心住在这里，假装不知道□罗伯特这么个人，不就行了吗？"

也只有这个办法了，突然，□利想起一件事，就问爱德华："□伯特到底是怎么神不知鬼不觉地□走我的香烟的？"

爱德华说："其实，书房里□一个密道。壁炉上的画像后有一□按钮，可以打开密道。"

"密道通向哪里？"

"三楼的卧室。"

"罗伯特就住在那里吗？"

"不，他住在夹壁墙后面……"

"好了，你不用说了，关于□的事，我知道得越少越好。"

另有玄机

第二天上午，亨利和往常一样去书房看书，可他越看越不自在总觉得有人在盯着他。他站起身到壁炉前。既然知道了罗伯特的存在，为什么不去看一眼呢？不是和他相见，只是远远地看上一眼。

亨利按下按钮，打开密道，沿着狭窄的楼梯来到三楼，那里果然有一个小小的卧室，看上去很久没有住过。密道到这里就消失了，但在卧室隔壁，有一个更大的房间。

夹壁墙应该就在这个房间里，亨利在屋里找了几遍，也没发现痕迹。他打开衣柜，里面有一些衣服，是爱德华的。莫非这是爱德华的房间？亨利四下打量起来。突然，他注意到了屋里的垃圾篓，里面扔着一包没有拆封的香烟。

亨利的脑中划过一道闪电，他

什么都明白了！根本就没有什么罗伯特，他坠河的那天就已经死了。爱德华处心积虑，从一开始就在误导自己。他杀死想要卖掉庄园的威尔伯和希尔斯，又故意偷走香烟，制造出一个并不存在的罗伯特，为自己顶罪，以此来打消亨利卖掉庄园的念头。

为了保住亨利，爱德华特地选择在他参加园艺交流会时下手，好给他制造不在场证明。只是爱德华没想到，亨利第一次去园艺交流会时走错了路，差点被警察怀疑。

亨利心惊胆战地下了楼，他已经识破了爱德华的把戏，可是要揭穿他吗？犹豫不决中，亨利来到厨房。爱德华擦干手，转过身："先生，您有什么事吗？"

看着满怀期待的爱德华，亨利做出了决定。他清了清嗓子，说："爱德华，罗伯特总是偷我的香烟也不是办法。这样吧，你以后就多买些香烟，放在他门口，至少每天一包。"

爱德华答应了。那天，爱德华的心情特别好，就连晚饭也做得格外香。

（编译：王立志）

（发稿编辑：吕　佳）

（题图、插图：佐　夫）

十万

□ 张宝红

五月里的一天傍晚，刘娟心事重重地从县城医院回到家。愣愣地等到夜里，丈夫岳二才从林场回来，他累得话也不愿多说，倒在炕上就要睡。刘娟走过去，捅了他一下："我说，要是咱有了十万块钱，会怎么样？"

岳二动了两下眼皮，说："你买彩票了？要是有十万块钱，咱先把欠你娘家的钱给还上啊，省得你平时都不敢回去。"刘娟小声说："没买彩票，但有人说要用十万块钱，换我肚子里这孩子。"

"啥？"岳二一个激灵坐起来，瞪大眼睛问，"你说啥？"

刘娟解释说："我今天做完超出来，有个女人就盯上我了。她说自己是医院对面水果铺的，一直想要孩子却怀不上，天天夜里哭得睡不着。她说我如果不要这个孩子可以生下来给她养，她愿意给十万块钱，说是补偿我营养费……"

岳二愣了愣，半天才嘟囔出一句："这不成吧……"刘娟一边躺下一边说："我这心里也不得劲，咱原本也没打算生，不给人家，还得做去。"

"也是，能要得起孩子的人家一定比咱家条件好，孩子还能跟着享福，那就……生吧。"岳二关了灯

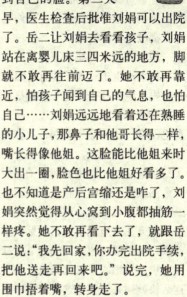

在黑暗中嘟囔，"唉，从成家到现在，自这日子过得捉襟见肘的，没想到这孩子来一遭，倒是帮我们把窟窿都堵上了……"

几个月后，刘娟的肚子明显挺了出来。街坊邻居里，有说多子多富贵的，也有的说他两口子疯了，欠了一屁股债，还敢生孩子。只有刘娟夫妇俩知道，这孩子就是来帮他们还债的。

这天，刘娟又到医院做了一次B超，医生说，孩子发育得很好。出了检查室，刘娟碰上了那个女人。得知检查结果不错，那个女人眉开眼笑地说："多注意营养，孩子就生得水灵，到时候一定好好补偿你……"刘娟听了，点点头。

到了冬月里，刘娟的肚子大到走路都看不见脚尖，孩子在里面动得也比前几日有劲多了。刘娟天天抱着肚子，但她不敢跟孩子说话，她不希望孩子记得她的声音。

这天下午，刘娟突然觉得想上厕所，可没等走到地方，裤子就全湿了——她知道这是羊水破了。一个多小时后，刘娟在县医院生下一个七斤六两重的男婴。到底是生过两孩子的人，这才出产房没多久，刘娟就恢复了精神，都能自己下地上厕所了。孩子在婴儿室，她没敢去看，她不想让孩子看到自己的脸。第二天一早，医生检查后批准刘娟可以出院了。岳二让刘娟去看看孩子，刘娟站在离婴儿床三四米远的地方，脚就不敢再往前迈了。她不敢再靠近，怕孩子闻到自己的气息，也怕自己……刘娟远远地看着还在熟睡的小儿子，那鼻子和他哥长得一样，嘴长得像他姐。这脸能比他姐来时大出一圈，脸色也比他姐好看多了。也不知道是产后宫缩还是咋了，刘娟突然觉得从心窝到小腹都抽筋一样疼。她不敢再看下去了，就跟岳二说："我先回家，你办完出院手续，把他送走再回来吧。"说完，她用围巾捂着嘴，转身走了。

岳二手机响了，是那女的，告诉他把孩子抱到水果铺去就行，她会给钱。岳二把十根手指插到他那乱得像老鸹窝的头发里，狠狠地挠了一通，去了。

刘娟也不知道自己是怎么坐车回的家，她觉得自己身上少了什么东西一样。确实少了，一个孩子生下来，连孩子、胎盘带羊水，少说也十几斤，但刘娟觉得自己少的好像不只是这些。她躺在炕上一遍遍地摸着自己的肚子，突然想起来，因为根本就没想要这孩子，所以上医院时，就带了一个让小女儿尿得都洗不干净的旧垫子，连一块新褥子、一件毛身衣都没给孩子准备。

想到这儿，刘娟忙下地，披上棉袄往大道上走。天下哪有这么狠心的妈！生个孩子，连一个新垫子都没给准备；出了肚子，连一件毛身也没有。这可是冬天啊，就算这辈子没缘分做母子，我这心也太狠了！想到这儿，刘娟替那孩子委屈得鼻涕眼泪一齐往下淌。

刚拐过苞米地，刘娟便望见岳二从大道往这边走来了。只见他猫着腰，双手插在小女儿的那个尿骚垫子里。刘娟心里又气又怨，怎么这么快就回来了？连这个旧垫子也没给孩子留着？这么一想，恨得她连忙快走几步，想迎着面骂丈夫一顿，可刚走了两步，脚下就没劲儿了，一屁股跌坐在地上。

刚生完孩子的刘娟坐在冻得硬邦邦的泥路上，隔着棉裤，也能感觉到冰冷的地面吸收着身上微弱的热量，但她并不想起来，觉得自己身体受点罪，那孩子或许能少一点委屈。等岳二绕过苞米地离这儿不到五十米远时，她看丈夫两个胳膊的姿势不像是插在垫子里暖手，分明是用手托着那垫子。刘娟不由心

想，这人是穷怕了，没见过十万块钱啊，这回算是得着宝了，值得这么搁手里捧着？想到这儿，她替那孩子流下了一串串委屈的泪。

"坐地上干啥？走，回家！"岳二带着美滋滋的表情，跟在那正抹眼泪的媳妇说。

"送走了？"刘娟搭着岳二的臂膀，站了起来。

"过来，给你看看'十万块钱'长啥样！"说着，岳二小心地把那褪了色的碎花垫子揭开了一道缝，脸上满是得意的神情。刘娟用袖子抹了抹鼻涕和眼泪，把目光伸进那道缝里——和老大一样的鼻子，和老二一样的嘴，还有那白里透红的大脸盘子。"哇——"看到这"十万块钱"，刘娟咧着上翘的嘴角，任凭眼泪落到鼻子上，鼻涕滚进嘴里，口水又从嘴丫子掉到她那胀鼓鼓的胸脯上。

"我一想啊，这么水灵的孩子找咱俩当爹妈，换十万块太便宜了，等养大了，让他帮咱多挣几个十万才好啊！这一路上，我连孩子名都想好了，就叫'十万'！"岳二咧着嘴，对着睡在垫子里的孩子和一旁又哭又笑的刘娟说。

（发稿编辑：丁娴瑶）

（题图：豆薇）

阿P装电梯

□ 王乃飞

阿P在一家电梯公司上班。现在城里许多老楼可以装电梯，阿P的老板也想打开这方面的业务。阿P一听就来劲了：他的父母住的就是老楼，听说最近正算装电梯呢。要是能拿下这一单，不是一举两得吗？

阿P下了班就跑到岳父母家探消息，岳父叹了口气，说："这事儿啊，黄了！"

阿P忙问怎么回事，岳父说：楼里其他住户都签字了，一楼的104室却不肯签。按规定，只要有一户不同意，这电梯就没法装。"

岳父告诉阿P，104室的住户叫李明，他说装电梯对一楼没什么好处，还影响采光、产生噪声……

岳母在一旁说："阿P啊，要是装不上电梯，今年冬天我和你爸还得去你家，没问题吧？"

阿P连忙大声说："没问题，没问题！"他脸上笑嘻嘻，心里却直叫苦：岳父岳母住在四楼，这些年上了岁数，上下楼越来越费劲。特别是冬天，岳父有哮喘，岳母有老寒腿，小兰就干脆把他们接到家里住。岳父岳母一来，阿P的"苦日子"就来了。岳母爱喝粥，她一来，家里顿顿烧粥。阿P不爱喝，每次也得咬着牙喝两碗。岳父年轻时当过兵，爱看战争片，他一来，电视就叫他霸占了，阿P不爱看，却不敢换台，只得陪着他装作自己也爱看。

每年岳父岳母在阿P家待的那几个月，是他最煎熬的。他暗下决心，一定要想法把电梯装起来！

阿P觉得这事儿的关键就是李明，他想找李明谈谈，看有没有转机。于是他来到104室，敲响了门。

门开了，出来个五大三粗的男人，问："你有啥事？"

阿P说："您好！是李明先生吧？我岳父住四楼，和您是邻居，我来是想跟您谈谈装电梯的事。"

李明哼了一声，说："不同意就是不同意，没什么好说的！"说着他就"砰"的一下把门关上了。

吃了一次闭门羹，阿P不死心。过了几天，他又敲响了104室的门。好一会儿，才听到有人慢吞吞地说："来了，来了！"

这回开门的是个老人。阿P问："李明在家吗？"

老人说："我女婿还没下班呢，你有事吗？"

哈，也是个岳父住女婿家的。阿P本想实话实说，眼珠一转，改口说："我是他同学。"

老人很客气，说："你进屋坐一会儿吧。"

进了屋，阿P就和老人聊来。老人说，自己原本住在另一城市，最近生病了，女儿就把他来了。聊了一会儿，阿P没词儿了。这时，电视里正播放战争片，阿P一看，找到了话题："大伯，您看战争片呀？"

老人说："是啊，年轻时当过兵，看这个，就好像回到了当年。"

阿P说："我岳父也当过兵，他也爱看战争片呢！"

老人一听就来了精神，问阿P："你岳父是哪一年当的兵，在哪个部队呀？"

这下还真把阿P给问住了。他一拍脑袋，说："我岳父就住四楼，一会儿我去问问，明天来告诉您。"

第二天，阿P又敲响了104室的门，老人正一个人在家。阿P说了岳父是哪年参军，加入的是哪个部队，老人的眼睛一下子亮了："我跟你岳父是一年参的军，加入的是同一个部队呀！"

阿P有些意外："这么巧？"

老人这就要去找战友，可他身体太弱了，走不了几步就一身大汗。阿P用尽全力扶着他，到四楼也出了一身汗。

进了岳父家，两个老人感慨万千。他们当年在同一个连队，每后逐渐失去联系。谁能想到，就为安装电梯的事，两人又相遇了。

晚上，阿P把这件事告诉小兰。

小兰说："这可好了，李明的父是爸爸的战友，那咱也算是熟了。你再求求他，或许他就能同装电梯呢。"

阿P把头一扬，说："求他干呀？我要让他自己同意！"

第二天，阿P买了不少菜到父家。把菜烧好，他就来到104，李明夫妻俩已经下班了。阿P："我岳父和大伯战友重逢，值庆贺呀！我弄了点小菜，请大伯你们到家里吃个饭。"停了一下，P说，"不过，大伯上楼有些困难，次是我扶他老人家上去的……"

李明连忙说："这次我来背！"背起岳父就往楼上跑。

隔了一天，阿P买了菜，再请李明的岳父去吃饭，李明只得把岳父背上了四楼。

就这样，十几天里阿P请了六次客，钱包瘪下去不少。

这天，阿P又去岳父家，刚楼梯口，迎面正碰上李明。李明着说："这段时间叫你破费了。梯的事，我已经签字了。"

阿P心里狂喜，脸上却装着静，说："太感谢你了。"

李明说："通过这几次背岳父上楼，我感到老人上下楼确实太难了。等装上电梯，他们两个老战友就可以相互走动，我也省劲了。"

阿P不由得拍了拍李明，说："我们做女婿的都不容易呀！"

老楼的邻居们感谢阿P促成了装电梯的事，向居委会推荐了阿P的公司。经过招标，阿P的公司真的拿下了这个活儿。

阿P舒了一口气。虽然为了请客，阿P花光了小金库，可是想到今年冬天，终于不用再喝粥、看战争片了，他觉得值了！

终于盼到月底发工资，阿P一看，卡上多了五千元钱。他有点蒙，问财务是不是发错了，财务却说，这是老板嘱咐的。阿P找到老板，老板拍了拍阿P的肩膀，说："阿P啊，这是公司奖励你的。如果我们的员工，都像你这么有责任感，把公司的事当成自己的事，不知能多装多少电梯呢！"

阿P乐了，恨不得立即把这件事告诉小兰，但又一想：还是不说了，给自己留点小金库吧，省得有了事，钱又不够花了。

（发稿编辑：吕 佳）

（题图：顾子易）

从前，在南方通古山的山脚，有一个小镇。镇上住着一个老实巴交的年轻人，叫陈实，因为家里太穷，二十五六岁还没娶上媳妇。

陈实有一个邻居，名唤冯吉，人很精明。和陈实一样，他也是单身汉。倒不是没人愿意嫁给他，只是冯吉对镇上的高小姐情有独钟，非她不娶。冯吉没事就到高家楼下转悠，托高家一个叫如兰的丫头递书信、礼物，却一直没得到回应。

这天早上，陈实与冯吉在街上碰见了。冯吉开玩笑，说："都说镇上土地庙灵验，要不你跟我一起去拜拜土地爷吧？"

择日不如撞日，陈实当即跟着冯吉到土地庙求姻缘去了。

拜完土地当晚，陈实睡梦中听见一个声音："山里有，山里有，可劲直往山里走！"

隔天起来，这

声音还在陈实耳边回荡。陈实找到冯吉，冯吉说他也做了同样的梦，这就奇了，两个人决计进山一趟。

冯吉懒，骑了一头骡子，让陈实牵着。他们穿过山林、走过草甸，总算到了通古山的山顶。

山顶终年积雪，白皑皑一片，气温骤降。冯吉冻得浑身发抖，嚷催着陈实下了山。

这晚，陈实刚睡着，头天晚上的声音又在耳边响起："山里有，

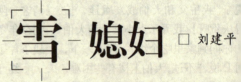

雪媳妇

□ 刘建平

里有，可劲直往山里走！”陈实梦里着急地说：“有什么有？”

那个声音说：“山下无，山上，日日坚持取一点，成家立业不愁。”

等陈实醒来，再次出门找冯吉。吉摇摇脑袋，说：“我也做了一的梦。你也看到了，山上什么都有。你愿意去你去，我不去。”

于是陈实裹着毯子独自上山，了山顶积雪边。陈实心说：“山无，山上有……”这里没什么可的呀，有了！雪，山下没有。难土地爷让我取雪下山？陈实把毯铺在地上，捧了一堆又一堆雪，到把毯子中间堆满，再用毯子把包了个严严实实，背下山去。

太阳偏西，陈实才回到镇上。是南方初夏，天气如蒸笼一般。实走了一会儿，见冯吉在一处阴里对自个儿招手。陈实走过去，吉满脸坏笑地说：“你背的什么？媳妇？”说着，他伸手摸了摸，道，“这么凉！新媳妇让你闷死？”

陈实告诉冯吉，毯子里是山顶的积雪。

冯吉笑着说：“土地爷让你用堆个雪人，做个‘雪媳妇’？”

只听楼上窗户“咣当”一声，一个漂亮姑娘探出脑袋，嗔怒道：“你们在别人楼下大声说笑，有完没完？影响到我们家小姐休息了！”

原来，楼上就是高小姐家，这个漂亮姑娘是丫头如兰。冯吉大声道歉：“我冯吉嘴上不注意，过意不去，现在我就当面致歉！”

如兰“呸”了一声，说：“又是你！天天来我们家楼下转悠，烦不烦？我问你，你刚才说什么雪？”

冯吉回：“通古山山顶的雪呀！”

如兰惊讶地说：“快拿上来，小姐想看。”说着，她下楼开了门。

冯吉对陈实“嘘”了一声，说：“回头再说！”接着，他一把从陈实手中抢过包裹，不顾雪水滴答，甩到自己肩上就上了楼。

楼上闺房有里外两间屋，高小姐在里屋。冯吉朝里屋作揖道：“打扰小姐休息，过意不去……”

高小姐娇滴滴地问：“你是怎么想起背雪下山的呀？”

冯吉接口道：“这……是土地爷托梦告诉我的，千真万确！”

高小姐说：“如兰，以后他再背雪下山，让他送这里来，我们买。”

如兰把雪倒进屋里大盆中，拿了三十文钱，塞到冯吉手中，说：

"我们小姐最怕热。拜托你了，以后每天午后送来。"

冯吉一把推走那三十文钱，说："怎么能要高小姐的钱呢？我送给高小姐了。"接着，他夹着毯子从高家出来。冯吉高兴地拉着陈实走了很远，这才拍着他的肩膀说："没想到这么一包雪，让我今天跟高小姐搭上了话。以后你每天背雪下山，十文钱卖给我，我送到高小姐楼上。我们的事儿成了，不会亏待你。"

陈实想想土地爷的指点，"日日坚持取一点，成家立业不用愁"，便咬咬牙，答应了下来。

一段时日后，陈实的身体吃不消了。这天，他背着雪，疲惫地走到高小姐楼下，对冯吉犹豫地说："我实在背不动了，想休息一段时间。明天你自己去背雪吧？"

冯吉只愿出钱，不愿出力，他怎么可能自己去背雪？他对陈实说："给你加十文钱怎么样？但背下山的雪，也得加倍……"

只听楼上的窗户"砰"地打开了，如兰伸出脑袋，指着冯吉："我就说你怎么可能背雪下山？我今日特意在窗口守着，就想看到底是谁把雪背来的。果然不是你！"

冯吉一愣，问："我是雇了陈实背雪，可我每天把雪送给小姐，还不算对她一片痴心？"

如兰转头进屋，对高小姐说："冯吉不过是借花献佛，以后让陈实直接送家里，给他点辛苦费。"

高小姐轻轻摇摇头，悄声对如兰说："陈实只会卖傻力气，冯吉能出钱雇人背雪，他不是更聪明？"

如兰是高小姐的贴身丫头，从小相知。冯吉对高小姐屡献殷勤，如兰看不惯他，所以冯吉托如兰递的书信、礼物，过不了她那关。直到那回冯吉背雪上楼，如兰以为是他自己背来的雪，这才对他客气了些。如今，如兰知道了谁才是真正的背雪之人，更讨厌冯吉了。

想到这儿，如兰耐心劝说高小姐："冯吉自己不愿背雪，只动口不动手，小姐三思啊！"

高小姐冷着脸打断了如兰的话："冯吉家境殷实，模样周正，你看不得我嫁个如意郎君？"

如兰摇摇头，知道自己再怎么劝，也没有用了。

几天后，如兰突然接到家中口信，让她回去一趟。如兰告假回了家，到家才知，是有媒人上门提亲。

如兰问："不知是哪家提亲？"

父母说："是个叫陈实的人。"

如兰先是惊讶，随后坚定地说：回对方话，我愿意！"

陈实很快迎娶了如兰。新婚夜，实感慨地说："谢谢土地爷，让娶到了媳妇！"

不久，冯吉也迎娶了高小姐，实应邀去吃冯吉的喜酒。

宴席上，冯吉喝得大醉，独自来，对陈实说："你和如兰的婚事，我的功劳呢！"

原来，如兰再三阻拦高小姐和吉，让高小姐心生烦躁。一次，冯吉跟高小姐提起如兰，高小姐气哼哼地说："不如把如兰那个丫头，给那个陈实算了。"

于是冯吉花了一笔钱，托媒人办成了这桩事。

高小姐和冯吉都想不到，如兰婚后，与陈实开了一家雪铺子，两个人用雪做起了生意。

夏天，他们卖蜜豆刨冰；冬天，煮雪煎茶。陈实和如兰还用干净酒坛储存雪水，雪水甘冷解毒，有散热消肿、除痱止痒的药用。

陈实赚了不少钱，雇了很多伙计一起背雪下山。没几年，陈实从穷小子成了镇上首屈一指的财主。

再说冯吉和高小姐，整日里吃喝玩乐，钱财只出不进，没几年就没落了。这天，冯吉越想越不甘心，去了土地庙，质问土地爷："为什么我跟陈实的日子颠倒了个儿？"

夜里，冯吉在睡梦中再次听到那个熟悉的声音："山下无，山上有，谁让你没往山里走？"

冯吉一觉醒来，想想寒气逼人的通古山，憋了好一会儿，叹了口气说："算了！我怕吃苦，是我活该！现在往山里走，迟了……"

（发稿编辑：陶云楣）

（题图、插图：谢　颖）

陆上龙王

□ 李嘉麟

青岛建城晚，怪事能人却不少。能在这讨营生的人，没一个白给，都是有本事的汉子。

那年，内地闹饥荒，来了一位叫黄三的汉子。他个子虽然不高，却有一双厚实的脚掌，两脚一撑就能稳稳地站在船上；眼睛不大不小，但亮得赛过德国鬼子的洋灯；嗓音不高不低，可不管离得多远都能送进人的耳朵里；手掌不黑不白，但能掰断牛角，天生是吃海上这碗饭的。黄三靠着捕鱼的本事，在青岛码头一带闯出了赫赫威名——他在海上讨生活，偏偏是个旱鸭子，吹捧他的人给起了个绰号，唤作"陆上龙王"。

说起黄三捕鱼的本事，别看本地人呼出的气都是海蛎子味的，□还真没他那两下子。

他人赶海，要挑风浪平和的日子，黄三专挑疾风巨浪的时候，用他的话说："这样的天气，鱼才出来透气呢！"一网子下去，满兜□的鱼，一天下来能赚回三条渔船□这是黄三自己的讲究，讲出来别□也学不会。

黄三每次出海前，都要去码□韩寡妇开的酒铺喝上一坛烧刀子□半坛子下去，借着酒劲摸一把嫩□水的韩寡妇，甭提多得劲了。

每次，黄三都要喝到徒弟们扛着他走上两里路，像扔破麻袋一样把他扔到舱中。徒弟们忙着赶船出海，任他打着震天响的呼噜。要不是鼻翼一扇一扇地抖动，还以为黄三醉死在梦中了呢。

说也奇了，一到黄三预先选好的下网处，这醉鬼准跟个没事人一样，猛地起身，站在船头，一双眼睛瞪得铜铃般大小，浑身上下没有一点吃过酒的模样。不知道的，还以为韩寡妇卖的是清汤白水。要知道，她卖的酒，一坛子能放倒一头小牛犊。

只见黄三一吹口哨，大批大批的鱼群像朝贡一样，争相钻进黄三的网子里。看黄三那神态，还真有点像来收贡品的老龙王。

靠这手本事，黄三渐渐地在码头附近闯出了名号，有了票子。有对好他的人，知道他有出海前必定大醉一场的毛病，专门备了好酒好肴，在船前候着。黄三见了准恼，黑着脸，背着手，一步一步地钻进韩寡妇的酒铺子。

时间长了，大伙都知道，黄三为的不是这口酒，为的是这酿酒的主人家。一来二去，大伙也就都来奉韩寡妇的场，韩寡妇的小酒铺也有了不小的名气。不到一年，陆上龙王黄三与韩寡妇酒铺的名声传得越来越响亮，人们都在等着吃黄三与韩寡妇的喜酒。

其实，两人早就睡在了一张炕上，只是没在一起搭伙过日子罢了。

这一晚，黄三在徒弟们的伺候下喝着烧刀子，借着劲头想喊韩寡妇出来，一抬头，竟被一双铁钳一样的手狠狠地箍住。黄三抬着醉眼望去，这双手的主人一米八几的个头，生得一副紫铜面皮。这大汉道："兄弟，酒铺主人的事你不用再问了，她跟着我家主人享福去了，你就别想着和她有什么下文了。至于我家主人的尊名，知道了也是你的罪过。"

黄三一时被镇住了。那大汉似是发善心，道："放心，我家主人看上的，是她那一手酿酒的本事，不是她的人。只是，别的你就别多想了，惦记自己的事去吧。再好好干上半辈子，也能勉强混出个样子来。"大汉说完，自顾自踏门而出，围观的人群急忙让出一条道来。

估摸着大汉走远了，黄三猛地抱起酒坛，恨恨地灌了几口，而后他仿佛失掉了全身力气，失魂落魄地瘫在椅子上发呆。酒铺内的人正嗟叹不已时，耳边响起一阵苍老的咳嗽声。有眼尖者认出，是给韩寡妇打杂的德福老汉。

德福老汉叹了口气，道："黄老弟，韩娘子托我捎话给你，让你忘了她，再找个好娘子过日子。"

黄三一抹嘴边酒水，问："死也让我死个明白。你可知那大汉与他口中的主人是什么来路？"

德福老汉似是料到黄三必有这么一问，道："这大汉是咱码头上新来的管事相公家养的闲汉。要说这位管事相公，他一不爱财，二不爱色，就爱这几口子黄汤。他听闻我家娘子这门手艺，就差人唤娘子去他府上酿酒，一饮之下，就不放

人出来。娘子求管事相公行个方便，放她出来与你相会，不想他盘问清楚后，反倒命人来羞辱你。"

黄三闻言，一脸郁郁不平。

德福老汉知道黄三不死心，摇头道："老弟呀，听老哥一句劝，咱都是在码头上做营生的，胳膊拧不过大腿啊，还是忍了这一时的气吧！"说罢，不待黄三回话，他拖着摇摇晃晃的身躯走远了。

待众人再向黄三望去，只见他大呼着"上酒"。不一时，黄三如往常般喝得酩酊大醉，呼喊着要马上出海，好好出一口胸中的闷气。

王虎子是黄三最得意的徒弟，他劝师父："改日再去也不迟。今日无风无浪，您怎么要去？"

黄三睁着圆眼，斥道："管事相公我惹不起，捕鱼的事我说了算。想改时辰，等你们自己做了师父再说吧。"说完他又一仰脖子，一坛酒见了底趴在桌上喘着粗气。

王虎子最是听师父的话，退下去默不作声。其他徒弟也知道师父就这脾气，今天心下不顺，哪敢违逆他的意思？徒弟们便轻手轻脚地抬着他，还特意讨来被褥给黄三铺上，任他躺成一个"大"字入睡。

此化作一团泡影。徒弟们也作鸟兽散，只有王虎子不甘心师父不明不白送了性命。亏得他忠心，混进码头管事相公家做了杂役，好不容易才打探出消息。

原来韩寡妇有一个心病，她想着带黄三回娘家，置上百亩良田，盖上三间大瓦房，让自己扬眉吐气一把。韩寡妇每次问黄三的意思，黄三总是摇摇头，黑着脸不说话。黄三不愿跟韩寡妇回村，很好理解：在这码头一带，他名气不小，这一片渔船都敬着他。和韩寡妇回她村子，谁认识他呀？

渐渐的，韩寡妇心冷了，决计不如和黄三散了。管事相公找她酿酒，她一口应了下来。为了让黄三不再来纠缠自己，她买通了管事家的一名闲汉，本想唬住黄三，谁想事情到了这般地步。也是黄三命中该有这一劫，有这么一个捕鱼前狂饮的毛病，便倒在了自己赖以成名的喜好上。

自此，陆上龙王的大名绝迹于码头，徒留下韩寡妇的酒香还飘荡在码头上。

到了捕鱼方位，徒弟们掀门帘一看，师父摇摇晃晃地向船头走去。此时皓月当空，千里无风，海水像平日里一般流动着。

夜色朦胧之际，眼见黄三似风荷叶般不住地摇晃，脚下一空，一头栽向海里。待得识水性的徒弟下海，这不通水性的"陆上龙王"早钻进了鱼腹，不见踪影。

有徒弟哀号："师父平日里只一坛的量，今天心烦，多吃了半坛酒。这半坛酒，害了师父啊！"

可怜黄三在码头叱咤多年，到

（发稿编辑：陶云韫）
（题图、插图：豆 薇）

功德石

□ 张正阳

　　黄无德是个大财主，为人却很小气。前几年，他老爹染上怪病，浑身疼得直叫唤，有名的郎中请了个遍，名贵的药材吃了个饱，就是不见好。黄无德见钱打了水漂，心里跟割肉似的，干脆狠心断了老爹的汤药。哪晓得老爷子就是吊着一口气，死不掉！

　　这天，黄无德不知从哪儿请来个法术高超的道士，道士往黄老爷子床头瞥了一眼，就说："治病要治根，若不知根结所在，自然治不好。"黄无德问根结是啥，道士却不明说，只约黄无德夜里到黄老太爷的屋里去瞧个明白。

　　到了夜里，道士和黄无德进了老太爷的屋，悄悄躲在角落。道士叮嘱道："待会儿无论看见什么，千万不许出声！"黄无德轻哼了一声，不以为意。屋里很黑，只有床榻边的桌上燃着一盏油灯，借着灯亮勉强能瞧见老太爷躺在床上的影子。只见他在床上辗转反侧，连连呻吟，过了好一会儿才睡着。

　　这时候，黄无德也困得眼皮耷拉，感觉自己被臭道士耍了。他正要发火，忽然听见窗户上有奇怪的声响："窸窸窣窣……"再一看，窗户明明关得严严实实的，却有一团乌黑的东西从缝隙处一点一点渗进来，再慢慢聚拢在一起，变成一个高大的恶鬼。恶鬼生得青面獠牙，佝偻着腰，拖着一把大刀，慢慢走近床榻，然后瞪着眼睛，站着动了。黄无德又惊又怕，转头见士却神色淡然，于是他也强装镇。他见熟睡的老爷子忽然剧烈地嗽起来，咳了好一阵，竟然从嘴咳出一块大石头来！

那恶鬼等的似乎就是这块石，它竟在石头上磨起刀来。那磨的"霍霍"声在黑夜中格外刺耳，奇怪的是，除了黄无德跟道士外，没其他人听到这声响，就连躺着黄老太爷都没被吵醒。

恶鬼磨了一会儿刀，拿起来详，随后叹息一声，像是不太满。不过，它没继续磨，而是举起刀朝黄老太爷劈了过去。这一刀偏不倚，正好落在老太爷的脖子，用力虽猛，却只在脖子上砍出条小小的缺口，连血都没溅出来。鬼也不气馁，一刀接一刀地劈下，就像是在用一把钝斧劈砍大树样，费劲得很。

黄无德被这一幕吓傻了，愣在儿一动不敢动。直到第一声鸡鸣起，恶鬼才停下手里的动作，散一团黑雾，消失了。

黄无德刚要扑到老爹身上哭，瞧，老爹还好端端地躺在床上，子完好无损，不见一丝伤口。黄德糊涂了，眼巴巴地瞧着道士，士笑了笑，这才将缘由慢慢道来。

原来阴曹地府有种说法，活够岁数的人，阎王爷会派砍头鬼去砍人的脑袋，好把人的魂魄送入地府。当然，砍头鬼砍的不是人肉身上的脑袋，而是人专与神鬼打交道的灵体的脑袋。灵体的脖子一断，脑袋落地，人就算死透了。

黄无德听完，假意挤出一滴眼泪："这么说来，我爹这是大限将至，那砍头鬼索命来了？"道士摆摆手："还早呢！老太爷还能活十几年！"黄无德诧异："啥？那砍头鬼这么早来做啥？"道士反问他："你没瞧见它用的那把钝刀么？费了那么大的劲儿，才砍出一丁点缺口来，等把这事儿做成，不得要十几年？"

"那干吗不换把锋利点的刀来？"黄无德一想到老太爷的怪病和家里为治病花费的钱，他就忍不住怒气冲冲地质问了一句。

道士"嘿嘿"怪笑："砍头鬼是故意拿把钝刀来的呀！阎王爷怕有人贪图在人世间享福，舍不得死，就想着让他活着受点罪……"

"依你的意思，我爹死前想要图个痛快也不成了？"

"倒也不是。"道士说道，"你瞧见老太爷吐出的那块石头没？那是功德石，每人都有一块，砍头鬼会拿这石头磨刀用。人要是一辈子积德行善，这功德石的品质就好，磨出来的刀子就锋利。有了锋利的刀子，砍头鬼就不会像这样提前来干活，害得人活受罪。"

黄无德听得心里直嘀咕，自家那些赚钱的手段，那绝对跟积德行善扯不上关系。他一思量，便小声跟道士说："你能想法子弄块好的功德石来吗？价钱好商量！"道士说："取人身上的功德石，我倒是能办到，只是每人只有一块功德石，你把别人的拿去了，到时砍头鬼在那人身上寻不着了，是要出大乱子的。"黄无德眼珠一转："活人的不行，那就拿死人的呗！"

"死人的功德石都磨过一次刀了，还有什么用？"道士想了想，嘴里念念有词，"不过，那些死于意外的人就不归砍头鬼管，他们身上的功德石倒是还在……"

没过多久，寻功德石的事就有了眉目：前几日，隔壁村有个叫杨二郎的年轻人，为救落水者而不幸溺死。道士说："这个杨二郎素来是个热心肠，如今为救人而死，更称得上功德无量，他留下来的功德石必然是上等品质！"黄无德一听，赶紧拉着道士去杨家求购功德石，

哪料杨二郎的妻子不肯答应。

"黄家父子这些年坏事做尽，如今也算遭了天谴，我没有施救的道理！"她眼圈一红，指着黄无德骂道，"更何况我男人的死，跟你们畜生脱不了关系！"

原来，从乡下到城里的路上有一条大河，乡民们为了方便就筹钱让黄无德找人造吊桥。哪想黄无德收了钱，嘴上满口答应，却让工人偷工减料，应付了事。前几日暴雨，有人从桥上过，走到一半，吊绳断了，人跌入了河中。杨二郎路过，立马跳河救人，结果自己却丢了命。杨妻越说越气，越说越伤心，任凭黄无德又是赔礼又是求饶，她就是铁了心，没门。

黄无德没法子，只得雇人在河上再修了一座桥，还花钱在桥边的岸上修了一座功德庙，里面供着杨二郎的人像。乡民们见事都做到这份上了，纷纷劝杨妻松口，杨妻这才同意让出丈夫的功德石。

后来，经道士一番折腾，果然将一块闪着金光的功德石交到了黄无德手中："只要黄老太爷抱着石头，对着砍头鬼来的方向磕三个头，功德石就会进到老爷子身体里。从此老爷子再不用受那病痛折磨，到了日子也能死个痛快了。"

黄无德连连点头，可他并未把德石拿给老爹，而是揣进了自己衣兜。他得意地说："依我看这德石，还得我自己留着才好！他总说我为富不仁要遭天谴，有了块功德石，我还怕什么？"

道士皱着眉头，连连摇头："你，不仁不义不孝，就是有再好的德石在手，怕也不能高枕无忧！"罢，道士拂袖而去。

哪想没多久，道士的话就应验。不知从哪里来了一群山匪，把家洗劫一空，还把黄无德抓上了山。黄无德对着山匪头子求饶道："大爷，饶我一命吧，我家中钱财都给你，若不够，我还有块上好的功德石！"他抖抖索索地把功德石掏出来，还叨叨了一通砍头鬼的事，说这功德石以后能让山匪头子派上用场。那山匪头子哪听过什么功德石、什么砍头鬼？他见那石头闪闪发光，还当是黄无德私藏了一块金子，可接过一看，不过是块石头罢了。他一脚把黄无德踹翻在地："混账东西，你今天就是搬出金山银山，老子也要定了你的命，谁让这命是'你老子'买的呢！"

原来，黄无德的老爹听说儿子抢了功德石，气疯了，心灰意冷之下，叫来老仆买通山匪，要和儿子来个鱼死网破。

山匪头子命手下死死压住黄无德，可他一刀下去，平时锋利无比的刀刃，竟只在黄无德的脖子上砍出个浅坑而已。后来，他足足砍了七刀，黄无德的脑袋才掉下来，他脑袋落地的时候，嘴里还不停嚷着："痛，痛，痛啊！"

（发稿编辑：丁娴瑶）

（题图、插图：佐　夫）

评书泰斗知难而退

评书泰斗陈士和先生说了一辈子《聊斋》。鹤发童颜的他有一把漂亮的白胡子，每当说到紧要处，他稍作停顿，惊堂木一拍，紧跟着一口气喷出来，那把长长的白胡须瞬间被喷得飘了起来，听众们便情不自禁地大声叫好，掌声也随之如暴雨般响起。

这是陈士和在舞台上最得意、最能抖起精气神的时候，气氛到了高潮，后面的情节也愈发引人入胜。

随着年龄的日渐增长，陈士和渐渐感到体力不如以前了。上世纪50年代的一天，他应邀在北京某书场演出，说到紧要关头时，惊堂木落下，紧跟着一口气喷出，接下来就该白胡须被喷得飘起来。意外的是，此时白胡须偏偏没有飘起来。有些老听众不免悄悄议论："老爷子体力不如以前了。"

散场后回到家，陈士和喝了两大杯"二锅头"，自言自语道："真到了该交班的时候了。"当下他便辞掉了第二天的演出，从此告别书场，把祖师爷留下的这碗饭交给了晚辈。

（作者：张达明；推荐者：卧龙）

一步之距

阮籍是三国时期竹林七贤之一，他的好友嵇康有个哥哥叫嵇喜。嵇喜和嵇康虽是兄弟，但性格心性相差很大。嵇康为人重义轻利，放荡旷达；嵇喜入朝为官、钻营权术。

每次阮籍去见嵇康，只要听说嵇喜在，他就不进去，路上遇到嵇喜也会有意躲开。阮籍的母亲去世，嵇喜前来吊丧。阮籍见状，赶紧躲出去，嵇喜知道阮籍看不起自己，灵前拜了一拜就走了。

嵇康听说后，问阮籍："我知道你不喜欢他，但避而不见又是何苦任何规律可言。"

阮籍说：“我的老师在一片荒地
开垦出一块空地种菜。菜地和荒地
间，留出一步的距离什么也不种。
问他，这一块地也是辛苦开垦出来

为什么不都种上菜呢？老师说，
果没有这一步之距，荒草就会入侵
地，到时候菜地也颗粒无收。留出
一步之遥，与他保持距离，就是不
被他影响，从而改变我的心性。"

遇到不好的人或事，不要考验
己的定力，这“一步之距”是警示，
是底线；是决心，更是睿智。

（作者：凹口凸口；推荐者：一米阳光）

听了保罗·西摩教授
的回答，学生们一片哗然，
这算是什么办法？和数学
有关系吗？他们可都是数
学系的高材生呀！

“你们即将走向社会，
我希望你们在发挥专业知
识的同时，也不要忘了一
些最基本的常识和道理。
有时候，最简单的办法就能解决很
多问题。"保罗·西摩教授看着众人，
认真地说，“这是我送给你们的社会
第一课。"

（作者：乔凯凯；推荐者：檬　男）
（本栏插图：陆小弟）

社会第一课

E普林斯顿大学的一节数学课
上，保罗·西摩教授走上讲台，
学生们展示了一幅图片。图片上是
排车位，每个车位上都标有数字，
这些数字看起来并没有规律，其中
个车位上停放了一辆汽车，挡住了
面的数字。保罗·西摩教授问大家：
们怎样才能知道这个车位上的数
是多少？"

教授的话音刚落，学生们就开
试图找到数字之间的规律，从而推
出结果。看着学生们奋笔疾书的样
，保罗·西摩教授说：“也许，大
都忘了一种最简单的办法。"

学生们都愣住了，教授继续说：
简单的办法就是把汽车挪开。事
上，这些数字完全是随机的，没有

学写作文，从读故事开始

2023 年 8 月（下）动感地带答案

神探夏洛克答案：钻石被乔伊
斯冻在了冰块里，但冰块会浮在
液体表面，而包裹了钻石的冰块
则会沉底。

思维风暴答案：相片，相片里的
人越年轻，相片就越旧。

蒙眼鞋匠

□ 六百万

胡同新店

最近，老北京胡同里开了家新店。这店不一般，在一众卖糖葫芦、炸蝎子、油纸伞的传统小店中格外

打眼，光占地就几百平，当街一面做了落地大橱窗，展示着里陈列。店铺门头挂着一块题"名鞋医生"的牌匾——原来一家专门为名牌鞋提供清洗、理和改款等服务的高端店铺。

是够高端的，据说这里头单生意成交就要上千块，这不冤大头嘛！眼见"名鞋医生"业一个多月了，修鞋的人少，观看热闹的倒是越来越多。啥？因为这家店有镇店之宝——赵师傅。赵师傅七十好几，其不扬，却有一手绝活——他蒙眼睛能修鞋！

每天下午，路人都能透过地窗看到赵师傅修鞋的身影。师傅修鞋十分有派头，先把葫锥、蜡线、鹰嘴钳、剪刀等工一字排开，然后由店长给他蒙遮眼黑布，再递上要加工的鞋接着是第一步，摸，用指腹摩鞋的每一寸，从鞋头、鞋面到底、鞋跟；第二步，嗅，尤其鞋面和鞋底的材质。中医看病究"望、闻、问、切"，赵师这操作还真像个名鞋医生。再他十根手指头上下翻飞，拆换底、旋底、暗线缝边、打油……动作行云流水，一气呵成

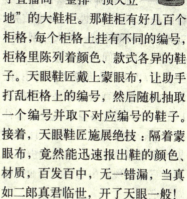

令日份的工作完成，赵师傅便在掌声中起身离开，可谓"事了拂衣去，深藏功与名"。这副高人做派和令人称奇的绝活很快红遍全网，赵师傅成了网络红人，被网友称为"蒙眼鞋神"，连带店里的生意都好了不少。

有个小伙子叫小张，刷到"蒙眼鞋神"的视频，纳闷了：嘿，这不是之前在家门口修鞋的老赵吗？明明是个地摊鞋匠，怎么摇身一变，成了天价修鞋铺的首席护理师了？小张找老街坊打听，得知老赵早已收摊不干，回家养老了，没人知道他的去处，也没人听过他有什么绝技。难不成这"名鞋医生"真是搞噱头"割韭菜"的黑店？

都说爆火之后必有跟风。很快，网上一个叫"天眼鞋匠"的博主也发布了蒙眼修鞋的视频。这天眼鞋匠可不一般，自称受高人指点开了天眼，今晚直播间就亮绝活！

谁能蒙住眼睛分辨颜色呀？即使是"蒙眼鞋神"修鞋，也需要助人事先为他准备好对应颜色的蜡。这不，网民们纷纷转发评论，一天就把"天眼鞋匠蒙眼辨色"的话题送上了热搜。

天眼鞋匠也不含糊，准时上了直播间。他先向观众们展示了密不透光的蒙眼黑布，又展示了直播间一整排"顶天立地"的大鞋柜。那鞋柜有好几百个柜格，每个柜格上挂有不同的编号，柜格里陈列着颜色、款式各异的鞋子。天眼鞋匠戴上蒙眼布，让助手打乱柜格上的编号，然后随机抽取一个编号并取下对应编号的鞋子。接着，天眼鞋匠施展绝技：隔着蒙眼布，竟然能迅速报出鞋的颜色、材质，百发百中，无一错漏，当真如二郎真君临世，开了天眼一般！

直播打假

如此一连直播了三天，天眼鞋匠的热度上涨，网友们都在热议他和蒙眼鞋神谁技高一筹。天眼鞋匠还转发置顶了讨论帖，表示单凭蒙眼辨色这一手，自己就能完胜蒙眼鞋神，并且隔空喊话鞋神"不服来战"。此言一出，不少网友去名鞋医生的账号下留言，有热心告知的，也有存心挑事的。一天后，"名鞋医生"的官方账号竟也发布了赵师傅蒙眼辨色的视频。

天眼鞋匠见对方不示弱，又向蒙眼鞋神下了战书，邀请他来直播间当面切磋，到时全程直播，请线上线下的网友们共同见证。

比赛那天，直播间里热闹得好

比过年，天眼鞋匠和蒙眼鞋神双双露面。天眼鞋匠是说干就干的性子，一寒暄完，就催着赵师傅比试，两人分别进了两间独立的房间。两位在屋内蒙眼坐定后，由工作人员送上比赛用鞋。鞋子编号是从直播间弹幕中随机抽取的，两人需要各自在镜头前修补十双鞋，并辨明鞋类颜色。比赛结果将根据修鞋技艺、用时和辨色准确度三项表现，由聘请的专业技师做判定。

比赛正式开始，只见蒙眼鞋神依次审慎地摩挲、修复着每一双鞋，认真细致；天眼鞋匠则轻松写意得多，他没有着急修补，而是将所有鞋子一字排开，飞速调整，很快就在工作台上将那些鞋子按照色彩序列摆出了一条长龙。看来，他对自己蒙眼辨色的能力十分得意！

突然"啪"的一声，两个房间的直播镜头都黑了。出故障了？导播反应迅速，立即将画面切回直播主房间。这时，天眼鞋匠走了进来。裁判见了，赶忙迎上去告知他可能是黑屏事故，可暂停比赛，等镜头恢复后继续。天眼鞋匠却说："不用了，这场比赛根本没有意义，因为我不会修鞋。"

天眼鞋匠在镜头前鞠了一躬：

"感谢大家这段时间的关注与喜爱，其实我是一名自媒体博主，之前发布的修鞋视频，也是通过视频剪辑实现的，我本人完全不懂修鞋。今天，以这样的方式将大家聚在直播间，是为了向大家揭露'蒙眼视物'的骗局，避免大家再为商家的炒作行为买单。"他又对裁判说，"我想现场传授蒙眼视物的技巧，您是我们邀请来的第三方，能否请您和我一起配合揭秘？"

得到裁判同意后，天眼鞋匠把裁判的眼睛蒙上，然后如此这般教了一番。接着，他将一双随机抽取的新鞋放到桌上，请裁判说出鞋子的颜色。只见裁判双手撑住桌沿站立，几个深呼吸后，把鞋子举到眉心齐平处，然后便立马报出了鞋子的颜色，也如开了天眼一般！

直播间的人气又上新高，天眼鞋匠见时机已到，便说："蒙眼视物并无诀窍，就是偷看而已！"天眼鞋匠一边示范，一边解释道，是通过控制眉骨的肌肉运动，在蒙眼布和鼻梁之间制造透光的空隙，蒙眼者通过这个空隙来视物。刚才裁判按天眼鞋匠教的，将鞋子举到眉心齐平处端详，其实只是个幌子，真正关键的一步，是他趁双手撑住桌沿站立时，假借深呼吸的动作动了蒙眼布，然后利用缝隙来观□桌面上的鞋子。

话音落下，弹幕上一片哗然。"铁粉"质问："这只是你的骗□，怎么证明蒙眼鞋神的绝活也是□的？"天眼鞋匠说："耳听为虚，□见为实。我们比赛的房间是特别□置的，窗帘里外三层，绝不透光。□赛过程中，我请工作人员关闭了□个房间的灯，模拟了蒙眼的环境。□眼鞋神是否弄虚作假，一看便知。□在，请导播将画面再次切回比赛□间。"

匠人秘技

这时，蒙眼鞋神所在房间的镜头画面被放大：原来这里布置了有夜视功能的隐蔽摄像机。透过镜头，大家看见赵师傅即将完工，他熟练地收尾，然后从工作台前起身，回到了主房间。天眼鞋匠带着讥笑的神色迎了上去："赵师傅，您完工了？那请裁判来判定吧！"赵师傅点点头，微笑道："看来你比我快啊！"之后，陪同而来的店长扶着赵师傅在一旁坐下，对他耳语着什么。工作人员则将两人的比赛"成果"送了进来。裁判跳过天眼鞋匠的鞋子，端详着蒙眼鞋神的作品。

"咦？全对！蒙眼鞋神全对了！"裁判激动地说，"每一双针脚都细密整齐，鞋子颜色也配合得准确无误！"什么？天眼鞋匠惊得跳了起来，自己探身去看。确实，每一双鞋子都修复得挑不出错来，完全看不出断电的影响。难道蒙眼鞋神真会蒙眼修鞋？天眼鞋匠立刻要求导播回放赵师傅比赛房间的录像，试图从中寻找端倪，可天衣无缝，蒙眼鞋神的修鞋动作行云流水，没有因为停电而产生一丝的停顿。

"究竟是怎么做到的？"天眼鞋匠问道，"我认识你，你摆了十

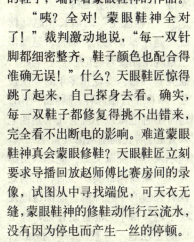

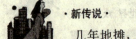

几年地摊，是个普通的修鞋匠，哪来的一手绝活？"原来，天眼鞋匠正是前文提到的小张，他是个"打假博主"，出于自媒体人的正义感和怀疑精神，他一心要参透蒙眼修鞋的伎俩。

这时，赵师傅说道："其实我那的确不算啥绝活，我不过就是个瞎眼鞋匠，手熟而已。"说着，他眨眨眼，一对泛白的眼球露在了镜头前。一旁的店长也出示了赵师傅的眼疾证明。原来，由于长期用眼过度，几年前赵师傅便发现自己视力衰退，最后甚至一点都看不见了。于是，他只得关了修鞋铺，经女儿安排，进了一家养老院。

"名鞋医生"的店长和赵师傅就相遇在养老院里。那时，赵师傅已是院里颇受欢迎的"热心老赵"，他凭着触感、嗅觉和多年的鞋匠技艺，掌握了盲眼修鞋、制鞋的绝活，还时不时地做点小玩意儿哄其他老人开心。店长则刚从海外留学归来，偶尔来养老院做义工。他想效仿国外开一家高档鞋类护理店，正到处找有经验的手艺师傅。他惊讶地发现：赵师傅不光能盲眼补鞋，他工作的手法也不一般。一问才知道，原来赵师傅十几岁时，在老家有名的制鞋师傅手下当过学徒，学得一手传统好手艺。

店长向赵师傅抛出橄榄枝，赵师傅一听有机会重返社会，笑得像个孩子。不过他也有顾忌：不希望大家因为他眼盲而对他另眼相看，这才和店长商量了一出蒙眼修鞋的戏码，也算是为新店吸引一些关注。"名鞋医生"店里每单生意收费高，是因为修补名鞋的材料配件，很多都需要进口，成本很高，而赵师傅的手工费其实还低于市价。

此时，直播间里好一阵沉默，随即弹幕上又沸腾了，大家纷纷为赵师傅"鼓掌""献花"，小张也恭毕敬地向赵师傅鞠躬道了歉。

当然还有一事未解，赵师傅是盲人，那如何分辨鞋子的颜色？

赵师傅随意拿了一双鞋放在手上摩挲着："这些品牌鞋都有自己的唯一编码，记录着每双鞋子的款式、尺码、颜色等信息。每个品牌的编码逻辑和印码方式各有不同，只要用心记，多摸索，就能摸出这些细微的差别，知晓其中门道。"

说什么没有绝技，熟能生巧、精益求精，不就是每个匠人的非凡绝技吗？小张握住赵师傅的手，感慨万千……

（发稿编辑：丁娴瑶）
（题图、插图：豆 薇）

清朝时有个叫徐大诳的人，他在丝绸铺做伙计，见多识广，□个老江湖。因为他爱说大话骗人，被取了个"大诳"的外号。不过，□从来不骗穷人，而是专骗恶棍。这一回就讲讲他巧施骗术、智救丐婆的故事。

徐大诳智救丐婆 □ 姚 璐

不久，徐大诳的东家得了一对血玉镯，玉石内血丝密布，如牛毛。东家花大价钱买下这对镯，一开始爱不释手，但渐渐地看越觉得古怪，怀疑买到假货了，就让徐大诳送去玉器行鉴定。

果然，玉器行的老板一眼就识破了其中奥秘，"哈哈"大笑道："这哪是什么血玉？就是石英岩淬火后染了色。"说着，他拿起其中一只镯子，指给徐大诳看："血丝聚集在绽裂里，证明是人工染色的。你这对玉镯啊，怕是还没有装镯子的木匣值钱呢！"说着，老板把玉镯装回木匣中，交还给徐大诳。

徐大诳谢过老板，快快不乐地抱着木匣离去。出了玉器行就是一条河道，他打算坐船回去。徐大诳坐在船舷边，把木匣放在膝盖上。客船晃晃悠悠，他不禁昏昏欲睡。

船行到一座拱桥下方，突然"扑通"一声，什么东西从天而降，砸落到河道中。巨大的水花溅起，船身一阵剧烈颠簸，徐大诳放在膝盖上的木匣"啪"的一声摔落在船板上，裂了开来。

这时岸上传来行人惊呼："不

好了！有人跳河了！"

徐大诳二话不说，立即跳下河去，费了九牛二虎之力，终于把跳河的人拖到船上。众人纷纷竖起大拇指，夸他见义勇为，是条好汉。谁知徐大诳一把抹去脸上水珠，喘着粗气向那跳河的说道："你把我东家的木匣弄坏了，不赔钱就想死？想得美！"

跳河的人呛了水，咳嗽不止，啼哭道："我一个丐婆，活都活不成了，哪有钱赔你啊！"

船上的乘客都好奇地围上来，问她为何自杀，丐婆声泪俱下地讲述起自己的悲惨遭遇。

丐婆说，十几年前，她去外婆家途中迷了路，遇到恶人，把她拐去后刺瞎两眼，每日遣她乞讨，过得极为凄惨。光是这样，丐婆还不至于寻死。几天前，她乞讨时遇到一名老妇，老妇认出她是邻居李家的女儿。丐婆急忙拉住老妇求道："我正是李家女儿，你的声音好像是我邻居王二姆，请务必叫我家人来与我相认！"老妇听她能说出自己姓名，又见她右臂上有块三角胎记，确定她就是李家走失的女儿。李家双亲已去世，只有一个做生意的小儿子李易永。李易永认出姐姐后，姐弟俩抱头痛哭。

李易永要写状纸告上公堂，姐姐讨回公道。李丐婆本以为终于苦尽甘来，熬出头了，谁知□子听到消息后，立即花银两收买□易永，还花言巧语道："你姐□他人拐带后卖给我的，并非是我□瞎她的。她既已眼瞎，日后难以□配人家。与其让她一辈子跟着□靠你供养，不如让她留在我那□我绝不会亏待她的衣食。"

李易永被拐子说服了，收下□两后当即立下字据，保证绝不与□丐婆相认，不仅如此，还用火钳□烫掉了她右臂上的胎记，将她赶□家门。李丐婆被唯一的亲人抛弃□万念俱灰，这才投河自尽。

众人听后，都对丐婆的遭□万分同情，唯独徐大诳的着眼点□具一格。他眼珠一转，道："原□你还有个做生意的弟弟！这下好□了，我找他赔木匣子的钱就行了□

李丐婆哀叹道："我弟弟已□不认我了，怎么肯赔钱？"

徐大诳狡黠地说："你放□我自有办法。"

下船后，徐大诳抱着木匣□李家附近到处打听一名女子□落。他不说姓名，只说那女子右□上有一块三角胎记。遇到街坊□缘由，他就说："我要找的这名□

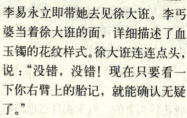

子，多年前拾得一只价值连城的血玉镯，在路边等候失主。我主人那时年少无知，起了贪心，冒充失主把玉镯骗走了。后来他将玉镯抵押，拿这笔钱做生意发了财，又把玉镯赎了回来。如今他已是家财万贯的大财主。眼下他身患重病，想到年轻时做的这件错事就悔恨不已，想把玉镯还给那女子。不仅如此，待他一命呜呼之后，所留遗产也要分给女子一份呢！"

消息很快传到李易永耳中，他怀疑徐大诳要找的女子正是自己的姐姐，急忙把李丐婆寻回细问。李丐婆按徐大诳事先教她的说辞，承认确有此事，李易永立即带她去见徐大诳。李丐婆当着徐大诳的面，详细描述了血玉镯的花纹样式。徐大诳连连点头，说："没错，没错！现在只要看一下你右臂上的胎记，就能确认无疑了。"

李易永忙让姐姐挽起衣袖，徐大诳一看，作出失望的样子，说："这哪是胎记，分明是个伤疤。看来你不是我要找的女子……"

眼看到手的血玉镯和遗产就要飞走了，李易永心急如焚，解释道："确实是胎记，只是几天前被我不小心用火钳子烫伤了。"

徐大诳笑道："这哪像火钳子烫的？你休要骗我。"说罢他扭头就走。李易永心里发急，连忙拽住他，挽起袖子，拿烧红的火钳子往自己胳膊上猛地一戳。霎时只听"刺"的一声，皮肤上冒起烟来，李易永的胳膊上也留下一块类似的伤痕。

"这下你信了吧？"李易永丢下火钳子，忍着剧痛，龇牙咧嘴地问。

"信了信了，看来你姐姐确实是我家老爷要找之人。"徐大诳假惺惺地安抚李易永，将血玉镯交给他，还承诺回去后立即禀告老爷。

谁知就在这时，拐子听到消息，也找上门来，张口就说："丐婆是我花钱买下的，血玉镯自然也该归我所有！"说着，他还拿出李易永之前立下的"绝不与丐婆相认"的字据，大声嚷嚷道，"你既然立下字据，又收了我的银两，岂能出尔反尔！"

李易永急得面红耳赤，跳起来争辩道："这、这张字据不作数，是你骗我立下的！那些银两也是你硬塞给我的，我还给你就是了！"

两人吵得乌烟瘴气，徐大诳乐得在旁边看好戏。最后，见两人你推我打，动起手来，徐大诳便说："你们各说各的理，是非难辨，何不上公堂请大老爷判个明白？"

两人都在气头上，听了这话，竟真的闹上了县衙。

公堂上，双方各执一词，互相拆台。拐子揭穿李易永烫伤姐姐的丑事，李易永则将拐子残害无辜男女的恶行全部抖搂出来。县令听后大怒，当堂裁断，让李丐婆跟李易永回家，但是李易永有出卖亲姐之

罪，要挨十个板子；对于罪大恶极的拐子，则是先打三十大板，再锁到县衙前，令众人群殴，以泄民愤；其他残疾乞丐，问其籍贯，如果家中有人就送返家中；如无亲属，就送入养济院中。

李易永虽然受了皮肉之苦，但一想到能够领回李丐婆，得到血玉镯和遗产，就觉得这顿板子挨得值。谁知李丐婆却说："既然你已跟我断绝关系，我就不再是你姐姐，我宁愿跟其他乞丐一起住到养济院去。"说罢，她要李易永把血玉镯还给自己。任凭李易永好话说尽，李丐婆就是不肯跟他回去。

得不到血玉镯，板子就白挨了，李易永正着急，这时，徐大诳朝他使了个眼色，把他拉到一旁，神兮兮地说："李大哥，小弟我有一条妙计……"说着，他偷偷拿出一只血玉镯，用袖子遮着递过去。

"这是……"李易永惊讶地瞪大眼睛。这只血玉镯与之前那只大小、样式都十分相似，不细看根本分不出差异。

徐大诳狡猾地笑道："实不相瞒，我家老爷的血玉镯是无价之宝，我早就想要偷偷调换出来卖钱，所以暗中请人打造了这一模一样的赝品。只是老爷眼尖心细，我一

不到调包的机会。你这瞎眼妹妹不同了，我可以把这个假玉镯卖尔，你把假的给她，真的自己留，她肯定识破不了。"

李易永激动地咽了下口水，问：你、你卖多少钱？"

徐大诳开了个价，着实不低，李易永想到只要把真玉镯骗到手卖掉，肯定还有赚头，一咬牙就应了。生意成交、钱货两讫后，大诳高高兴兴地告辞离去。

李易永把假镯子还给李丐婆，到李丐婆毫不怀疑地拿着镯子走了，李易永还以为自己捡了大便，乐得合不拢嘴。

再说徐大诳这边，他只留下赔偿木匣的钱，把多余的钱交给李丐婆。李丐婆不肯收，眼泪汪汪地说："恩公，你这是要折煞我啊！钱是他买玉镯出的，理应归玉镯主人所有。我以后住在养济院，拿钱也没什么用，还是你自己留着吧。"

徐大诳觉得有道理，就把钱收下了，可他也并非玉镯真正的主人，回到铺子后，他乖乖把钱交还给东家。东家惊讶地问："这钱是哪里来的？"

徐大诳道："玉器行验明那对血玉镯是假的，我顺手帮你卖掉了。"

东家气道："明知道是假的还卖，不会又骗人了吧？"

徐大诳笑道："是对方求着我卖的，我顺便救了好多人，是件大功德哩！"

徐大诳此话不假。那拐子被众人打残，以后只能靠乞讨为生，自尝恶果。徐大诳不仅救了李丐婆，还救了无数同样遭遇的可怜人。

（发稿编辑：吕　佳）

（题图、插图：谢　颖）

死新娘

□ 傅林洋

绍兴知府陆文轩有个独生□，名叫陆睿，正是弱冠之□。陆文轩夫妇给儿子定下了亲事，迎娶李员外的千金。

迎亲当日，陆府喜气洋洋，□门请来戏班唱曲助兴。李家送亲□队伍敲锣打鼓地来到陆府门口。□轿刚一停稳，亲友们便簇拥着新□陆睿来到轿前，陆睿轻轻掀起轿□向内张望，那新娘子顶着盖头□坐轿中。陆睿轻声说道："娘□请下轿。"

新娘子一动不动，似乎没听□

陆睿心想，大约是新娘子早□梳妆，在轿子里睡着了吧？他就□手碰了碰她的衣袖，略略提高声□"娘子，可以下轿了。"

新娘依旧纹丝不动。陆睿急□他伸手掀开盖头后，愣住了，然□大声惊叫起来："天哪！这是怎□回事？"

众人纷纷围拢过来，往里一□只见花轿里的新娘口眼紧闭，气□全无，已经是死人了。

陆府顿时乱成一团，陆文轩□忙派人兵分两路，一路人去叫仵□一路人去李家报丧。

仵作赶到，仔细验过尸首之□禀告陆知府："陆大人，死者身□异状，没有受伤中毒的迹象。"

尽管两家人都觉得太过蹊跷，没有证据，只能以"死因不明，后待查"匆匆结案。

而陆公子的婚事，就这么耽搁。尽管他家世、人品样样都好，这"克妻"的名头在外，也让人而却步。几年后，好不容易又定一门亲事，可到了成亲那日，陆掀开红盖巾看到的，竟又是一个眼紧闭、气息全无的死新娘。

这次仵作验尸的结果也和上次一样，依然什么都没发现。

这下子，整个绍兴城都轰动了。百姓议论纷纷，有的说陆府被凶缠上啦，喜事登不了门；有的说公子前世是杀人恶魔作孽太多，生注定娶不上老婆的……总之流纷纷，说什么的都有。

陆知府整日唉声叹气，陆夫人吃起了长斋，每日烧香拜佛，为子祈福祷告。

这日，陆文轩正在书房里长吁叹，小厮来报，杭州知府贾诩来兴府看望他。贾诩和陆文轩是同进士，交情深厚。贾诩入座后发陆文轩满面愁容，便问："陆兄，有什么烦心事吗？"

陆文轩叹了口气，说："小儿年已二十有五了，说过两次亲，每次都是新娘还没下花轿就莫名其妙地气绝身亡。看来，我儿只能孤独终老，我陆家要绝后了。"

贾诩说："令郎才貌出众，是难得的佳婿。文轩兄若不嫌弃，我愿将小女许配给令郎。"

陆文轩叹道："你就不怕……"

贾诩"哈哈"大笑："不过是些巧合和谬论罢了，哪有什么鬼事，别人害怕，我贾诩不怕！"

陆、贾两家的婚事定了下来，日子选在当年的十月初八。迎亲之前，陆夫人还特地请来了道士、和尚，一边念咒驱鬼，一边诵经辟邪。

那边迎亲队伍接了新娘，敲锣打鼓地往回走，途经一片松树林。忽然轿子里的新娘大喊一声："狂贼，居然敢向我射暗器。"

然后"新娘"跃出轿子，直扑轿子后面扛轿的一名轿夫。原来这"新娘"并不是贾小姐，而是贾诩请来的武林高手，扮成新娘是为了引蛇出洞。那轿夫见已败露，立刻往松树林里逃去，此时迎亲队伍里陆文轩安插的衙役们也拔腿便追，众人一拥而上，把轿夫打翻在地，将其生擒活拿。

众人把轿夫押回了陆府，假扮新娘的武林高手向陆文轩说："陆大人，这个轿夫名叫赵青，是府上

・传闻轶事・

打杂的小厮。他正是害死两位新娘的祸首，使用的暗器是夺命针。这夺命针是一种江湖上的阴损暗器，此针极细又无毒，但进入人体后，能封闭住人体的穴道，让人窒息而死，因此仵作验尸看不出有异状。"

陆文轩问道："赵青，你来府上这几年我待你不薄，为何害我？"

赵青冷笑一声："卑鄙小人，人人得而诛之！"

陆文轩怒喝："我为官多年，自问清正廉明，怎么就成了你口中的卑鄙小人？"

赵青轻蔑地说："做官不贪是你做官的本分，可你做人的本分呢？你还记得黄绾黄大人吗？"

陆文轩大惊："你是黄府的人？"

"正是，我从小父母双亡，要不是黄府收留了我，我早已成为荒郊枯骨！"赵青顿了一下，接着说道，"自从黄大人入了大狱，家中钱财也尽数充公，黄夫人实在是养活不了我们这么多家丁，便把我们

都遣散了。遣散之时一再叮嘱，要提以前曾在黄绾府中做过，以被牵连。可惜这样至善至仁的好家，却所遇非人！"

陆文轩沉吟了一会儿，叹道："是我负了黄兄不假，但那两位娘都是无辜的，你报仇冲我来，苦害人性命……"

赵青惨然一笑："我是想杀你们父子算了！可怜黄小姐对公痴心一片，若是陆公子殒命，她怕是一天也不肯多活。我犯下的孽，我自会赎罪，可陆大人欠下债要怎么偿还？"说完，他口吐

62

轰然倒地，已经咬舌自尽了。

原来当年，陆文轩因为严查贪得罪了权臣，被打入大牢。礼部郎黄绢在朝堂上犯颜直谏，终于洗清了陆文轩的冤情，令其官复原。陆家有儿，黄家有女，两家便定下了儿女的亲事。可天有不测风，不久后，黄绢被卷入党争，黄一夜败落。陆文轩担心受连累，默许家人退掉了这门亲事。

念及往事，陆文轩悔恨不已。时，贾诩已经大踏步走到院中："告兄，说好的亲事，可不许反悔啊，给你送亲来了！"

只见贾诩身后一抬花轿缓缓落，从轿内款款走出一个身着嫁衣、着盖头的新娘。

陆文轩惨然一笑："贾兄，别玩笑了，我又不是不知道，你根没有女儿。再说咱们这个亲事，来不就是为了做局破案吗？"

贾诩拉过站在一旁的陆睿，让掀开盖头。红盖头落下，新娘抬头的那一刹那，陆家父子惊呼道："黄小姐！"

贾诩笑了，说："当日我说要你做亲，自然是认真的。你有所知，其实我与黄绢的交情，远你我之上。黄绢前不久病死狱，已经把女儿托付给我，让我收

养为义女。我那日来找你，也就是为了这桩婚事而来。如今赵青已死，案子也破了，两个孩子的人生大事，也该落定了。"

听了这些话，陆文轩内心五味杂陈，又是后悔自己不该忘义悔婚，又是愧对贾诩和黄小姐。再看一旁死去的赵青，想想他虽然连杀两人，但他也有自己的苦衷。可能人世就是如此吧，甜酸苦辣掺杂，是非对错参半……

贾诩继续说道："可怜这赵青因忠成痴，竟一念成魔，但他已自戕，也算是赎了他的罪孽。这两个孩子，原本就该结为夫妻……"说着，他安排手下走到院中。

陆府请来的喜事乐队依然守候在院中，得到了示意，便开始演奏起来。丝竹声声，陆府的婚事终于有了下半场，也终于娶进了活生生的新嫁娘。

（发稿编辑：孟文玉）
（题图、插图：谢 颖）

红版编辑部各编辑邮箱：

吕 佳：lujia411@126.com
丁娴瑶：dingxianyao@126.com
陶云韫：taoyunyun1101@163.com
曹睛雯：caoqingwen0228@126.com
孟文玉：yuwenmeng@126.com

单位有义务制止性骚扰吗

□ 李锦

容容身材高挑，美丽大方。进公司后，追求者很多，可容容对追求者不理不睬。她越是这样，追求者越是不愿放弃，其中，公司前老总的儿子赵某最为显眼。

一段时间后，大家知难而退，只有赵某还在纠缠不休。好事的人想撮合他俩，容容明确表示，自己只想认真工作，不想找男朋友。

赵某霸道惯了，哪会考虑容容的想法？他采用了"远交近攻"的办法。他私下里对同事说，容容是他女朋友，还有事没事，就去容容办公室找她，这让容容十分讨厌，天天躲着他。

一天，容容下班了一些，赵某拦住说要请她吃饭。容容确拒绝，赵某嬉皮笑地动手动脚，不让她正在这时，公司的周恰好经过。赵某见领来了，不敢放肆，容容趁机逃走。

第二天，容容找周总，说赵某骚扰她影响了她正常的工作让周总管管。周总不为意，还劝说容容："人云，窈窕淑女，君好逑，为啥不给他追求的机会呢？"容一口拒绝，扭头就走。

几天后，赵某改

64

· 解剖一个案例　明白一个道理 ·

追求办法，不时在工作群里给容容发一些暧昧的表情。

因为容容从不理他，赵某变本加厉。一次，他甚至发了一张有色情意味的图片给容容。

容容再次找到周总，让周总管管赵某，让他不要太过分。

周总说："这是你们年轻人的事，我不方便管。"其实周总还有半句话没说，因为赵某是前老总的儿子，碍于情面，他也不好意思说什么。

有时候，人缺少管束，就会变得毫无底线。一个月后，容容找到周总，把辞职信放到了他的面前，告诉他："姓赵的给我发了很多不入目的图片，对我进行性骚扰，我受不了，必须得辞职了。"

容容工作很努力，周总虽然觉得很可惜，但也没说什么。周总很了解赵某，指不定赵某以后会做出出格的事，自己也不好收拾。因此，周总在辞职信上签了字。

字签完后，两人在劳动报酬上产生了分歧。周总认为，容容是主动辞职，结清本月工资就行了。

容容却说："我辞职的原因是无法忍受赵某的性骚扰。单位有责任制止性骚扰，你们不作为，我属于被迫辞职，应当按无故辞退员工处理，必须按无故辞退员工对我进行经济补偿。"

周总振振有词："性骚扰是个人行为，跟单位没什么关系！你主动提出辞职，单位没义务对你进行赔偿。"

两人你一句我一句地吵开了，不少人前来围观，听了之后，也是议论纷纷，莫衷一是。

容容气不过，直接去了法院。法院认为，容容两次反映情况，单位领导都没制止，容容的辞职与性骚扰有关，单位应按照无故解雇员工进行赔偿。

律师点评：

故事涉及的一个法律问题，即用人单位是否有制止员工性骚扰的义务。法律规定，雇主有义务维护员工的人身安全和尊严。如果员工在工作时间、工作环境内遭到性骚扰，公司应承担相应的责任和赔偿。故事中，容容多次向公司领导周总反映赵某的性骚扰，周总却碍于赵某父亲的身份，对此明显不作为，造成容容的无奈辞职。单位存在过错，应承担相应的法律后果。

（发稿编辑：陶云韬）

（题图：张恩卫）

传说中的恐怖法术，尽管是故事，也令人寒毛卓竖。正邪善恶的较量之间，一场复仇大戏悄悄登场……

眼皮走马灯

□ 王晨渝

1. 眼皮失踪

民国初年的济南地界，飘摇动荡，怪力乱神之事不绝。

有一个私家侦探叫杜小龙，他脑子灵活，胆识颇多，警察所常私下里雇用杜小龙，让他为一些无头案提供线索。

这天清早，杜小龙慢慢悠悠地走向趵突泉东面的警察所。每逢礼拜二、四、六这三天，杜小龙都会去警察所逛逛，看有什么活儿能接。他和警察所里的马所长、牛警员等私交甚笃，帮他们破过不少怪案。

街市口，一个青年光头男子拾着一袋子油旋，从远处朝杜小龙招手，快步走到他跟前，道："叔，今天你来得够早的。"说着该青年光头男子把油旋递给杜小龙。

青年光头男子叫三宝，是杜小龙的侄子，成天跟在杜小龙屁股面混日子，不愿找个正经营生。近，三宝迷上了说书，出没于各说书馆，兴起时还会登台自己说一段。一位盲人师父看中了三宝潜质，主动收他为关门弟子，教三宝说书。

杜小龙和三宝刚迈进警察所，听见牛警员在骂人。顾不上吃油，杜小龙就凑过去，看看有什么闹。

警察所后墙根蹲着两个人，长相似，一老一少。杜小龙暗自揣：没猜错的话，这是一对父子，子俩一块儿进警察所的事不常。他来了兴趣，上前细看，见两脚边摆着一具尸体，被白布蒙着，漏出的袖口能看出，穿的是寿衣。

牛警员破口大骂："你们三孔警察所抓了人，自己不他娘的处，拉我这儿恶心我是吧？"

被骂的两个警员低着头，其中个年长的率先开了口："这个死跟张督军有关系，我们警察所小，理不了呀！"

杜小龙明白过来，张督军时任东省督军，小警察所确实不敢处，生怕惹麻烦，这才送来这里。

不一会儿，众人散去，牛警员到杜小龙旁边，递给他一根烟。着烟，牛警员说了说这是个什么子："蹲着的那父子俩是盗墓的，人给当场逮着了。"

这个事怎么跟张督军扯上关系呢？牛警员擦擦脖子上的汗，继跟杜小龙说明白："这爷俩生冷忌，专挑刚刚落葬的人下手。昨天下葬的这位，是张督军五姨太的亲爹。上午才入土，夜里这爷俩就下手了。到了地方，挖开了，撬开棺材，这老爷子直挺挺躺在里面，瞪着大眼对着二人手里的灯，把这当儿子的吓了一跳。当爹的上前仔细一看，老爷子双眼的眼皮连着眉毛都被割了去，两个眼珠子镶在没皮的窟窿里，凸出了一大半，在灯火的照耀下泛着白光。这爷俩一下子慌了神儿，弄出了动静，让人发现，抓了起来。"

三宝拍了拍杜小龙，问："二叔，为什么要把眼皮割了才下葬？这是哪儿的规矩呀？"

杜小龙摇摇头，说："哪有死不瞑目的规矩呀？没听说过。"

牛警员凑了过来，小声地说："可不好说，听说那个五姨太老家在西南地区，保不齐那边有这个规矩呢？"

杜小龙说："既然穿了寿衣，正常出殡下葬，就不是西南地区的规矩。再说了，我也没听说那边有割了眼皮再下葬的说法。"

牛警员摇了摇头，回身处理公务去了。

杜小龙看警察所里吵闹得很，一时半会儿没个结论，索性留了个字条，约牛警员明天见面。

第二天中午，牛警员来到了曲水亭街角的泉水冷面，杜小龙在这等他。牛警员大口吃着面条，嘴里断断续续地交代："那爷俩暂时收监了，尸体让人接回去了。人家那边不想声张，张罗着赶快把老爷子再入土为安，暂时告一段落。"

杜小龙问牛警员："怎么确定老爷子入土之前眼皮还在呢？"

牛警员说："马所长昨天参加老爷子的葬礼了，还看了老爷子的遗体，棺材封死之前完好无损。"

也就是说，有人在老爷子下葬之后，撬开棺木，割了老爷子眼皮，又把棺木封好，一切归位。

杜小龙自言自语："两个眼皮有什么用，值得这么大费周章？"

牛警员说："我不想管，这毕竟是对死人下手，犯不上大费周章满济南府抓人。再说，张督军姨太太那边也不想追究，就更没必要上赶着惹麻烦了。"

说着话，杜小龙和牛警员吃完面，溜达着往回走。这时却见三宝从远处疯跑过来，没留神，一下子扑在杜小龙怀里，气喘吁吁地说："二叔，快点，黑虎泉那边出事了，又是一个！"

牛警员一把拽起三宝说："什么叫又是一个？"

"眼皮！"三宝喘匀了气，说"又一个没眼皮的！"

三人赶到黑虎泉的时候，周围早就挤满了人。黑虎泉经常聚满来打水的百姓，牛警员叫骂着把人群疏散开，他们仨这才凑到跟前。

黑虎泉三股泉眼，下方是一个四方的蓄水池。池子正中间漂着个老者，衣着富贵，那衣服被水湿了透着油亮，实在是好料子。

老者脖子上一道巨大的刀口，把脖子生生切了一半，血水蔓延开来，把这个蓄水池里的水全部染红

由于刀口实在太大，老者的头一个不可思议的角度后仰着，随水流的冲刷，后脑勺甚至可以碰到背，发出"吭哧吭哧"的声响。

往面门上看，死者的两个眼皮割走了，只剩下两个大眼珠子，着围观的众人。

杜小龙帮着把死者捞了上来。牛警员的示意下，开始给老者搜

杜小龙从老者身上找到一串钥

打眼一看，足有五十多把，大不一。杜小龙留意到，这眼皮处口有点蹊跷。正在他继续翻找验时，人群里挤出来一个小贩，道："我认得这位老爷，他是欺阁老管家。"

牛警员一听这话，猛地站起身找人抓了小贩，堵住了他的嘴。

杜小龙明白牛警员为什么这易。欺云阁，可不是闹着玩的。云阁位于东巷附近，说是阁，却一整片深宅大院，院墙奇高，里胡同小道纵横交错，多的是暗门者。里面的丫鬟伙计各自负责一区域，一辈子也见不到这欺云阁全貌。据传，这里的主人与军阀其瑞有关，具体身份不详，反正个权势通天不好惹的主儿。

这老者是欺云阁大管家，自幼在这伺候，熬走了四位主人，这才成了大管家，对欺云阁的每一个密道暗门都烂熟于心。

2 · 神棍作法

没等他们仔细查完，就有人来报，让牛警员和在场的其他警员都去欺云阁前厅集合。山东省督军的刘副官命令，违令者军法处置。

说话间，一小队人抬着担架就要抬走死者。牛警员见这阵仗也没敢吭声，任由他们给死者蒙上白布，抬上了路边的军车。

杜小龙朝牛警员使了个眼色，混进了警察队伍，一同前往欺云阁。

到欺云阁的时候，天色已经不早了。太阳落山前的余晖，映照着惨白色的天。

一行人穿过欺云阁的侧门，在一个伙计的带领下，七拐八弯地绕到了所谓的前厅。要是没人带路，怕是东南西北也分不清了。

等他们步入前厅，才发现厅内早就候着一大群人。打眼一看，是各路官员，其中也包括警察所的马所长。

马所长见杜小龙和牛警员都来了，愁容满面地凑上前来，说："不得了，刘副官都来了，说明督军被

惊动了。这事落咱们头上了，真他娘倒霉催的。"

杜小龙没参与牛警员和马所长的互相诉苦，而是打量起这个前厅：这个建筑设计得十分巧妙，无论在哪个角度望向天，均不能窥其全貌，都被这密集的高墙分割了视线，使得人很是压抑。

正在杜小龙苦苦思索之际，众人的喧闹声戛然而止，他顺着视线，只见一位军人缓步走来，想必他就是刘副官了。

刘副官目光扫过众人，慢慢开了口："我不绕弯子，今天叫你们来，因为这里的老管家遇害了。"

众人点点头。

刘副官继续说："别的事我们不管，可现在已经严重影响到了督军的安全。我们怀疑，老管家死前受了拷问，交代了欺云阁的密道。"

杜小龙抬抬手，打断了刘副官的话，说道："我们查过了尸体，并未发现审讯逼供或是动刑的痕迹，只有脖子上的一处致命伤。"

刘副官笑了一声："眼皮都被割了下来，还说没有动刑？"

"我能肯定，眼皮是在老管家死后才被割下来的，创口边缘没有明显收缩，还有……"杜小龙继续

说道。

没等杜小龙说完，刘副官就断了他的话："这是谁的人？"

马所长上前一步，赔了个笑，说："刘副官息怒，我的人。"

"废物手底下的，肯定也是物。"刘副官摆摆手，转身坐下

杜小龙刚要辩驳，马所长示他闭嘴，拉着他退到众人身后。

刘副官坐下后继续说："叫你们来，不是逼你们查案子。面等不及了，让今天必须有个结所以，叫你们过来，给你们这囊饭袋开开眼。"

众人面色难堪，大气不敢喘

刘副官清了清嗓子，对身边警卫员说："请顾问前来。"

警卫员鞠了个躬，说："顾早已准备好，他正在西四中庭开作法，不能中断。"

刘副官点了点头，站起身说："都跟我来！"说罢，他边走出前厅，步入侧面的连廊。

众人快步跟上。杜小龙跟在警员身后，刚出前厅，抬眼一天色已经彻底暗了下来。夜里涌动，似乎有只夜猫飞驰在屋檐发出了些许声响。

马所长来到杜小龙身边，肘顶了他一下："你别乱说话，

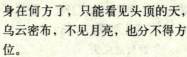

说什么是什么，有事回去再说。"

杜小龙悄悄开口问道："那个副官口中的顾问，是什么人呀？"

马所长四处看了看，见没人注意，这才说："那是督军府的顾问，一个神棍，没人知道从哪来的，我听说这人常年住在欺云阁里。"

"神棍？"杜小龙心生疑窦。昆仙姑这行，都是走街串巷看相算命的小手艺，混个肚圆儿罢了。此人竟然是督军府的顾问，看来手段不凡，实在是想见识见识。

说话间，众人来到了西四中庭，是一处铺着细沙的庭院。在欺云

阁深处，众人经过刚才一番穿行，早就不知道身在何方了，只能看见头顶的天，乌云密布，不见月亮，也分不得方位。

庭院正中间坐着一个人，看来就是副官口中的顾问。此人座下细沙上遍布符文的痕迹，赤裸双脚，身披法袍，面前摆放着三只小鼓，两侧的小一点，中间的大。鼓的造型古朴，一看就不是中原制式。

刘副官见众人疑虑，开口说道："法坛正中的是顾问先生。事关重大，我经督军授意，特来拜访顾问，让他算一算凶手身藏何处。带着你们过来，也是为了让你们开开眼，免得说我们军队插手政务，堵上你们的嘴。"

众人点头。

刘副官继续说："所有人闭上嘴退到墙根，不能发出一点声音。"

众人齐齐退后，站到墙根下。杜小龙站到马所长身后，仔细看着院子正中间的顾问。

顾问轻抬右手，指甲奇长，挥手拍了一下正中间那面鼓。鼓皮轻颤，发出一声脆响。这响声清脆中粘连着一丝钝感，声音很怪。

杜小龙盯着顾问手里的鼓，突然倒吸一口凉气。牛警员在他身边

拍了拍，示意杜小龙别发出声音。杜小龙凑过去，用极小的声音在牛警员耳边说："看见那面鼓了吗？"

牛警员点点头。

"人皮做的。"

牛警员瞪大眼睛，看着杜小龙，还没等开口，只听"啪啪啪"，一阵脚踩瓦片的声音从头顶传来……

3. 神秘黑影

众人刚要抬头，只见一个黑影从房顶跳下，轻巧落地，一个前滚翻站稳脚跟。

那人黑衣黑裤，黑纱遮面，没有丝毫犹豫，就朝着正中间的顾问狂奔而去。

此时，顾问脸色骤变，他用颤抖的声音说道："凶手就在……"

话音未落，那黑影三步就来到了顾问身后。不等顾问反应过来，那人左手扣住顾问面门，右手从左至右在顾问脖子上一划。

血雾瞬间喷出，在烛光的映照橙红透亮。

大家全都傻了眼，愣在原地

那人左手用力向下一扣，问的脖子向后弯折，"咔嚓"一断骨的清脆声传来。顾问腔子里出一口浊气，混着断口处血沫，出"咕噜咕噜"的声响。

杜小龙缓过神，推开身前的所长，奔向凶手。沙子太细，踏去竟然发不出声响，这正合他凶手背对着杜小龙，时机千载难

杜小龙刚迈出两步，凶手竟一个转身，朝着他迎面狂奔。杜龙一看这阵势，瞬间慌了神，脚停顿住了。

凶手几步就冲到杜小龙面并未挥刀，而是径直撞上了他。

势大力沉地一撞，用左手拨开杜龙的肩膀，直接把他撂倒在侧。着，凶手一个垫步抬腿蹬墙，左灵巧一攀，刚好抓住院墙上一处传的小豁口，脚下一用力，翻上墙。

"砰！砰！砰！"枪声袭来，副官朝凶手连开数枪，但凶手在墙上飞快奔跑，一枪也没打中。

凶手在院墙之间辗转腾挪，朝奔去，一瞬间就不见了踪影，只听见脚踩瓦片的清脆响声还在断续续传来，片刻归于平静。

所有人惊魂未定，鸦雀无声。副官转身进屋，下达了逐客令。

从欺云阁出来，众人散去。大上嘈杂异常，数队军人在街角集，领头的交代了几句，他们分散多个小队，在街面上巡逻。

杜小龙和牛警员溜着墙根，经了数次盘问，这才各回了各家。

到了家，杜小龙的肩膀传来酸，这是冲撞留下的伤。他捏着肩回忆当时的情景。杜小龙和那凶手打了个照面，但凶手黑纱蒙，实在看不清长相。倒是凶手的手给杜小龙留下了印象：每个指末端都很粗壮，像根根鼓槌。如该童时期常年营养不良，有可能成这种鼓槌状指头。杜小龙很惊

讶，一个人要撞上另一个人，应该会下意识地闪避，但是凶手没有任何犹豫，真是怪得很。

从凶手的手法来看，杀死老管家的人似乎正是他。凶手拿着一把短小勾刀，刷了黑漆，没有反光。割喉、断头，动作一气呵成，但凡是中了其中一样，也是救不活的致命伤，十分利落。

可是，自己从没听说之前有过类似案例。杜小龙感觉这里面有点奇怪，思索片刻，他明白过来：凶手没有割下那个顾问神棍的眼皮。这么说，两起案子就有了区别。眼皮有什么作用呢？姨太太老爹和老管家都是死后被割下眼皮，而老管家又和顾问死于同一种杀人手法。这里面的蹊跷，杜小龙百思不解，只能先休息，改日再说。

当晚下达了宵禁。第二日，当兵的挨家挨户查人。三日过后，这才取消了宵禁，杜小龙一大早就赶去了趵突泉警察所，却不见三宝。

牛警员耷拉着头走了出来。简单交流后才知道，牛警员已经三天没合眼了，为了这些事焦头烂额。

接着，牛警员递给杜小龙一张字条，说是三宝留下的——

二叔，今日说书师父家办白事，

邀请您也来。地址在纬六路丰大银行会馆。

杜小龙看完字条，和牛警员寒暄了几句，叫了个人力车就去了纬六路。

在路上，杜小龙想，年前听三宝说起过，有位说书的师父，主动收他当关门弟子学说书。当时三宝甚是得意，因为那位师父极少收徒。听说那位师父孤家寡人，无儿无女，虽未曾谋面，但是办白事也要有人办才行吧，孤身一人办的哪门子白事？再说，没听说办白事还请人去的，真是开了眼了。

时间不长，杜小龙就来到了丰大会馆。这个会馆是巴洛克风格建筑，占地面积大，很气派。一般社会名流举行个聚会，喜欢安排在这里，今天却是承办了个白事。

三宝见杜小龙来，三步两步跑到他跟前，胸前戴着白花。

杜小龙问三宝："你这师父什么路子？我第一次见这种阵势。"

三宝"哈哈"笑道："师父这是给他姐姐——也就是我师姑举行葬礼。"

"你师姑？我听说你师父孤家寡人一个呀，哪来的姐姐？"

"我师姑四十年前就去世了。"

"咱都是三天出殡，你师父四十年才出殡呀？"

"二叔，这是补办的葬礼。"

杜小龙环顾四周，这架势〔分〕就是喜丧。为了一个四十年前去〔世〕的小姑娘，杜小龙不太明白其中〔缘〕由。三宝见他不说话，拉着杜小〔龙〕的手进了会馆，里面众人推杯换〔盏，〕好不热闹。席间主桌主位，端坐〔着〕一位老人，说是老人，也有点不〔妥〕当，看面相也就五十岁左右。他〔身〕穿黑绸衣裤，身板挺拔，戴着一〔副〕大镜片的墨镜，不怒自威。

杜小龙猛地打了个哆嗦，他觉得这老者似乎在哪儿见过。他把三宝拉到屋外，问道："你知道具〔体〕什么情况吗？"

三宝挠了挠头："我师父自〔幼〕残疾，生下来就双目失明。父母双〔亡，〕只剩下一个哑巴姐姐拉扯〔着〕姐弟俩来济南府乞讨过活，住在〔天〕桥底下，感情极好。姐弟俩日子〔过〕得很苦，吃不饱穿不暖的。师父〔七〕岁的时候，他姐姐突然失踪，至今〔杳〕不见下落。"

杜小龙说："哦，失踪了。"

三宝继续说："后来，天桥〔上〕卖艺的人收留了我师父，发现我师〔父〕天生一副好嗓子，让我师父跟〔着〕他，学艺谋生。天桥上什么行当〔儿〕都有，我师父也都学，什么京戏〔、〕

74

小曲，杂耍武术顶缸，全都精通，加上是个盲人，大家伙同情，这留了下来。后来他技艺精进，造诣极高。二叔，你也知道，咱济南是曲艺三大码头，到今天我师父算是开宗立派了……"

杜小龙拍了拍三宝的大光头，："我不是问你师父，我是问这儿的情况。"

三宝稍加思索，说："具体的不知道。我偷听了师父昨晚和大记说的话，只听见四个字。"

"哪四个字？"杜小龙按住三宝的肩膀问道。

"大仇得报。"三宝小声地说。

杜小龙再次走进屋内，细细看眼前的老者。那身形、那黑衣黑围萦绕的气场，都和昨天的神黑影很是相似。杜小龙又望向老者的左手，只见他的手指末端粗壮异常突兀，像一根根鼓槌。寒气着杜小龙的后背慢慢爬上头顶，道说，昨天将顾问割喉的凶手，是三宝的师父？

杜小龙缓缓摇了摇头，怎么可他可是一个盲人啊！除非……不是盲人！

杜小龙想了想，让三宝前去传谎称自己是警察所派来的，要他私下会面。如果三宝师父不肯见，就给他提三个字："人皮鼓"。

三宝一脸无奈地传了话。

4. 盲眼疑云

杜小龙走到会馆一角，坐了下来，慢慢等。

等客人陆续离场，三宝终于跑了过来："二叔，跟我来吧。"

杜小龙站起身，跟在三宝身后，从后门离开会馆，进了后面的一栋老洋房的前院。

"二叔，我师父就在这个楼里住，平日里不让我们这些做徒弟的进去。我只能送你到门口，师父在三楼等你。"三宝说罢，站在洋房门口，低着头不敢看杜小龙。

杜小龙抬眼打量着这洋房：青苔遍布，很多窗子都被封上了，不见阳光，整栋楼足有四层高。

杜小龙拍拍三宝，说："我怀疑你师父跟欺云阁凶杀案有关，出了事，你是帮他还是帮我？"

三宝很是为难，想了很久才抬起头："二叔，我帮你。"

杜小龙点点头说："行，那你跟我一起进去。"

二人走进了老洋房，他们沿着走廊走到尽头，上了二楼。

这二楼可不得了，走廊里堆满了各种摆件和杂物，仅留着供一人通行的空，很是不便。走廊并不笔直，侧边的房间也都被封死了，蜿蜒昏暗，稍不留神，就能被物件绊了脚、碰了头。

杜小龙走在前，三宝走在后，两人时而弯腰，时而侧身，躲着无数的杂物，向前走去。

杜小龙一路观察，发现这些杂物不像是最近安置的，上面落满了灰尘，且都是大物件，雕塑、瓷器，应有尽有。看痕迹，估计很多年没人动过了。

杜小龙心里想：这怎么可能是一个盲人的居所？盲人住在这堆杂物里头，非摔死不可。

"砰"的一声，闷响传来。

杜小龙一回头，见三宝蹲在地上，抱着一个唐三彩的大马，龇着牙倒吸着凉气。

"你干啥呢？"杜小龙小声地问三宝。

"我没注意，从柜子上给碰下来了，还好我接住了，没给砸了。"三宝说完，随手把大马放在脚边，站起身来，继续跟着杜小龙走。

差不多用了一炷香的时间，杜小龙和三宝终于到了三楼。

绕过三楼的杂物，他们来到最里面的屋子。门一开，只见屋三宝师父坐在正当中，低垂着眼

"来啦？"三宝师父抬起头

杜小龙没回话，打量着这个子。这屋子墙上挂着帘子，把四墙遮挡得严严实实。

三宝师父继续说："三宝有混警察所的亲戚，就是你吧？"

"没错，我是三宝的二叔，一名私家侦探。"杜小龙边说边着三宝师父走去。

三宝师父没戴墨镜，双目无脸上带着浅笑。

"今天啊，所有的事都了结

说了一辈子书，这最后一折，就靠你们替我说下去了。"

杜小龙心中不解，没顾上疑虑，步走到三宝师父一步远的距离。出其不意地吼道："别再给我装子了，漏洞太大了！"说完话，小龙猛然抬手，朝着三宝师父的睛就是一指，指尖离三宝师父的球仅毫厘之距。

常人碰见这突如其来的一指，定会下意识闪避、眨眼，但是，宝师父毫无反应。

杜小龙心中一惊，收回了手。

三宝师父坐直身子，慢慢地说："我这眼睛，生下来就瞎了，你要怀疑，可以检查。"

杜小龙仔细看了看三宝师父的睛，浑浊，弥漫着白色病灶，看并不是装的。

三宝师父继续说："我这房子少年没人进来过了，知道为什么你进来吗？"

杜小龙摇摇头，随后想起三宝父看不见，这才说："不知道。"

"你是怎么知道人皮鼓的？"宝师父说着话站起身，走到墙边。

杜小龙退后一步，说："我读很多古籍，很早就知道有关这类器的记载。传说，在西南地区有种法器，要选取十几岁的哑巴处

女，用她的人皮做成鼓。这种人皮鼓能有通天的法力。"

三宝惊讶地看着杜小龙，三宝的师父却面色凝重，站在墙边。

杜小龙继续说："我今天得知，你的姐姐在四十年前失踪，就是一个哑巴，没错吧。"

三宝师父点点头。

"我目睹了欺云阁督军顾问被杀的现场，那顾问手里就有一个人皮鼓。"杜小龙顿了顿，继续说，"而且你说了，大仇得报。"

三宝师父用赞赏的语气说："不愧是著名侦探，什么都逃不过你的眼睛。是我杀的他，我承认。"

杜小龙听到这话，说："神秘黑衣人的身手，不像一个瞎子能干出来的。更何况欺云阁九转千回，你个外人是怎么找到顾问法场所在的呢？我怎么也想不明白！欺云阁老管家，也是你杀的吧？"

三宝师父点了点头，说："我知道你还有疑虑，今天所有的事都了结了，告诉你无妨。"

接着，三宝师父娓娓道来："人之将死，眼前会闪过这一生的走马灯。彻底断气后，一生的记忆都会刻在眼皮内侧。我知道有一种隐秘的法术：割下死人的眼皮，敷在

自己的眼睛上，可以看到别人所有的记忆，窥探他人一生的秘密。"

"对，我知道这种法术，可那只是传说罢了，从来没听说有人成功过！"杜小龙盯着三宝师父。

三宝师父"嘿嘿"一笑："因为，必须是天生的盲人才能实现！"说话间，三宝师父抓住手边帘子，用力一扯，帘子轰然落地。

墙面上挂满了一个个三寸见方的小框子，足有两面墙之多，数量有好几百个。每个框里，都用小钉子钉着一对眼皮，连着眉毛和睫毛，像极了闭着眼的人。有些因为年月太久，都已经风干发皱。

三宝吓得"哐当"一声倚在了门框上，杜小龙也被这阵势唬住，右手摸向了后腰别着的警棍……

5. 真相窥探

屋内沉默许久，三宝师父继续说："这种法术，是当年天桥上一个艺人告诉我的。四十年了，我用钱收买办白事的人，收集死人的眼皮给我，就为了能找到我姐姐的下落，希望有人曾见过她。几年前，功夫不负有心人，我在一个人的眼皮里看到了我姐姐当年的死状。她

赤身裸体地趴在冰面上，后背整皮都被剥了去……"

讲到这，三宝师父哽咽了。擦了擦眼泪，继续说："有了我姐的死因，我自然想知道凶手在里。杜小龙，我知道你是济南著的侦探。我接近三宝，恰是为了个适当的时机，找你来助我一臂力。不过，现在也用不到你了。"

三宝听了师父这话，失落插话道："原来你收我为关门弟不是因为我有说书天赋……"

三宝师父笑了，朝着三宝的向说："你确实有说书的天赋，点我没骗你。"接着，他继续说，"在几天前，运气来了，我找到了手的线索。那天，我拿到了督军姨太父亲的眼皮，得知了那个顾的存在，也知道了他手里的人皮就是用我姐姐的人皮制成。那个间藏在欺云阁，那里的布局如同宫一般。我复仇心切，没有办法只能以约说书堂会为由，约见了云阁老管家，把他给杀了，拿到他的眼皮。我把尸体丢进欺云阁一口古井，谁承想那口井连着黑泉，闹了个满城风雨。"

杜小龙缓慢拔出警棍，开口道："然后你知道了欺云阁的布局杀了督军顾问，为你姐姐报了仇

三宝师父点了点头，嘴角的笑甚是得意。

杜小龙不解地问："你一个盲，怎么做到亲自手刃他的？"

"我知道了欺云阁的所有密道，根草也错不了。我把老管家的眼钉在我的眼上，欺云阁的一切布我就尽收眼底。老管家被害，军一定很担心泄密，绝对会立马求那个神棍顾问，所以我只需要蹲房顶上听鼓声就行了。那个用我姐人皮做的鼓，也是那个神棍的命符。"说罢，三宝师父从身后出了那把刷满黑漆的勾刀。

杜小龙把警棍举起，指着三宝父警告他："把刀放下，你现在跑不了了，我们跟你没仇，有事警察所说。"

三宝师父说："放心，我不会动你们的性命。楼下我叫的车应到了，我只要跑出这间屋子，我今生就不会再见面了。"

"开玩笑！我们两个还抓不住一个瞎子？"杜小龙示意三宝堵门口。

"走廊上的杂物堆积如山，小着走也要一刻钟才能下楼，你们不上我！"说罢，三宝师父左手起，狠狠地拍在了自己的右眼上。

一张泛白的眼皮用大头钉钉在了三宝师父自己的右眼眶上，那个眼皮睫毛是黄棕色的，是个洋人的眼皮！

杜小龙抄起警棍逼上前。

刹那间，三宝师父右手一挥，掷出了那把黑色勾刀，直直飞向三宝的位置。

"砰"的一下，三宝下意识向左一躲，勾刀生生钉在门框上，三宝摔倒在一旁。

三宝师父一猫腰，冲向屋门口。

这一刀为的是让堵在门口的三宝让开道。三宝侧卧在地，来不及起身，三宝师父一个箭步冲出门口，进了走廊。

来不及停歇，杜小龙转身追去，也进了走廊。

走廊映入眼帘，三宝师父因为敷着老洋房死去主人的眼皮，对屋里的布局了然于心，辗转腾挪灵巧非凡，他以极快的速度向着连接二楼的楼梯跑去。

杜小龙刚一跑起来，头顶上一阵剧痛，原来他脑门磕在了一个大立柜斜着探出的角上，眼前一花。来不及休整，杜小龙瞪大了眼，快步追上，无奈走廊里实在是昏暗，东磕西撞，搞得他遍体鳞伤。好不容易撞出一条路，他三步跳下楼梯，来到了二楼走廊。

　　刚来到二楼，只听"啪"的一声，连带瓷器碎裂的响声传来。

　　杜小龙眯着眼一看，三宝师父被走廊里那个唐三彩的大马绊倒了，摔倒在一堆杂物里，正在挣扎。

　　杜小龙快跑两步，飞扑上前，摁住了他……

　　等牛警员赶来，杜小龙正蹲在路边揉膝盖，全身上下没有不疼的地方，阵阵刺痛传来，弄得他睁不开眼。

　　牛警员押走了三宝师父，杜小龙简单交代了几句，就跟三宝回了家。到了家，敷上了药，三宝惊魂未定地看着杜小龙。

　　杜小龙拍拍三宝："又破了一桩奇案。侄子，你立大功了，随手摆的那个唐三彩大马，帮了大忙。"

　　三宝这才明白，师父虽然有洋房前主人的眼皮，知道整个洋房的布局，可那个唐三彩大马是刚刚才变的位置。

　　三宝师父的眼里"看"到的还是之前的格局，自然会被绊倒在地！

　　这夜，杜小龙细细回想着这案子：督军府顾问身为汉人，不在哪听说了西南地区的献祭法，在四十年前，残害了三宝师父的姐，制作了人皮鼓。这个畜生，不足惜。

　　而三宝师父呢，一开始，他从死人身上找眼皮，最终却在复毒焰的驱使下，把刀子伸向了生杀害了无辜的老管家。三宝师父借眼皮窥探别人的人生，却无法到自己的人生前景，真是莫大的刺……

（发稿编辑：陶云
（题图、插图：杨宏

梁启超折杏花

梁启超小时候，随父亲到朋友家做客，看到主人家院子里杏树蓓蕾初绽，便悄悄折下放进笼里。梁父见了，不动声色地对儿子说："袖里笼花，小子暗藏春色。对下联？"梁启超听了，顿时羞愧难当，羞赧地答道："堂前悬镜，大人明察秋毫。"

寇准讨厌溜须

我国古代成年男子有蓄须的习惯，所以年长的人往往都有一把大胡子。宋真宗时，宰相寇准与下属同僚们一起用餐，寇准的胡须上粘了几颗饭粒。一个叫丁谓的大臣连忙上前帮寇准理胡须，顺便

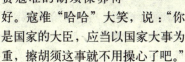

摘掉了饭粒，还不停夸赞寇准的胡须保养得好。寇准"哈哈"大笑，说："你是国家的大臣，应当以国家大事为重，擦胡须这事就不用操心了吧。"

梦得宰相

宋徽宗在竹林里造了一座楼阁，快造好时，他梦见一个金人说："新楼最好名为倚翠，取杜甫诗意。"宋徽宗梦中问他："你是何人？"金人说："我是太平宰相。"

第二天翰林学士李邦彦入朝，宋徽宗就随口问他说："竹林新造小楼取个什么名字为妙？"李邦彦答："'倚翠'如何？"宋徽宗又惊又喜，过几天便任命他为宰相。其实李邦彦生性浮浪，自称"赏尽天下花，踢尽天下球，做尽天下官"，时人称其"浪子宰相"。

韩愈两次上表

唐宪宗时期，佛教盛行，唐宪宗准备花费巨资迎佛骨进宫供奉。韩愈对此非常反感，写了一篇《谏迎佛骨表》，言辞激烈，惹怒了唐宪宗。于是，韩愈被贬为潮州刺史，离开长安时天降大雪，韩愈留下了"云横秦岭家何在，雪拥

蓝关马不前"的千古名句。后来唐宪宗改革弊政，勤于政务，韩愈又给唐宪宗上了《潮州刺史谢上表》，把皇帝说成是扭转乾坤的中兴之主，应当去泰山封禅，同时轻描淡写地提了一笔，说希望自己也能参加这种千载难逢的盛典。没过多久，唐宪宗就把韩愈调回长安，任礼部侍郎。

骂出来的仕途变迁

宣和年间，林摅奉使金国，当时金国造了一座叫"碧室"的宫殿。宴会上，金国大臣行酒令说："白玉石，天子建碧室。"林摅回答说："口耳王，圣人坐明堂。"金国大臣说："您不识字啊，'聖'字只有'口耳壬'，却无口耳王。"林摅理屈词穷，破口大骂，几乎酿成外交纠纷。金国国主劝道："所争非国事，岂可因为小事失和呢？"后来，宋廷得知此事，罢免了林摅的官，后来靖康之变后，因为他骂过金人，又让他做了中书侍郎。

徐光启研究红薯

明朝中期红薯引入中国，但存储过冬一直是个难题。正值丁忧的徐光启潜心研究红薯越冬，前两年都没有成功。第三年，徐启总结失败的经验，想出了策略，挖了几个土坑，底下分别垫上稻草、树枝、草木灰等，把红薯种放进后，有的土坑上方插上透气竹筒，有的土坑则密封起来。就在此时，他接到吏部要求其回京复职的文书。徐光启回复："薯种越冬耕事未完，容春后北返。"这次实验终于成功了，红薯得到了大面积推广，解决了粮食短缺的问题。

谢灵运的胡子

南朝宋元嘉十年的一天，谢灵运因长期纵情山水、消极理政，触怒了宋文帝，被送上了断头台，时年仅49岁。临刑前，谢灵运要求把他的胡子献给南海祇洹寺，该寺僧人如获至宝，把那把胡子贴在正在修造的维摩诘佛像上。

二百余年后，唐中宗的幼女安乐公主，为了在端午节的斗百草游戏中出奇制胜，派人剪来了祇洹寺维摩诘像上的半把胡子。为了防止其他人也想到这个点子，她又命人把剩下的胡子全部毁掉。从此，谢灵运在人世间终于须发无存了。

（供稿者：姚秦川，严

（本栏插图：孙小

一只无端失踪的白猫，是否会引发一场商海里的疾风骤雨？

重金寻猫

□ 范小海

商杰克逊有一只白猫，备受他的宠爱。谁知一天下午，白猫竟然不见。

杰克逊在自家庄园里对众仆人怒吼道："你们这帮废物！一只猫也看不住？我才开会时还在会议室里见它，开完会猫怎么就不见了"

伊恩是一名庄园男仆，从没见过杰克逊如此生气，吓得大气不敢出。大管家格雷焦急地说："董事长，我去找个寻猫启事？"

"马上去网上发。"杰克逊吐出一个烟圈，伸出两根手指，"寻回白猫者，酬谢两万美元。"

重金寻猫的消息轰动全城，可好几天过去，谁也没找到杰克逊家的白猫。

直到第三天，才有人抱着白猫找上门来。格雷看到那只白猫，脸上便露出了惊喜的表情。他没有把白猫直接送到杰克逊身边，而是鬼鬼祟祟地抱着猫，钻进了门厅旁的储物室。

伊恩见状觉得奇怪，偷偷来到储物室窗口，想偷看格雷在干吗。只见格雷把白猫放在桌上，找来镊子，从猫脖子上挂的球形铃铛里，小心翼翼地取出一个豆粒大

小的黑色物品。格雷将这个黑色物品藏进自己的口袋，这才离开储物室，把白猫抱进了门厅。

伊恩赶紧跑去门厅，见杰克逊正抱着格雷刚送来的白猫，喜笑颜开地说："找到了！格雷，立刻为捡猫人支付两万美元！"

格雷一离开，伊恩赶紧将刚才目睹的事告诉了杰克逊。

杰克逊听了，收敛起笑容，他用手指拨了拨白猫的铃铛，吩咐伊恩道："从现在开始，昼夜不停，盯紧格雷。"

当晚，午夜时分，格雷蹑手蹑脚地走出房间，从后门溜出庄园。殊不知，伊恩脚步轻巧，像影子一样紧跟在他的身后。

格雷没察觉到伊恩的跟踪，他一路小跑，目的地是安东尼的府邸。

在这个城里，众所周知，安东尼是杰克逊的死对头，也是城里鼎鼎有名的富商。

格雷进入安东尼府邸半小时后，探头探脑地出来了，沿原路返回庄园。格雷的午夜行动让伊恩再次深感不安，次日一早，伊恩便向杰克逊

汇报了格雷的怪异行踪。

听到死对头安东尼的名字，杰克逊若有所思地点点头，对面色疲惫的伊恩流露出赞许的目光："辛苦你了，此事千万不要声张。"

格雷诡异的行动，像乌云笼罩在伊恩的心头。难道是安东尼指使格雷设法偷走白猫，骗取杰克逊的酬金？不可能，一个富商，对两万美金不会感兴趣。难道安东尼通过白猫，传递给格雷某种对杰克逊不利的物品？就是那个黑色豆粒大小的东西……几天后，要召开市中改造项目的开标会，杰克逊和安

约公司都参与了投标。格雷的行会不会和这个项目有关呢？

伊恩决定，从藏在白猫铃铛中黑色物品入手。他有美术功底，凭记忆，将黑色物品画了下来。接着，伊恩挨门逐户，走访市里的店铺。走访了几天，无功而返。

开标会即将到来，伊恩的调查仍在继续。这天，他走进街尾一家首饰铺，店主人看了图，告诉他："这是一个精巧而昂贵的微型录音器，店里曾卖出过两个。"

伊恩思索着：把录音器放进白猫铃铛里，自然是想让白猫去录音。说明放录音器的人无法进入那个场所，而白猫却能进入。这样的地方，庄园里只有一个，那就是会议室！

会议室常年被严加看管，闲杂人等包括大管家格雷都严禁入内，杰克逊为方便他的爱宠白猫行动，在庄园里所有房门的底部开设小型猫门，白猫可以畅通无阻地进入任何房间。

白猫丢失那天，杰克逊在发火时提到，开董事会时白猫在会议室出现过。会不会那时录音器就已放进了铃铛里？

所以有一种可能，格雷从铃铛里取出的录音器，是他之前亲手放去的！伊恩呼吸急促，大脑飞速

运转，一个猜想呼之欲出：安东尼收买了格雷，格雷在白猫铃铛里藏入微型录音器。董事会召开时，格雷让白猫从猫门进入会议室，偷录下关于投标的机密商谈。没想到会后白猫走丢，格雷一时拿不回录音器。直到三天后找回白猫，格雷躲进储物室从铃铛里取回录音器，连夜将录音器交给安东尼。如果真是这样的话，今天的开标会，安东尼就稳操胜券了！

想到这儿，伊恩立刻拔腿向开标会的会场跑去。他气喘吁吁跑进会场，开标会已经结束。安东尼正热情地对杰克逊说道："可敬的老兄，恭喜中标！"

"谢谢您。"杰克逊优雅地说。

伊恩满腹狐疑，杰克逊先生中标了，难道自己的推理错了？

当晚，伊恩走进书房，将自己的发现和推理讲给了杰克逊。

杰克逊坐在宽大的椅子上，怀抱心爱的白猫，饶有兴致地听完伊恩的话，竖起大拇指称赞道："我没看错你！你的确是个忠诚、聪明又执着的人，你的推理完全正确。"

"先生，这一切您都知情？"伊恩惊讶地问道，"那为什么今天安东尼还是输给了您呢？"

"格雷交给安东尼的录音器，

确实录下了董事会上的谈话，只不过，呵呵，那些话是伪造的。"杰克逊把白猫放在书桌上，站起身点燃雪茄，娓娓道出真相。

"那天散会后，我留在会议室逗猫玩耍，发现了铃铛里的录音器，我将计就计，把猫藏起来，声称猫丢了，实际上我派了一个仆人，把猫送去乡下养了几天。我佯装采取重金寻猫的行动，为的是掩人耳目和争取时间。暗地里，我买来一模一样的录音器，秘密召开董事会，会上我们一番表演，商议了假的投

标数据，随后我把新录音器装进猫的铃铛里，命人送回白猫。之发生的事你也看到了。安东尼对雷送去的'礼物'深信不疑，自一败涂地。"

伊恩茅塞顿开，对杰克逊的谋赞叹不已，可他还有一个疑问"先生，那个录音器那么迷你，是怎么发现它的？"

杰克逊露出神秘的笑容，指白猫颈下的铃铛答道："我一直在意猫的健康。有研究证实，佩铃铛这种发声的宠物饰品，会损猫的听力，所以我早就取出了铃里的金属丸，铃铛不会发声音。音器虽小，但放在铃铛里还是会碰撞发出细微响声，这个阴谋自就被我发现了。"

伊恩恍然大悟，感慨杰克逊仅待人友好和善，对猫也如此精爱护。书桌上的白猫伸了个懒腰猫脖子上的铃铛无声地轻轻晃动

开标会后，格雷失踪了。有看见他拖着行李箱，狼狈地跑向车站。

伊恩被提拔为庄园新任大家，他忠诚干练，很快成为了杰逊的得力助手。

（发稿编辑：陶云榀）
（题图、插图：孙小片）

扮演"遗体"的男人　□ 老牧童

世事难料，孙立群人生的前40年过得稳稳当当，谁知41岁刚过，他竟成了失业人员。

现在工作难找，简历投出去，石沉大海。时间一长，房贷、双胞胎儿女的学杂费，让孙立群倍感压力。这天，孙立群在手机上刷到一则南方影视城招聘群众演员的广告，300元一天，包吃住。他虽说是"程序员"，但从小爱好文艺，当群演应该没问题。孙立群决定南下去混口饭试试。

到影视城一看，前来求职的人密密麻麻。网上说的300元一天，指有几句台词、样貌较好的群演。

普通群演日薪才两位数。找不到活儿，孙立群只好先在影视城里的工地上搬起了砖头。

有一天，一个匪帮题材的剧组在工地不远处拍摄。中午休息，孙立群也围过去看热闹。那天，拍的是一个悲剧情节：男主角穿着一条短裤，躺在门板上，旁边是悲怆欲绝的父母和呼天抢地的妻子。按剧情要求，摄像机架在环形轨道上，360度围着"遗体"转一整圈，是一个长镜头。由于"遗体"几乎赤裸，身上有一点动弹，镜头下都会露出破绽。

不知什么原因，男主角怎么也

憨不住气，不是眼皮眨就是喉咙动，连拍几次不成功，气得导演接连叫停，和身边的一个光头男耳语了一番。不一会儿，光头男打电话喊来了好几个和男主角身材相似的群演，让他们去试试演"遗体"，可没人能憨那么久气，都失败了。

站在后排的孙立群嘟囔道："这有啥难的，我能憨五分钟气呢！"

光头男敏锐地捕捉到这句话，他凑近孙立群，上下打量他一番，问："要不你来试试？"

拍摄过程很顺利，孙立群静静地躺在门板上，纹丝不动，长镜头一遍就过了。

说起来，这得归功于孙立群在淮河边长大的经历。为了补贴家用，孙立群从小在淮河中潜水捕鳜鱼，练就了憨气的功夫。

拍摄成功后，导演让光头男给了孙立群一笔丰厚的报酬。孙立群立刻把这笔钱全部寄回了家。

从此，"搬砖的老孙"有挺尸绝活的消息不胫而

走，影视城里只要有拍摄遗体长头的，都会请他去露一手。

就这样，在影视城，孙立群边在建筑工地脚手架上搬砖卸一边等待演出机会。很快，这日子持续了一年。

这天，是孙立群42岁生中午，妻子在电话中关照："今你生日，买点好吃的。"孙立群回两斤猪头肉与一坛地瓜酒，在棚里与工友们一起吃喝，为自生。

下午，孙立群喝得微醉，舍得半天工钱，还是上了工地脚手忙到下午四点钟，突然，有人在面大声喊他，说："老孙，来活了！"孙立群精神了，以最快的度赶到几里地外的拍摄现场。

等孙立群一路小跑赶到拍摄

时，导演对他发起了火："怎么才来啊？这钱还想不想赚啦！"

孙立群今天要演的，是一个被贩毒团伙虐杀身亡的卧底。具体剧情是，卧底身上被五花大绑，用黑塑料袋套头，活活窒息而亡。

孙立群顾不上自己还大口喘着气，便匆匆忙忙换上服装师递来的戏服。化妆师上前，在他身上做了伤口，涂上"鲜血"。接着，一饰演毒枭马仔的男人上前，给孙立群套上事先备好的黑色塑料袋。

导演扼要讲了一下剧情要求，开始倒数计时："3、2、1，开始！"摄影机打开，镜头和灯光聚焦在孙立群身上。

因为中午喝了不少酒，加上刚连续的跑动，躺在地上的孙立群浑身冒汗，套在头上的塑料袋始终鼓一鼓。导演大声呵斥："老孙，快进入角色，憋住气！"

听到导演的话，饰演马仔的男人上前，狠狠踢了孙立群一脚。

躺在冰冷地上的孙立群强忍泪水，努力控制心跳，让自己从剧烈跑动的状态迅速进入"死亡"状态。

渐渐的，孙立群的意识模糊起来，他感觉自己回到了淮河水下，潜入了深深的河底，追逐着硕大的鱼，钻进逼仄的石缝之中……他脑海中一片空白，开始浮现幻觉：一对儿女嗲声嗲气叫着爸爸，朝他飞奔过来，接着是妻子拿到他捕获的鳜鱼后满足的笑脸……

长镜头拍摄终于成功了，导演兴奋地喊："停！老孙，起来吧！"

大家都在各自收拾，可孙立群耷拉着脑袋，仍然一动不动。剧组人员上前拉他，发觉不对劲，解开塑料袋，大呼"不好"！他们七手八脚将孙立群松绑，往最近的医院送去。

这时，那个饰演马仔的男人摘下假发套，神色慌忙地溜了——他就是光头男。

光头男是一个"群头"，负责召集群演。孙立群第一次演"遗体"，靠的就是光头男的引荐，可孙立群脑子不活络，拿到第一笔报酬，也不知道拿出一点向群头"孝敬"一下。光头男十分不满，始终记着仇。这次又看到孙立群，光头男使了个坏，故意将黑色塑料袋的袋口扎得紧了点，想给他一个教训，谁知做过了头。

到了医院，诊断孙立群是缺氧导致的心脏骤停，已回天乏力……

（发稿编辑：陶云韫）

（题图、插图：孙小片）

医生也幽默

◆ 过敏性体质，对很多东西都过敏，医生拿着我的过敏源化验单若有所思地说："下次登月的时候你也去吧，地球好像不太适合你生存。"

◆ 不小心撞到了家里的桃花树枝上，额头被划开了大口子，医生一边给我缝针一边说："你家桃花树不干正事，破相了还怎么招桃花！"

◆ 医生叮嘱王大爷手术后只能吃流食，王大爷大喜："太好了，我就喜欢吃流食，尤其是二锅头。"

◆ 拆线的时候我问医生疼不疼，他说一点都不疼，结果拆的时候疼得我直飙泪，我说："你不是说不疼吗？"医生说："对啊，疼的是你啊，我真的一点都不疼。"

（推荐者：精神科李大夫）

我就喜欢吃流食，尤其是二锅头！

暑期旅游现状

◆ 高温40度进京赶"烤"，故宫国博约不到门票，八达岭长城走到怀疑人生。

◆ 旅游博主的视频，弹幕和评论里都是：ＸＸ团建Ｘ月Ｘ日等等，堪称当代文明"到此一游"。

◆ 因为峨眉山的猴子欺人太甚，当地有关部门已经聘用专人出任"峨眉山猴管"，有针对性地整治欺负游客的泼猴。

◆ 1号华山看日出，2号普陀山菩萨，3号宁波吃海鲜，4号南采菌子，主打一个特种兵式游。

◆ 暑假的敦煌：三步一个飞天，步一个神女，还有绵延不断的驼队——知道的是游客骑骆驼，不知道的还以为攻打西域了。

（推荐者：肉肉特攻队）

（本栏插图：孙小片）

·神探夏洛克·

教授之死

一个夏天的傍晚，夏洛克突然兴起去找好友史密斯教授聊天。快到史密斯家门口时，夏洛克看到教授家的窗户大开着，家里应该有人在，可当夏洛克按响了门铃，却迟迟没有人来开门。夏洛克思索了片刻，觉得不妙，便用身体撞开了大门。

门内是空无一人的客厅，通往卧室的门反锁着，夏洛克从锁孔向里一看，发现史密斯教授躺在床上一动不动。夏洛克立即打电话报警，警方打开卧室房门后，发现卧室内没有外人入侵的痕迹，史密斯教授也没有挣扎受伤的表现。卧室门内的锁孔里还插着钥匙，技术人员核对指纹后发现，留下的拇指和食指指纹正是史密斯教授本人的。

警方初步认定，史密斯教授是自杀，可夏洛克却说："不，我不这么认为。"夏洛克是从哪儿发现了破绽呢？

级视觉

远远看去，好像一条色
斑斓的毛毛虫，先别害怕，
买它们是一群可爱的小

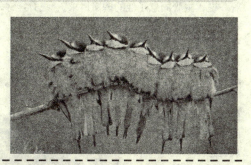

狂 QA

罗马数字里，
= Ⅰ，2 = Ⅱ，
= Ⅲ，4 = Ⅳ，
= Ⅴ，那么 0 = ？

想知道答案吗?
1. 购买 2023 年 9 月下《故事会》。
2. 扫二维码：

动感地带，与您不见不散！上期答案见本期 P49。

最近，城里新开了一家恐怖主题的密室。小东前去应聘工作人员，一下子应聘上了。

小东的岗位是在前台卖门票。他近水楼台先得月，免费在密室里玩了几圈。

密室规模不小，游客进去能玩大半天。里面根据鬼的种类，设计了道道关卡，供游客密室闯关。

等小东在密室里玩过后，他对自己的工作不满意了。为啥？卖门票太没劲了，密室里演鬼好玩多了，时不时出来晃荡一下，吓吓游客。

也是小东运气好，最近，一个演吊死鬼的同事辞职了。小东跟主管一说，主管同意了他的调岗请求。

在密室里演鬼，果然有意思得多。小东喜欢趁游客一个不注意，出来吓唬他们。听到游客们的尖叫声，很有成就感。

过了几个月，小东又不满意了，他觉得成天站着太累，便对主管说："能不能让我去棺材里演演僵尸啊？"他给主管塞了两包好烟，

得，调岗又成功了。

谁想小东演了三天僵尸，主[管]找到他，严肃地说："明天开始你[不]用来了。"

小东小心翼翼地问："老板，[为]啥辞退我？"

主管摇摇头，说："你还好意[思]问我？最近几天，我们接到了好[几]个游客的投诉，说咱们密室里的[僵]尸演得太假了。"

小东挠挠头："怪就怪躺着太[轻]松了……"

主管说："太轻松了？"

小东叹口气："对啊，因为轻松[，]所以我躺着躺着就睡着了，我一[睡]着，就会打呼噜……"

（发稿编辑：陶云韫）

为啥被辞退

□ 沈[　]

门禁风波

□ 李威远

李强一家刚搬到一个新小区。

这天晚上，李强带着儿子小明开车回家，却被保安队长拦在了小区门口。队长说："不好意思！最近小区有业主家里遭贼，我们现在在严查，没有门禁登记的车一律不让进小区。您这车没登记过吧？"

李强点头说："还没来得及登记。可制度是死的，人是活的，总不能让我们有家不能回吧？"

队长让李强出示一下身份证，李强身份证也没带。队长又问："那您认识小区哪位业主？我联系他，他证明您是本小区业主。"

李强苦着脸说："我刚搬来三天，认识其他业主啊？"

队长摇了摇头，说："那只有到派出所开证明了！"

李强一听急了："这都什么时候了，派出所内勤早下班了！"

队长叹道："没法证明，我爱莫能助啊！"

这时小明开口了："我能证明！"然后他从车上拿出一个扩音喇叭，对李强说："你把我抱上车顶！"李强一头雾水，不过小明一向人小鬼大，他便没再多问，将小明抱上了车顶。就见小明面向小区大门旁边的那栋楼，对着喇叭连喊了七八声："花花！花花……"

很快，从二楼一扇窗户口传来"汪汪"的叫声，接着防盗网上冒出一个狗狗的小脑袋。那狗毛色黑白相间，熊猫般的长相十分可爱。小明对着喇叭大声说："花花跳舞！"花花很听话，它跳上窗台，举起两只前腿，不停地蹦跳着。

小明看着保安队长，说："叔叔，现在我们可以进去了吗？"

队长笑道："小朋友，你的证明太给力！"说罢，他一按电钮，门禁打开了……

（发稿编辑：曹晴雯）

挑剔的女顾客

□ 蒋骁飞 编译

玛丽是一家高级服装店的导购员。她业绩出色，常常受到店长嘉奖，而她的成功经验就是，不主动推销、不盲目奉承，只管解决顾客的问题，满足他们的需求。

这天上午，服装店里来了一位身材高挑、气质高雅的女士。她看中了一条长裙，可是试穿后不是很满意："颜色有些艳丽了，我想要素

一点的……"

玛丽二话不说，立马给这位顾客换了一条白色的裙子。女顾客看了看，说："这条颜色没问题，可惜有点短。"玛丽点点头，又递上另一条。女顾客试了试，又觉得图案不够简洁。玛丽很快拿来第四条裙子，这次，女顾客对颜色、长短、图案都满意，但觉得裙子的纽扣大了点，整体有点不协调。玛丽拿出第五条，没想到女顾客质问："怎么没纽扣？这样可太单调了！"

这时，另一位导购员悄悄提醒玛丽："你好歹夸她两句吧，再挑剔的女人都经不住赞美！"

玛丽却不为所动，耐着性子给这位挑剔的女士又找了第六条、第七条、第八条……试到第十七条，女士没有再吐槽了，她盯着镜子里的自己满意地点了点头。尽管点头的幅度小到难以觉察，但还是被玛丽捕捉到了。玛丽由衷地想这条裙子实在太适合这位女士了，简直就是为她量身定做的。

"太好了！穿上这条裙子，您看起来至少年轻了十岁！"玛丽不禁啧啧称赞。

"啊？那可不行！"谁料这位女士连连摇头，"这裙子我不要了。我可不想一脱下来，就老了十岁！"

（发稿编辑：丁婳瑶）

晓和阿生兄弟俩都喜欢看警匪悬疑片，每次两人一块儿看片，要比试谁先猜出凶手。通常，善于分析推理的阿晓猜得更准。

这不，有个新电影上映，阿晓没多久就指出了真凶。他说："没意思，都是老套路。一看开头的作法，我就知道谁是凶手了。"电影看完，阿晓猜对了。

阿生不服气，又在网上点播了一部案情更复杂的悬疑片。谁知阿晓一眼就对阿生说："不用看剧情，也知道谁是坏人。你看女主角的男友，就是'反派专业户'杰克森演的，他就没演过好人！"果然，凶手就是杰克森。

这天，阿晓又约阿生一起看电影。这个警匪片小众，剧情错综复杂，悬疑感十足。阿晓看了半天对凶手是谁毫无头绪，没想到这次倒是阿生有了"发现"。只见阿生指着其中一个演员说道："不用看了，凶手就是他。"

阿晓惊讶地问道："不对呀，你看过这部电影？"

阿生说，自己也是第一次看。

阿晓又问："那你肯定是听了别人的'剧透'。"

阿生说："不用听别人说，电影里就'剧透'

得很明显。"

"我怎么没发现？"

"看片子里用的手机呀！"

阿晓听得云里雾里，阿生解释道："你注意到没？这个电影里的手机都用了特写，都是那个名牌手机，明摆着那家公司赞助了这个电影嘛！"阿晓问："那和谁是凶手有啥关系？"

阿生笑着说："剧中人物用的都是这个牌子的手机，除了凶手。因为很多赞助商为了树立品牌健康积极的形象，都会要求自家商品不出现在反派身上！"

（发稿编辑：丁娴瑶）

"凶手"是谁　□ 黄超鹏

这天，老陈在城南停车场看到一则招聘启事：招聘收费员一名，要求45岁以上，有收银经验优先。他心里一动：自己当过超市收银员，45"高龄"，超市倒闭后，正为找工作犯难呢！

一眼望去，排队应聘的人挺多，但大多已年过半百，有一个甚至七十大几了，挂着老花镜，佝偻着腰，蹒跚而行……面对这些竞争对手，老陈轻蔑一笑，志在必得。

终于轮到老陈面试了，他的收费操作如行云流水，看得停车场负责人都忍不住称赞："真麻利！"老陈高高兴兴地回家等通知去了，可这一等就是三天，毫无动静。他不由得焦急：难道还有人比自己更优秀？

老陈再次来到停车场，他发现坐在收费亭里的不是别人，正是那个七十多岁的老头。这到底是怎么回事？他决定找负责人问个明白。

负责人让老陈旁观一会儿。老陈越看越糊涂：整整十五分钟，才通行了四辆车，几个车主都怨气冲天。

见老陈一脸疑惑，负责人讲：这一带车流多，车位少，有不少司机掐着

点来提车，只为了享受半小时免停车服务，更有人一天重复操作几次。而收费员慢吞吞地收费，过了这关键的几分钟，刚好让他的如意算盘落空了。

老陈还有些不服气："这么慢，车主能答应吗？"

负责人笑眯眯地回答："他们当然不干，可一看到收费员这老态龙钟的样子，别说动手，就是大声嚷上几句，也怕把他'送走'了，还敢计较呢？"

老陈这才恍然大悟……

（**发稿编辑**：吕　佳）

（**本栏插图**：顾子易　小黑孩）

优秀收费员

□ 龚明亮

2023年

中国十大廉洁故事评选

○ 每篇奖金 3000 元 ○

兴廉洁之风，树浩然正气。为加强新时代廉洁文化建设，鼓励广大作者创作老百姓喜爱的廉洁故事，上海金山山阳廉洁文化基地与《故事会》杂志社，联合推出2023年中国十大廉洁故事评选活动。

评选范围：2023年《故事会》有关栏目发表的"廉洁故事"，如新时代廉洁故事、中华传统文化中的廉洁故事、红色廉洁故事、家风家训廉洁故事等。

评选方法：专家评选及网络投票。

奖项设置：获奖作品奖金为每篇3000元，全年共10篇，并颁发获奖证书。

投稿方式：欢迎广大作者踊跃来稿。邮箱：gushihuilianjie@126.com。老作者可直接投给固定联系的编辑。篇幅控制在3000字以内。作品后请附：姓名、地址、手机号、身份证号、开户银行信息及账号。

其他说明：获奖作品著作权归作者所有，主办方享有使用权、发布权和改编权。凡参赛者视为接受本项约定。

中国十大幽默故事评选

○ 最高奖金 每则 4600 元 ○

为鼓励广大作者创作出老百姓喜爱的幽默故事，中国幽默故事基地上海金山山阳镇与《故事会》杂志社，联合推出2023年中国十大幽默故事评选活动。

评选范围：2023年《故事会》"幽默世界"栏目发表的所有作品。

评选方法：1.每季度评选出6篇季度奖作品；2.荣获季度奖的作品再参加年度决赛，经专家评选及网络投票，评选出2023年中国十大幽默故事。

奖项设置：季度奖奖金为每篇1000元，全年共24篇；年度奖奖金为每篇3600元，全年共10篇。年度奖获奖作品将颁发获奖证书。

征文信箱：gushihui999@126.com。请作者自留底稿，参赛稿一律不退。

《故事会》杂志社地址：上海市闵行区号景路159弄A座307-308室，邮编：201101

生活握在你手中

王琦 Wang Qi Stories Editor 故事会绿版编辑

有位朋友向我倾诉，说人到中年，力越来越大，总觉得烦躁焦虑，惫不堪，失去了生活的乐趣和希望。

哎，正如本期"脱口秀"栏目中一则《欢迎来到成年人的世界》——年人的世界没有"容易"二字。但我们还有故事。于是我给她讲了个善人的小故事。这位善人总是做好人们认为他死后肯定会直接上天堂。但不巧的是，这个人去世时，差阳错地被带去了地狱。过了几天，地狱的管理者撒旦怒气冲冲地跑出上到天堂之门，对上帝抱怨说："看看你都做了什么！你把那个人送狱来，而他完全搅乱了地狱原本的秩序，破坏了我的威望！你知道现在地狱里的人居然都在愉快地互相交流、互相拥抱！这哪里还像来的地狱？请你让他赶紧进入天堂！"

这个故事告诉我们，只要心中怀着正确的信念，即使在恶劣的环境也能以心转境。谁知朋友听完，抱怨说："这个故事里善人的境界太高普通人谁能达到呀？"说得也对呀。我又去"故事锦囊"里搜寻了一说："那我再给你讲一个'坏孩子'的故事吧！"

据说在一座山里住着一位很有智慧的老人，任何问题都能回答。个男孩有心愚弄老人，就抓了一只小鸟在手里，去找那位老人。男孩握着小鸟的手背在身后，问老人自己手中的小鸟是死是活。老人说："孩如果我说那只鸟还活着，你就会把手握紧，把它攥死；如果我说鸟是死你就会张开手，让它飞走。你的手，掌握着它的生死大权。"

不管在人生的哪个阶段、哪种境地，我们都不仅仅是被生活推着随波逐流。就像那只手，可以攥紧也可以张开，既握着失败的种子，握着成功的潜能。最后我跟朋友说："实在烦躁疲惫的时候，翻翻《故事会》放松一下吧，保证效果不错！"

（插图：丁德武）

83
NTENTS

扫二维码，可听全本故事。

2023
SEMIMONTHLY
9月下半月刊

开门八件事，扫码听故事。一本可读、可讲、可传、可听的全媒体杂志。

故事会
绿版·下半月刊

社 长·主 编 夏一鸣
副社长 张 凯
副主编 朱 虹 吕 佳
本期责任编辑 王 琦
电子邮箱 wangqi_8656@126.com
发稿编辑
朱 虹 赵媛佳 田 芳 彭元凯
美术编辑 郭瑾玮 王怡斐
红版编辑部电话 021-5320 4060
绿版编辑部电话 021-5320 4049
地址 上海市闵行区号景路159弄A座3楼
邮编 201101
主管、主办 上海文艺出版总社
出版单位 《故事会》编辑部
发行范围 公开

—— 出版发行部 ——
发行业务 021-5320 4165
发行经理 钮 颖
媒介合作 021-5320 4090
广告业务 021-5320 4161
新媒体广告 021-5320 4191

—— 融媒体中心 ——
《故事会》微博 @故事会
《故事会》微信 story63
故事中国网 www.storychina.cn
《故事会》网店
shop36332989.taobao.com

故事会公众号 故事会小程序

国外发行 中国图书贸易总公司
印刷 上海四维数字图文有限公司
发行 中国邮政集团公司报刊发行局总发行
国内代号 4-225 定价 8.00元

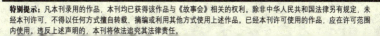

不收钱

大刚去前女友开的小面馆吃面，前女友却不肯收他的钱，于是大刚把钱放在桌上就走。

前女友立马追了出来，把钱塞到大刚的口袋里。大刚很感动，说："做生意不容易，你再这样，我以后不来了。"

谁知，前女友冷冷地说："我不收你的钱，就是让你以后别来了。"

（芝麻拿铁）

（本栏插图：包丰一）

怕丢面子

小丽和妈妈一起坐公交时，妈妈接到一个电话，她讲话的声音很响。看着周围乘客异样的目光，小丽想提醒妈妈，又怕自己丢面子，于是她拍了拍妈妈说："阿姨，声音小一点。"

（豆沙粽）

考 验

妻子写了一封信，说自己离家出走了。等到丈夫快回家时，躲到床底下，想看看他的反应。

丈夫回到家，读完信，在信纸上写了一些字，接着立马掏出手机打个电话，和对方说："亲爱的，那娘们儿走了，我马上来见你！"

听见丈夫甩门出去了，妻子崩溃了，大哭起来，好久才从床底下出来，拿起信纸一看，才发现丈夫写道："笨蛋，我看到你的脚露在外面了！我去买菜了，你这个哭包就慢慢哭吧。"

（毛茸茸）

数据线

一次单身聚会上，几个富二代在吹嘘自己多么有钱，有的说自己有豪宅，有的说自己有豪车，有叫钱多多的却说："我有很多手机据线，家里每个房间都插一条，走那儿都能随时充电。"

在场的姑娘们听完笑了笑，都去奉其他富二代了，只有一个叫小芳姑娘心细，她悄悄凑过去问钱多多："你一共有几条数据线？"

钱多多回答道："128条，分别在10幢房子的128个房间里。"

小芳笑开了花，说："我可以跟去看看这些数据线吗？"

（五　条）

加起来50岁

个男生要租房，他问中介："现在有合适的合租房吗？我是单想和女生合租。"

中介想了想，回答道："附近小有套房，里面两个女生加起来50在找合租人。"

男生兴奋道："那正好，我今年岁！"

于是，男生跟着中介去看了房。完后，他生气地对中介说："一个岁，一个是她2岁的孙女，你管叫'女生'？"

（碎碎念）

喝什么

弟去哥哥家做客，吃完饭，就听嫂子在厨房问："老公，你要柠檬味的，还是姜汁味的？热的还是冷的？"

哥哥回答说："刚刚吃了鱼，我要姜汁味的，热的，去去腥！"

弟弟疑惑道："哥，嫂子咋不问我要喝什么，只问你？"

哥哥没好气地说："她是在帮我放洗洁精和水，待会儿我要洗碗！"

（地球仪）

我能吃

猪八戒到酒楼里应聘。

猪八戒："掌柜的，能不能把我留下？"

掌柜的："你能干什么？"

猪八戒："我能吃！"

掌柜的："好，留下！"

三个时辰后，店小二高兴地把猪头肉、猪耳朵和猪肘子端上了客人的桌子，乐呵呵地说："猪八戒果然能吃！"

（娜娜）

评评理

儿子上网课时，爸爸妈妈在他身后吵架。

儿子忍无可忍，吼道："你们别吵了，老师让我回答问题，摄像头开着呢！"

爸爸一听，拉着妈妈冲到镜头前面，说："那正好！来，我们让老师评评理。"

（潘光贤）

我再尝尝

强子去买烧饼，发现店里只有一个五六岁的孩子，一问才知道他是老板的儿子。于是强子对他说："小朋友，我要买烧饼，一个甜的，一个咸的。"

那孩子想了想，从一个烧饼上咬下一块尝了尝，然后打包递给强子说："这个是咸的！叔叔等等，我再尝尝哪个是甜的哦！"（手撕牛肉）

看笔记

这天，妹妹翻哥哥的书包，拿出一本笔记簿看了起来，边看边说："哥哥，这笔记能不能借我用用？"

哥哥故作深沉道："你根本看不懂，借去干吗？"

妹妹嘟着嘴说："老师说找个写字比我还丑的人，明天我就拿给老师瞧瞧，看她还有什么话说……"

（喵哆哩）

收收脾气

小静脾气暴躁，一生气就打老公，总是把老公打得很惨，闺密劝她："收收脾气，这么好的老公要是打跑了，你哭都来不及。"小静听完，若有所思地点点头。

第二天，小静老公跑来找她闺密，满脸惊恐地说："昨晚我俩吵架后，小静竟然主动道歉了！这太反常了，不知道她藏了什么鬼主意，你快去劝劝小静吧，有什么意见让她明说！"

（零 零）

男AA女免单

小伟有个网友群要聚餐，大家说好男 AA，女免单。

小伟临时有事，去得晚了一点，开包厢门那一刻，却听见里面响起一阵掌声，一个悦耳的女声喊道："终于来了一个男的！"

小伟急中生智，喊了一声："对不起，我走错门了！"（圆珠笔）

别上当

阿美每次和老公吵架，都要他送自己一个东西才能消气。一天，阿美莫名其妙地骂起了老公，老公正准备回嘴，一旁的儿子忽然制止他说："爸，千万别上当呀！昨天我和妈妈逛街时，她看中了一个包，好贵的！"

（辞 柳）

蹬比挠快

阿斌跟着女友上门见家长。吃饭时，女友妈妈把一只鸡爪夹给阿斌，说："吃鸡爪子是往上挠的意思，听阿芳说你刚进一家新单位，要加油，往上挠啊！"

阿斌不喜欢吃鸡爪，他转转眼珠说："阿姨，您还是把鸡腿给我吧！我吃了鸡腿，工作好往上蹬，蹬可比挠快！"

（鸣 门）

本栏目欢迎来稿。如有新鲜感、有精彩细节的笑话佳作尽快投寄给我们。来稿一经采用，即致稿费，最高稿费为一则100元。本期责任编辑电子信箱：wangqi_8656@126.com。

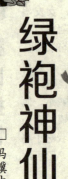

绿袍神仙

□ 冯骥才

　　车夫吴老七的命该绝了。屋里没火，肚子没东西，愈饿就愈冷，愈冷就愈饿。难道就在比冰窖还冷的屋里等死？虽说三更半夜大雪天，没人用车，可是在外边总比在家等着冻成冰棍强，走着总比坐着身上有热气儿。他拉车走出来。他拉的是一辆东洋车。

　　他一直走到鼓楼十字街口，黑咕隆咚没个人影，谁半夜坐车出门？连野狗野猫都冻得躲起来了。他没劲儿再走了，站在那儿渐渐觉得两只脚不是自己的了。

　　这当儿，打鼓楼下边黑糊糊的门洞里走出一个身影，慢吞吞走过来。这人拄着拐，也是个老人，也是个饥寒交迫的穷老汉向自己来寻吃的吗？

　　待这人渐渐走近一看，竟不是穷人，怕还是一位富家的老翁，身穿长长一件绿色的棉袍，头戴护耳的皮帽，慈眉善目，胡须很长。这老翁相貌有点奇异不凡。虽然不曾见过，却又像在哪儿见过。不待他开口，老翁说："去东门里文昌牌坊前。"说着老翁就上了车。

　　老七心想这是老天爷开恩，大冷天居然还有活干，不觉身子有点劲儿了，拉起车往东门一路小跑。跑起来他不敢说话，怕费劲儿。车上的老翁也一声不吭。东门内大街空荡荡，只走着他这一辆车。走着走着，他忽然觉得车子有点重。人还能加重？是不是自己没劲儿了？正想着时，车子更重了，像是拉了半车砖头。他觉得不对劲，停下车来，……一看，天大的怪事出现在眼前，……上的绿袍老翁不见了，空无一……！定睛再瞧，车座上放着一大一……鼓鼓囊囊两个袋子。他扒开一瞧，……袋子里竟然全是糕食，大袋子居……满满的银钱。他再往四下看，冰……雪地里还只是他一个人——还有……车银钱！更叫他吃惊的是，车子……停在离他家不远的地方。

吴老七有钱了，而且有了太多……多的钱，又是铜钱，又是银子，……有小金元宝。吴老七天性稳重，……码头上活了几十年，看的事多。……明白钱多是福也是祸。他没有……富显富露富，而是不声不响，先……小窝棚把自己将来的活法盘算……，把钱藏好，再走出窝棚，一步……照计划来。

最先开个早点铺，再干个小食……，跟着开菜馆、饭铺、酒楼，他……得稳健。在旁人眼里，他是一步……个脚印干起来的，绝看不出一夜……富。继而他在鼓楼、北大关、粮……街最火爆的地界，开了一个像模……样的九河饭庄。他干吃的，缘于……多半辈子都是饿过来的。干饭铺……会再饿肚子，而且干饭铺天天能……到钱，还都是现钱。人有了钱，……子就多了。吴老七用尽脑筋，加……拼命玩命，把买卖干得有声有色，

家业也一路兴旺起来。然而，当年那位绿袍老翁送他那个钱袋子却一直存着，袋子里的几个小金元宝也原封没动，这因为他心里边始终揣着那位在寒天冻地里忽然出现的救命恩人。

可是那位绿袍老翁到哪儿去找呢。吴老七没少使力气。从街头寻觅，到串门察访，中间还闹出认错了人的尴尬和笑话，却始终寻不到一点点踪影。他细细琢磨，这事还有点蹊跷。比方那绿袍翁的长相就非同常人。他找遍里城外，还真没有如此慈眉善目的长相；再比方这绿袍，谁会穿绿色的袍子？天津人的袍子，黑、蓝、灰、褐全有，唯独没人穿绿。有人和吴老七打趣说，戴绿帽子的有，天津有过一位总绷着脸儿的县老爷就叫人戴过绿帽子。

最蹊跷就是这一袋子钱了。天津卫有钱的人多，有钱的善人也不少。但天津的善人开粥厂、施财、济贫、捐款，都做在大庭广众眼皮子底下，好叫别人看到、知道。谁会把这一大袋子钱黑灯瞎火悄悄塞给一个快冻死饿死的人？把胳膊折在袖子里的事，从来没人干。

看来这绿袍翁是一位神仙，可这是哪位神仙？天津城里大大小小

的寺观就有一百多座，天天香火不断，老百姓天天磕头，谁又见过神仙显灵。

这年秋天，吴老七在城南自家的"九河饭庄"的分号宴请几位商界的合伙人。他近来事事顺当，心里没别扭，大家满口说的都是吉祥话。人一高兴，酒就喝高。他从饭庄出来，转转悠悠走到鼓楼，乘兴爬了上去。鼓楼高，又居老城中央，从这里凭栏远望，可以一览全城风景，十万人家。吴老七看得尽兴，看得痛快。再给风一吹，更是舒服。他要回家好好睡个午觉，待要下楼，一转身的时候，忽见楼梯那边有个人正在看他。这人模样慈祥和善，长须飘拂，有点面熟。他停住身子认真一瞧，这人竟然身穿绿袍。哎呀！不就是救过他命、有恩于他、找了十多年的那个绿袍翁吗？长相也完全一样呀！他慌忙跑过去，再看——哪里是人，竟是一尊神像。怎么是一尊泥塑的神像，分明是绿袍翁啊。

鼓楼不是庙，里边的神佛都是有钱的人家使钱请来的，信谁请谁。这位是谁？他问身边一位不相关的人。人说："你连他是谁也不知道。保家仙，胡三太爷呀！"

他当然听说过保家仙，胡黄白柳灰几位神仙，护佑全家平安有福。可是他一辈子没钱娶老婆，鳏寡孤独，没有家，自然也没给保家仙烧过香。哪知道这位穿绿袍的胡三太爷慈悲天下，看到了他这个要死的人，显灵于世，救了他，还让他一步登天富了。原来绿袍翁是他！对呀，那天他不就是从这鼓楼下边的门洞里走出来的吗？他咕咚一声跪在地，连连磕头，脑袋撞得楼板咚咚冒烟，而且一直磕个不停，等到被旁人拉起来，脑门撞出血来。

旁人不知他为什么这么磕头，以为他遇到横祸，或是想钱想疯了。这事却只有他自己明白，不能说。自此，每年逢三九天最冷的日子，深更半夜，他都会爬到鼓楼上给绿袍神仙烧香磕头。他心里盼着仙再次显灵，他要面谢他，可是每次见到的都是纹丝不动的泥塑木雕了。

（推荐者：离萧天）

（发稿编辑：王 琦）

（题图：孙小片）

绿版编辑部电子邮箱：

朱 虹：zhong98305@sina.com
王 琦：wangqi_8656@126.com
赵媛佳：babyfuji@126.com
田 芳：greygrass527@126.com
彭元凯：abigstudio@163.com

□ 毕华

谁来签字

葛根和老婆付香是半路夫妻，但两人从未红过脸，葛根更把家里的财政大权全部交给付香。

有人劝葛根防着付香有外心，他顶了回去："我老婆是我后半子最亲的人，我信不过她，难不信你啊？"

事实证明，付香没让葛根失望。次葛根的老妈犯了心脏病，被紧送去医院手术。老妈过了一辈子日子，平时恨不得一块钱掰成三儿用，她知道掏空家底也不够手费，况且葛根的钱都在付香那儿，是她要求医生放弃手术。没想到，香风尘仆仆地赶来，不但交了手费，还给老太太雇了专业的护理。来葛根得知，是付香把自己压箱底的首饰卖掉，凑齐了费用。

老妈气得捶胸顿足，大骂他们不该花这冤枉钱，以后还咋过日子？葛根却高兴得逢人就夸："看见了吗？我家付香根本不是那种人，我老婆是天底下最好的女人。"

付香见葛根那么呵护她，她也十分珍惜，总算嫁对了人！

十年如一日，两口子恩爱有加。

天有不测风云，有一天，正在干活的葛根突然晕倒，被送到医院，医生要立即手术，告知付香手术可能出现的最坏结果，让她尽快签字。

付香一听丈夫有可能下不来手术台，拿笔的手哆嗦了。葛根凭着微弱的意识，冲她摆手，说："不许签……"

付香似乎明白了丈夫的意思，她顿时泪流满面，拼命地摇头："手术还有希望，不手术一定没希望的……"

葛根看了她好一会儿，微微摇头，说："我信不过你。"

付香正抹眼泪的手顿时僵住了，吃惊地看着葛根。

葛根没再看她，缓缓转过脑袋，攒了两口气，对医生说："我只信我妈，让我妈签字，只有她才能决定……"没说完，葛根再次昏迷过去。

付香的眼泪在眼眶里直打转，她又惊又怕，惊的是怎么没看出来他是个妈宝男？这要命的节骨眼他居然不相信自己，终究是半路夫妻啊！怕的是，眼前唯一的亲人，昏过去再也醒不过来……

手术后第三天，葛根终于度过危险期，苏醒了。

付香喜极而泣，两天两夜寸步不离，终于等到了他睁开眼，她紧紧握着丈夫的手，生怕他丢了一样。

葛根颤抖着手，给付香抹去眼泪，挤出一丝笑："眼窝都黑了，你呀，唉……"

停了好一会儿，付香问了卡心里的那根刺："为啥非要你妈签字不可？"

葛根犹豫一下，愧疚地说："妈节省一辈子，舍不得花钱……样要是我活不成了，以后，你和子的压力会小一点……"说完，根剧烈咳嗽起来。

付香哭了，当年她带来的女才三岁，为了让她安心，葛根坚不生孩子，把她的女儿视若己出

付香拍了会儿他的后背，看咳嗽渐渐平稳下来，捶了他一下"傻瓜！天底下哪个妈会舍不得孩子花钱？还有，我根本没让你知道，因为我怕，她要是知道了……你下不下得来手术台先不说，她怕活不成了……"

（发稿编辑：王 琦）

（题图、插图：孙小片）

高大妈是个做甜酒酿的高手。年事已高后，她就把手艺传给了媳妇巧珍。巧珍不但心灵手巧，且做事爱琢磨，她把做甜酒酿当一门发家致富的手艺，每年自重节新糯米登场开始做，一直做到年春夏之交，收入颇丰。

高大妈还有个女儿，名叫玲妹，格大大咧咧的，尽管母亲并没有手艺传给她，但毕竟从小看母亲酒酿，耳濡目染，因此也掌握了门手艺。待出嫁到了婆家，她每春节也会做一缸甜酒酿。

这天是大年夜，高大妈有个嗜，吃年夜饭前必须先吃点甜酒酿，是为了辨一辨祖传的味道没有变化。往她吃一碗媳妇巧珍做的行了，现在儿玲妹出嫁也在做甜酒酿，所以她要上两小碗甜酒酿。

当媳妇巧递上一小碗酒酿，高大双手捧住碗，

沉思片刻后，用汤匙舀上一勺放入嘴里，然后用舌头慢慢地来回一搅，顿时眉飞色舞，连声称赞："好！好！"

女儿玲妹见状，也满心希望地递上酒酿，不料高大妈接过碗，同样舀了一勺放进嘴里后，眉头竟微微一皱！玲妹连忙问："妈，味道怎么样？"高大妈想了想说："甜度可以，就是稍微有点酸……"玲妹心想：难道是自己酿的时间把握不准？她不由得红着脸低下了头。

一年很快就过去了。眼看第二年的春节马上要到了，玲妹特地把嫂嫂巧珍请了过来，从淘米、蒸饭，

过手就酸

□王永冲

到加曲、拌和、发酵等，每一个细节都在嫂嫂的指导下进行。到了吃年夜饭的时候，照例还是巧珍先递上酒酿给婆婆。高大妈接过碗后一尝，顿时喜笑颜开，连连夸赞："妙，妙！"可一尝玲妹的酒酿，她又脸色骤变，不冷不热地说："有提高，但还有些酸味！"

玲妹心里那个气啊，第三年她干脆不做甜酒酿了。到了大年夜，她索性向嫂子借了一小碗甜酒酿。到了吃年夜饭时，高大妈照旧先吃了媳妇递上来的甜酒酿，顿时眉开眼笑；再接过女儿递上来的小碗，酒酿还未曾入口，眉头已微微皱起。

玲妹见了，心中五味杂陈，不等母亲开口，她就学着母亲的口气说"别的没啥，就是还有点酸……"

高大妈一愣，随即示意媳妇巧珍，让她把她那只碗递给玲妹。玲妹接过嫂子的碗，顿觉一股暖流入心田。再摸摸自己的碗，冰冷刺骨。玲妹这才恍然大悟，原来嫂嫂每次在给婆婆盛酒酿前，会先用热水将碗烫热！而自己身为女儿，怎么就没想到呢？

玲妹望望母亲，再看看嫂子，眼泪在眼眶里打转……

（发稿编辑：朱　虹）

（题图：孙小片）

14

有没有你第一眼看到就爱上的句子？

神回复：您尾号为××××的卡收到他行汇入×××××元。

"笑"和"哭"有什么共同之处？

神回复：两个字笔画都是十画。

如何在十个字以内描述出非常危险的场景？

神回复：这个是什么按钮？

世界上最没用的话是什么？

神回复：给你说件事，你别告诉别人啊！

◆ 生活中有哪些死循环？

神回复：自卑导致失败，失败导致自卑。

◆ 想笑又不敢笑的时候，你会怎么做？

神回复：把肩膀调成振动模式。

（推荐者：小苹果）

神回复

欢迎来到成年人的世界

成年人的崩溃就在一瞬间。昨天晚上我买了一个甜筒准备带回家吃，结果上楼的时候没拿稳，掉了下去。我当时忍不住崩溃大哭，正哭着，只见从楼下走上来一个大哥，他看起来更糟糕，但我不敢去安慰他……因为我看见了他头上的甜筒。

年轻人说"我什么都没做电脑就坏了"绝对是做了什么；中年人说"我什么都没做就累了"是真的什么都没做。我解决痛苦的方式，基本就是靠自己想开。

点个外卖两小时才送到，为了惩罚他，我决定在他给我送外卖的时候不说"谢谢"，以此表达我的愤怒！

（推荐者：易 欣）

毒舌还得是你

◆ 闺密推荐一条裙子给我。我看了看说："太短了吧？才盖过屁股。"闺密说："没事，那是模特，你穿的话，怎么也得到小腿。"

◆ 很多打工人担心自己会被ChatGPT取代，其实没必要，因为你的工资还没它的运维费用高。

◆ 遛狗的时候，狗狗每次下楼都特别兴奋，我总是拽不住它，只能跟着跑。昨天我又被狗狗拽着跑，旁边一个大爷瞅了我们一眼，说："放风筝呢！"

◆ 想和你一起去逛街、看电影、吃好吃的，这一切都要和你一起做才有意义——因为我自没钱。

◆ 网上有个帖子："我爸妈去吃龙虾竟然没叫上我！难道我充话费送的吗？"下面有个论亮了："你爸妈充话费竟然选一桶豆油，而是选择了真奇怪！"

◆ 如果上帝把你的门关上了，你就再打开，因为这就是门就是这样用的；如果上帝你的门窗都关死了，那你就以躺平了，因为上帝要开空了。

（推荐者：阿 夜）

同款小时候

◆ 初中上课时偷看小说看哭了，我抹着眼泪抬头，不小心和师对视。老师问我同桌我怎么了，同桌说："您上课不叫她答问题，她很伤心，偷偷抹眼泪。"从此每节课老师都让我答问题。

◆ 老师宣布历史考试开始："历史将由我们书写！"

◆ 老师："这教室里的瓜子皮是谁吃的？"我："瓜子是我吃的可是瓜子皮真的不是我吃的！"

◆ 我："妈，我能看电视吗？"我妈："可以，就是不能打开。"

◆ 小时候学了首歌，想在我爸面前表演一下："爸，我给你来摇滚怎么样？"我爸听了可高兴了："好，滚吧。"

（推荐者：浑 浑）

（本栏插图：孙小片）

从小虎到老虎，岁月如梭，世事变迁，是什么让曾经的奸商改头换面？

天家镇有个人叫张虎，身强力壮，性格蛮横。那时刚改革放，张虎才二十岁，人称张小虎，看准了做买卖是条发财的路子，是弄了个小摊，开始卖各种商品。

张小虎嘴皮子利索，同样是卖能叫卖出花来，因此生意比别要好。但这小子还嫌挣得不够多，干短两，以次充好，反怎么挣钱怎么来。人家主吃亏了，来找他理论，长小虎太能说了，那些主都说不过他，只得作

有个叫李武的小伙子了他摊上的裤腰带，回去相亲。准岳父招待准婿，饭菜自然很丰盛，武胃口好，多吃了一碗结果刚一坐下，"砰"一声，腰带就断了！李觉得好丢人啊，准岳父也觉得李武太没见过世了，这是几辈子没吃过啊？

李武气得跑到张小虎摊子上，大骂他坑人。

可张小虎笑嘻嘻地说："哥们，话不能这么说，你自己肚子大，还能怪我这腰带不结实？你要是摔了跟头，还得怪地球引力太强？"

李武让张小虎退钱，张小虎翻翻眼睛："开什么玩笑？货物出门，概不退换，我卖的是腰带，可不是保证不断的腰带，什么东西不坏

张虎卖货

□吴 嫡

啊？我说过保证不坏的吗？"

李武气得要动武，张小虎一瞪眼睛，撸起袖子，露出粗壮的胳膊。李武指着他说："我找个说理的地方去！"张小虎笑道："你去吧，我等着你。"

李武找到市场管理处，可当时的管理制度不完善，再说评判谁对谁错也不容易，毕竟市场上有很多南方小厂做的样子货，不结实。管理处的工作人员只好劝李武消消气，算了。

李武咽不下这口气，就跑到张小虎摊子前，跟过往的人控诉张小虎不要脸。张小虎也不搭理他，随他说去。反正他的摊子不是固定的，打一枪换一个地方，李武也不可能总在这里耗着。最后李武果然耗不住了，偃旗息鼓了，张小虎哈哈大笑。

转眼十年过去了，张小虎三十岁了，人们都叫他张大虎了。他的生意也鸟枪换炮，从一个小摊变成了一个商店。店里货全价低，生意很好，但他一如既往地卖一些质量较差的商品。

这天，一个女人拉着五岁的儿子，在张大虎的商店里买了两盒糕点，说要回娘家看爹妈，还特意强调："老人牙口不好，要拿点软的。"张大虎热情地把两盒糕点给了女人："放心吧，这糕点比豆腐都软。"女人领着儿子高高兴地走了。

一个小时后，女人怒气冲冲回来了，还带着丈夫："你这是么缺德糕点啊，比石头都硬，把爸的牙都硌掉了，幸亏还没给孩吃呢，要不这小牙还能剩几颗？

张大虎还没说话，那丈夫一张大虎，眼珠子都快瞪出来了：说我媳妇在哪儿买的，原来是在这个缺德家伙的店里，难怪了！

张大虎已经不认识李武了，竟跟他吵过的客户多了去了。呼武一说十年前的事儿，他哈哈大起来："既然如此，咱也算是老识了，别闹腾了，我给你退三分一的钱吧，这已经是格外优惠别人来了，一分钱都别想退！"

李武大怒："你还当这是十前呢？现在工商专管你这种不法贩！你等着！"张大虎嘿嘿一笑"好啊，我看你能拿我怎么样！"

让李武大跌眼镜的是，他报后，工商人员过来查了半天，张虎的手续竟然完全是合法的。他从县城的食品厂进的货，糕点虽做得很糟糕，但手续是齐全的。

张大虎还一脸委屈地对工商员诉苦："同志，你们是清楚的，在买糕点的，哪有自己吃的啊。都是你拎着送给我，我拎着送给，转了一大圈，可能一个多月过，都没开盒。她要说是买回去自吃的，我能不给她软乎的吗？可也没说啊！"

李武气得直哆嗦，指着张大虎："次你可不是流动小摊儿了，你是店，就不怕口碑臭了、没客人？"张大虎嘿嘿一笑："这就不你费心了，咱们这儿可是旅游景，来来往往的游客多着呢。店虽不流动了，可人是流动的啊，拜了您呐！"

李武咽不下这口气，他开始盯张大虎的商店，经常向工商部门诉他。可张大虎也极其聪明，他不做违法乱纪的事的，不过就是人唬人，但又不留下任何证据。象李武媳妇买糕点一样，谁也证不了张大虎说过，给她的糕点是的。

工商人员也没辙了，最后告诉武："他卖的东西虽然质量不好，确实都是从正规渠道进的货，你诉他卖假货，以我们目前的技术段，还很难查证。请放心，我们定会去查他的源头企业的。不过现在这种小厂子多得很，想全查封确实有些难度，我们会尽力而为！"

李武也没辙了，闹腾几天只能再一次偃旗息鼓。他告诫家人，以后说啥也不能在张大虎这里买东西了，太坑人了。

光阴似箭，转眼二十年过去了。李武也是年过半百的小老头了，平时的生活用品，都是儿子直接从网上给他买的，不用他和媳妇操心。

这天，快递员送上楼来两袋面粉，儿子只看了一眼就说道："这不是商品详情页里写的全麦粉啊，我要退货！"

李武有些不落忍地说："我看人家快递员费老大劲给你搬上来的，不是全麦就不是全麦呗，凑合吃吧。"

儿子摇摇头说："商家这是虚假宣传，以次充好，这能含糊吗？"说完他就在手机上点了几下。果然，不一会儿，就有快递员上门把面粉取走了。又过了一会儿，儿子的电话响了，他说了几句就挂了。

当天晚上，有人敲门，李武打开门，门口站着一个胖老头，两人面面相觑半天，忽然都认出了对方。

"张大虎，是你！"李武惊讶地说。胖老头苦笑道："没有张大虎了，现在他们都叫我张老虎。我说李武啊，搞了半天这是你家啊！你家是不是昨天买了两袋面粉啊？我真不是虚假宣传啊，我是发错货了，你就把差评给我删了呗。"

李武赶紧喊儿子，偏偏儿子不在家。李武年纪大了，对张老虎早就没啥火气了。他张罗着让张老虎坐下喝口水，好奇地问道："咋的，那面粉是在你家买的啊？"

张老虎喝了口水，苦笑道："我开了个网店，卖日用品，生意也难，前些年做生意挣了点钱，这两年全赔进去了。"

李武诧异道："你精得像猴儿一样，做生意还能亏吗？你之前可是坑死人不偿命的，卖的东西真真假假，以次充好，能不挣钱？"

张老虎难为情地笑了笑说："那都是老黄历了，今非昔比了。现在工商的大数据都联网了，我店里卖出去一根牙签，工商那边都能查出来，整个物流渠道，从生产到进货到销售，哪有能瞒得过人的？"

李武感叹道："是啊，我前几天看'3·15'晚会，那作假手段可比你厉害多了，不一样被政府给揪出来了！那你就好好卖货呗，不也一样挣钱吗？"

张老虎苦笑道："哪有那么容易啊，现在网店竞争可激烈了！花了不少钱打广告，好不容易聚点人气来，就怕人家给差评啊。个差评，就能让我三天的广告费花。这不昨天给你家发错货了，家立马就给我一个差评，我这是着脸皮上门来求你删差评啊。"

李武好奇地问："你还怕差吗？当年我在你摊位前、店门那么骂，你都不怕，网上一个差就把你吓成这样？你不会给他们扯吗？"

张老虎连连摇头道："现在上买东西，人家是可以申请退款我再能说，人家通过平台直接就款了。再说了，现在客户买东西先看评价，我这店铺评价不高，不好马上就要关门了。我真不是意骗人的，确实是发错货了啊。"

李武终于明白了，看着眼前张老虎，想想之前死猪不怕开水的张小虎和张大虎，他感慨万分"想不到啊，谁都治不了的张老倒是让大数据给治了！放心吧，然你不是有心坑蒙拐骗，我也知做生意不容易，等我儿子回来，就让他把差评给删了！"

（发稿编辑：朱　虹）

（题图：陆小弟）

两代订婚宴

□ 顾敬堂

奎做生意多年，家境殷实，儿子强子在上海也发展得不年纪轻轻就成了一家公司的中最近强子来电话说自己处了个朋友叫小曼，性情温柔，还和自是老乡，张奎两口子高兴坏了。

转眼到了劳动节，强子和小曼同坐飞机回来，再各自回了家。说儿子明天要先到小曼家见父张奎豪气地说道："礼物我早备好了，花了两万多呢。头次，咱得拿出点诚意。"

强子不太赞同："刚见面就送贵重的礼物不太得体吧？显得。"

"礼多人不怪！你不是说小曼都是普通职工吗，他们见了这物还不得乐开花呀？"说着，

张奎叹口气，"当年就是因为你爷爷的算盘打得太精明，把我给耽误了……"

刚说到这儿，张奎腰间传来一阵剧痛，原来是被老婆狠狠拧了一把。老婆嗔道："那个秀芝你还就忘不掉了是吧？"

强子顿时来了兴趣，挤眉弄眼地问道："咋回事，说说呗？"

张奎看了眼老婆，见她没生气，这才讲起了那段往事。

三十年前，张奎经人介绍，和另一个镇的李秀芝处上了对象，很快到了谈婚论嫁的阶段。按照张奎家这边的习俗，定亲要在女方家进行，是上门求亲的意思；而秀芝家却通过媒人传话，说按照他们那里的风俗，定亲要在男方家，有考察

男方条件及门风的意思。

张奎他爹老张听对方这么说，心里很不痛快。他前年嫁女儿，定亲就在自己家；如今娶媳妇，定亲还在自己家！才隔着二十多里地，风俗咋能不一样呢？分明就是女方家想压自家一头！

到了定亲这天，老张在家准备了丰盛的酒席，两家定亲代表团纷纷落座。秀芝的大姨据说是在大城市做生意的，见过世面，所以被委托为谈判代表。她率先提出了"三金"、婚房、家电、彩礼等条件。老张看不惯秀芝大姨盛气凌人的样子，便不软不硬地逐条打压：三金重量从五十克讲到二十克；婚房位置由市里新房讲到镇上老宅；彩礼也从一万八千八抹了个整，变成了八千八百八。

秀芝大姨处处受制，情绪激动起来，最后只能在婚车、婚宴等标准上寸步不让。老张的谈判意图基本实现，对这些小事儿也没再较真，痛快地答应下来。两家人总算完成了订婚仪式。

那时镇上的红白喜事大多都在自己家操办：租来桌椅板凳、锅碗瓢盆，搭起临时灶房，请来乡村厨子炒菜，左邻右舍都来帮忙，沿着街边摆上二三十张桌，非常热闹。

接亲时，张奎派发了十多个包才进去秀芝家门。等婚车把新接回了家，当车童的秀芝小表伸手要钱。老张递过红包，小表打开后见只有五十块钱，说什么不让表姐下车。

秀芝大姨闻讯赶来，也跟着道："五十块钱打发叫花子呢？不拿娘家人当回事了吧！"

那时城镇平均月工资才三四块钱，就在车上坐会儿，给五嫌少？老张气得牙都快咬碎了，办法，只得又补了五十块钱。

简单的典礼过后，帮忙的菜开始上主食。张家不仅准备饭，还蒸了一百多个馒头，帮用筐拎着挨桌问，谁吃就给谁一等拎到新娘大姨这儿时，她又蛾子了："用筐装馒头，这是规矩，当我们是要饭的呀？"

老张终于忍不住了，冲着大姨怒吼道："就你事儿多！的日子，不爱搭理你，还没完爱吃吃，不吃滚！"

秀芝大姨顿时发作起来：没过门呢，就敢骂娘家人，等甥女落老张家手里，还有她好过呀？这婚没法结了！秀芝，走！"

毕竟是一个战壕的，娘家

忙豫豫地站起来，磨蹭着跟着大回外走，心里却希望老张能低头一歉，给个台阶下。

米已下锅，老张心里认定对方会再捞出来了，所以毫不服软，高喝道："想走可以，把彩礼和金都退回来！"

大姨被挤对得上了头，伸手就秀芝的耳环、戒指、项链摘下来，到了地上："亲朋好友做证，明我们就把彩礼退回来，嫁妆我们走！"

就这样，喜气洋洋的婚礼以悲文场，一对新人被硬生生拆散了。家人的事情一时成了街头巷尾的谈。张奎过了三年才娶到强子妈，听说秀芝也是好多年后才嫁出的。

听父亲讲完这段往事，强子笑地说道："这事儿首先是我爷格局小了，一顿饭在谁家吃有啥？秀芝的大姨也是太作，因为大的面子问题就毁了外甥女的福。不过要不是他们搅和，现在我了，还得谢谢他们呢！"

第二天一早，强子自信满满地大包小裹出门了，中午一点多，情愉快地回来了，看来非常顺小曼父母说选在明天定亲，酒男方随便选，账由女方家算。

张奎笑着摆摆手："现在不讲这些风俗，咱家条件好，这点小钱我出！"

第二天中午，张奎和老婆孩子早早站在酒店门口，迎接准亲家的到来。不大会儿工夫，一辆出租车停在门口，小曼率先下来，接着是她的父亲。张奎热情地迎上前，握着小曼爸爸的手说道："准亲家，快往里面请……"

刚说到这，张奎把目光投向了刚下车的小曼妈妈，神情大变，张着嘴说不出话来。强子妈见状，偷偷拧了张奎一下，他这才缓过神来，伸手向里面让客。

张奎和老婆走在后面，强子妈悄悄问道："你咋了？跟丢了魂似的！"张奎咽了口唾沫，艰难地说道："世界太小了，你知道小曼的妈妈是谁吗？"

强子妈脑中灵光一闪，声音忍不住高了起来："李秀芝？"

小曼妈妈听到声音，脚步顿了顿，回头冲她笑笑："你喊我？"

"没事儿没事儿！"强子妈连忙摆手，暗中和张奎交换了个眼色——强子的婚事不好谈了！

落座后，李秀芝的脸色就没好过，沉默着不说话。张奎心里忐忑，但为了儿子，只能硬着头皮迎合。

一杯酒下肚，张奎直接切入正题："我就这么一个儿子，亲家有什么条件尽管提。我先表个态：第一，孩子们在上海安家，我掏首付！第二，婚礼前后所有花销，我家全部承担，不用女方掏一分钱，保证按最高标准来！"

小曼爸爸刚想说话，却被自己老婆拦住了，李秀芝开口道："我们家也就小曼一个孩子。既然强子爸爸财大气粗，态度也算诚恳，那我只提一个要求——房子必须是全款，写两人名字。"

张奎顿时被噎住了，脑门上渗出了汗。自己这些年也就攒了三百多万，在这小城市还算有钱人，可要全款在上海买房，还差得多。

见李秀芝似笑非笑地盯着自己，张奎心一横，大声说道："行，就这么办！我就算砸锅卖铁也给他们买上房子。"李秀芝脸上终于露出了笑容，点点头道："还不错，一代比一代强。事儿就这么定了，今天的单我们来买。"

回去的路上，张奎眉头紧锁，打算先把自家的房子卖了，再到别处凑凑。

夫妻俩愁眉苦脸地商量，儿子却没事儿人似的，戴着耳机听音乐。张奎忍不住来了火气，愤怒地斥责

道："我们老两口为了你买房子愁死了，你还有心思听音乐？"

"有什么可愁的？人家又没让你出钱！"强子忍着笑掏出手机，找出一个房产证的照片，上面赫然写着小曼的名字，"小曼早就把房子买好了，人家唯一的要求是在房产证上加上我的名字，这很难吗？"张奎目瞪口呆："她哪来的钱？不是说李秀芝他们只是普通工人吗？"

强子笑着说："小曼很有能力，是我们公司的总经理，年薪比我多了！更重要的是，你们还记得秀芝阿姨的大姨吗？她是小曼的亲奶，在上海开大公司呢，我和小曼经常去看她！小曼的姨奶总说当年对不起自己的外甥女，所以对外甥女格外关照。"

强子妈妈惊讶道："敢情你早就知道小曼的妈妈是李秀芝？"

强子有些不好意思地说："是小曼早就告诉过我你们老一辈的事啦，说她姨奶奶一直很后悔……"

听到这些话，张奎忍不住感慨万千。正发呆呢，腰间又传来一阵刺痛，他咧嘴一笑，伸手揽住老伴的腰，步履轻盈地向前走去。

（发稿编辑：赵媛佳）

（题图：豆 薇）

枫儿今年 26 岁，人长得十分帅气，嘴巴也特别甜，深受□喜欢。但不知道是哪里出了问□，谈了近一年的女朋友突然跟他□手了，他怎么挽留也没用；正当□浸在失恋的悲痛中时，又被公□退了。

贾枫儿宅在家里，实在受不了□的唠叨，在网上投了简历，想□被附近的一家养老院录□了。这下贾枫儿得意地对□说道："凭我的能力，找□作不就是小菜一碟吗？□说，凭我的长相和为人，□个女朋友结婚，也是十拿□急！"

父亲听贾枫儿越吹越离□给他当头泼了盆冷水："我□牙，你去的是养老院，里□大多是老头老太，有几个□轻的姑娘？你找个 80 岁□老太，人家都不一定肯要□里！"

贾枫儿只是"哼"了一声，□有还嘴，他知道，只要他□嘴，肯定会引来一顿男□混合双唠！

过了两天，贾枫儿去养□完报到，院长牛丽领着他□养老院兜了一圈，整整花

了两个小时。养老院里老人多、护工多、地方大、工作细，贾枫儿听得是云里雾里，看得是眼花缭乱，停下来后只感觉口干舌燥、腰酸腿涨屁股疼。

不过，好玩的事情也不少。有个叫宝妹的老太太，已经 80 岁了，坐在轮椅上，手和脚都绑着安全带，牛院长过去问她："宝妹阿婆，你

双喜临门

□戚旭旻

认得我是谁哇？"

宝妹装模装样地晃了晃脑袋："哦，你是我舅妈！"

众人听了，哄笑起来。牛院长无奈地说："不是舅妈，我是牛院长，记住了吗？叫我院长妹妹。"宝妹说："记住了，叫你舅妈妹妹！"

原来，宝妹得了老年痴呆症，什么人都不认识了。

贾枫儿来应聘的是护工岗位，但是没有护工证，不能上岗，所以，牛院长先安排他去培训，拿到护工证后再从清洁工做起。贾枫儿干得还挺起劲的，每天做清洁工的同时，还兼职逗逗老头老太们。

一天，贾枫儿打扫时看见宝妹坐在门口的椅子上，也学着牛院长的样子上前去逗逗她，问道："阿婆，你认识我哇？"

宝妹抬起头看着贾枫儿，眨了几下眼睛，慢慢地咧开嘴笑了："认识，你烧成灰我都认识！"她突然拉住贾枫儿的手，害羞地说："你不就是隔壁村巧阿娘家的三阿哥嘛，昨天晚上你还拉着我的手去村里看露天电影，在半路上偷偷亲我一口哩！"

看着宝妹一本正经地胡说八道，贾枫儿控制不住地笑了。

谁知快下班的时候，牛院长把贾枫儿叫去狠狠地批评一顿：说你这两天挨个逗老头老太，今还去逗宝妹了？我告诉你，宝妹只是生病了，你不要拿她当傻子样取乐！"

贾枫儿挨了牛院长一顿批打起了退堂鼓，他暗暗下定决以后只管打扫卫生，不去逗老头太了。

这一天又轮到贾枫儿打扫宝所在的那层楼，宝妹还是坐在门的椅子上。贾枫儿没敢搭理她，没过多久，牛院长又找到了他：壁村巧阿娘家的三阿哥，你是不又逗你的小宝妹了？她一边哭一喊你呢！"

贾枫儿一听直喊冤枉，三步作两步来到宝妹的房门口，就听妹在里头哭喊着："三阿哥呀，这个杀千刀的，我们只拌了几嘴，你就不要我小宝妹了！你真心呀！"

这时牛院长也赶到了，她给枫儿使了一个眼色，贾枫儿尴尬笑了笑，很不情愿地走了进去。妹一见贾枫儿立马不哭了，咧开笑着，娇羞地喊了一声："三阿哥我晓得你不会放下我的。"贾枫看着这屋里屋外的人个个脸上都笑，苦笑着回了一声："哎，小宝

⋯会放下你的——"

他一边安慰着宝妹，一边给宝⋯药，然后将她扶到门口的椅子⋯好，系好安全带。他转身想走，⋯却立刻抿着嘴、哭丧着脸，眼⋯地瞅着他。贾枫儿看向牛院长，⋯到牛院长丢下一句"你自己想⋯去"就走了。贾枫儿心里暗暗叫⋯：这回我真的要娶一个80岁的⋯回去了。

自那以后，贾枫儿就有了一个⋯的外号"三阿哥"，他的"小⋯"也不负众望，吃饭要找三阿⋯，吃药要找三阿哥，连换个尿不⋯找三阿哥。贾枫儿也尽心尽力⋯照顾她，一丝也不敢马虎。

俗话说，好事不出门，丑事传⋯里，这事经过许多人的添油加醋，⋯贾枫儿父母的耳朵里时，就变⋯一个只有26岁的小伙子，贪图⋯家的财产，自愿娶80岁、患⋯呆症的老太为妻！

贾枫儿的父母听到这个消息能⋯着急？他们连忙赶到养老院去问⋯究竟。说来也巧，宝妹的残疾女⋯大学刚毕业的外孙女也同时来⋯

这时候，贾枫儿正有说有笑地⋯着宝妹晒太阳哩。宝妹的残疾女⋯了贾枫儿，仔细地从头看到脚，

嘴里不停地感叹："像，像，真是太像了！"

贾枫儿的父亲不明就里，宝妹的残疾女儿笑着说："大哥，不瞒你说，你儿子与我父亲年轻时长得一模一样，怪不得我妈错把他当成我那年轻时的父亲哩！"

原来，隔壁村巧阿娘家的三阿哥就是宝妹的老公，他们两人从小一起长大。自从宝妹的三阿哥十年前去世后，宝妹就得了老年痴呆症，慢慢地忘记了所有的事情。可她第一眼就把贾枫儿认成了年轻时的三

阿哥，仿佛回到了那两小无猜的甜蜜记忆中。

贾枫儿的父亲苦恼地说："长得再像，我儿子总不能把一个80多岁的老太婆回家吧！"

刚赶来的牛院长听了，知道是冬瓜缠在茄门里了，忙说："错了，错了！为了让我们养老院里的老人有尊严地走完人生的最后一段路，我们要求所有工作人员，尽可能满足他们的合理需求，哪怕是作假，也得装得像真的一样……"

贾枫儿的父亲忙问："你的意思是外面的传闻都是假的？"

牛院长回答："当然是假的。但贾枫儿敬老、尊老、爱老的情是真的，受到了院里所有老人的称赞！"

宝妹的残疾女儿听了，也放下了心，拉住贾枫儿的手说："小贾，谢谢你！真要好好谢谢你！"宝妹的外孙女也对贾枫儿说："小帅哥，我要好好向你学习！能不能加个微信？"

贾枫儿连忙说："当然可以。"

眼睛一眨，两年过去了，贾枫儿已经成了养老院里最能干的护工之一，经常被评为先进员工，听说领导还有意培养他，让他以后挑重担呢。

可就在那一天，宝妹睡午到了该起床的时候，却再也叫不了。看着床上面带微笑的宝妹，院长知道这是贾枫儿第一次面对样的情况，于是拖着他走出房说道："宝妹最后的时间，就留她的家人们吧。这两年多来，你得很好，但是，我们只能陪她到里了。该放手的时候要放手，明吗？"

贾枫儿双眼泛起了泪花，挖地点着头说："知道了！"

正在这时，宝妹的房间里传一片哭声。牛院长叹了一口气，想再说点什么，宝妹的外孙女忽匆地跑出来，对贾枫儿说："你要走了，快去送她最后一程吧！"

牛院长忙阻拦着说："妹小贾已尽心，最后一程还是你家人送吧。"外孙女却说："牛院你们养老院的责任已尽到了，贾护工的责任也圆满结束了，他现以外孙女婿的身份，送送外祖可以吧？"

牛院长惊喜地看着红了脸的枫儿，推了他一把："那快去呀

话音刚落，宝妹的外孙女扯贾枫儿的手，往病房里奔去……

（发稿编辑：赵嫒佳）

（题图、插图：陶　健）

一根千年不烂的琥珀木，引发了老人们的骚动……

一根琥珀木

□ 查老三

这天，邝大牛在山坡下的菜地里挖菜窖，挖到一米深时，他开始往隔壁老范头的菜地延伸，想占点小便宜，可只挖了没几锹，就发现了一根琥珀木。地下有琥珀木，不用说，准是面前这座山以前发生山体滑坡时，把一棵含油脂较高的红松树埋下面了。

老范头是村里的五保户，无儿无女，所以邝大牛根本不把他放在眼里，招呼都不打，就继续在老范头的菜地里拼命地挖，不巧却被来地里摘菜的老范头看到了。老范头自知斗不过邝大牛，就把村里老主任给找来了。

老主任问明情况后，对邝大牛说，老范头的菜地是村里留用的机动土地，属于未承包的集体财产。这地里不管有什么东西，都属于村集体，任何个人都没权占为己有。

邝大牛对老主任说："既然是这样，你不如当作啥都没看见，回头我给老范头打酒喝，把他的嘴堵上。等我挖出琥珀木卖了，给你分一份儿。"

"快拉倒吧！我可不想犯错误。"老主任说完，打电话让人开来村里的钩机，不一会儿便挖出一根又粗又长的琥珀木。

老主任找来经营琥珀木的商家，商家说，如今的琥珀木市场早已饱和，这根琥珀木最多也就值两千块。老主任没想到，这么大的一根琥珀木只值这么点钱，心想：还不如劈成松明子，分给村民引火用呢！他就把商家给打发走了。

这天晚上，老主任无意中看到一篇有关琥珀木棺材的新闻，受到了启发，他心想：自己年轻时因为孩子多、负担重，老范头当时没少帮衬他家。做人不能忘恩，不如自己把琥珀木买下来，给老范头做口千年不烂的棺材，也算报答他了。

打定主意，第二天，老主任就召开了村民大会，说他愿意出和商家一样的价钱，买下琥珀木，给自己做寿棺用。

本来老主任以为这不过是小事一桩，凭他在村民中的威望，相信大家都不会有意见。谁知他的话音刚落，邝大牛却说他也想买。老主任说："既然这样，按老规矩，那咱俩就竞价吧！谁出的价格高，琥珀木就归谁。"

没想到邝大牛把脖子一梗，说："凭什么和你竞价？我若不说要买，两千块钱的琥珀木是不是就归你了？你当主任的能花两千块买，我

平头老百姓为什么不能？琥珀木还是我发现的呢，同等价钱，我应该有优先权才对。"

不得不说，邝大牛的话是有道理的。就在老主任打算让给他的时候，坐在角落里的老范头突然站起身说："要按你邝大牛的说法，琥珀木还是在我种的菜地里挖出来的呢，同样的价钱，我是不是应该更有优先权？这琥珀木我买了！"

邝大牛做梦都没想到，老范头竟敢和他争抢，恼羞成怒地指着老范头就骂："你个老不死的，除了自己能种点菜吃，其他啥花销不靠政府？你拿政府给的钱和我买琥珀木，你不害臊呀！"老范头被揭到了短处，真就不好意思再争了，垂着头，起身离开了会场。

望着老范头步履蹒跚的背影，老主任强压怒火，对邝大牛说："实话实说吧，我之所以要买琥珀木，就是想给老范头做寿材，今天这琥珀木我买定了！"

邝大牛有些诧异，他知道老主任不会说谎，但还是心有不甘地问道："你身为村主任，也不能在没得到全体村民同意的情况下，买下属于大家的东西吧？还讲不讲公平公正了？"

老主任气愤地说："难道把

30

白木劈成松明子，分给大家引火才算公平？"

邝大牛说："我可没说啊。不过，咱有个公平的办法，既然你我都想要琥珀木做棺材，那不如这样，咱们把选择权交给老天爷，村里谁先死，就把琥珀木给谁做棺材！"

家里没有年迈老人的村民听了，都不同意邝大牛的说法。邝大牛便对反对的人说："老话讲，黄泉路上无老少，谁敢保证意外和明天哪个先来？谁又敢保证，岁数大的一定会死在岁数小的前面？"此话一出，反对的人都沉默了。

见没了反对声音，老主任也觉得这办法不错，于是当即宣布，就按邝大牛说的办。见目的达到了，邝大牛美滋滋地回了家。

原来，别看邝大牛挺混蛋的，却是一个不折不扣的孝子，他之所以撕破脸皮和老主任争抢琥珀木，是因为想给父亲老邝头做寿材。老邝头是个老病秧子，虽然才六十岁，可病得连上厕所都得拄拐棍儿了。邝大牛把村里的老人在脑子里都过了一遍，感觉就数他老爹身体最差，基本上一条腿已经迈进阎王殿门槛了，所以他才想出那么个主意。

然而，让邝大牛做梦都没想到

的是，这件事过去没多久，老邝头不知从哪里淘到了一个偏方，吃了几副药后，身体竟一点点好了起来。没多久，他竟把拄了多年的拐棍儿都扔了。望着父亲走路越来越轻巧的样子，邝大牛既高兴又懊恼地仰天长叹："真是人算不如天算，那千年不烂的琥珀木棺材，本不该属于我爹呀！"

没想到这话却被老邝头听到了，以为是儿子嫌他老不死，气得抄起下岗的拐棍儿就打。邝大牛吓得双手抱头，一边跑一边解释，说自己不是那个意思。老邝头追到老

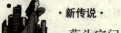

范头家门口，实在累得跑不动了，一屁股坐在地上，冲着儿子的背影骂道："你个小兔崽子，竟然为一口棺材希望我早点死！等我买瓶农药喝了，满足你的心愿！"

就在人们对此议论纷纷时，老范头竟然在房梁上上吊——幸亏被来看望他的老主任及时发现，救了下来。老主任担心老范头再想不开，一有空闲就来开导他，也终于知道了老范头是听到老邝头的那番话才寻死的。老范头说，他很感激老主任的照顾，但自己已经八十岁了，是土埋脖颈儿的人，早死晚死都是死，不如抢在老邝头前面死了，让邝大牛的想法落空！另外，他也是打心眼里想死后能睡一口千年不烂的寿材。

老主任听后，对老范头说："虽然我不敢肯定村里会不会有人和你有同样的想法，但你的做法确实提醒了我！为了避免类似的事情，我决定不把琥珀木做成棺材，而是做成几十个小骨灰盒。范大哥，你愿不愿意和我一起带头，向人们表明，死后把骨灰放骨灰盒里安葬？"

老范头没儿没女，连老主任子孙满堂的人都能想通的事儿，他自然更不会介意。二人的意见很快达成一致。就在这时，房门突然被推开，老邝头拉着邝大牛走了进来。

原来，老邝头得病以后，因长年卧病在床，根本不知道邝大牛在外边的所作所为。今天他在村里康复达时，听说了邝大牛在会上辱骂老范头的事儿，便拉着儿子来给老范头道歉，碰巧在门外听到了屋里的对话。

老邝头进屋后说："现在日子好了，谁不想多活几年？为了避免有人为了琥珀木棺材再抢着死，我举双手赞成两位哥哥的做法，这带头的事儿，也算上我一个！"

看到三位老人突然转变了什么思想，邝大牛插话道："要不是我挖到了琥珀木，发生了后面的事，你们这些老脑筋，根本不可能一下子就转过弯儿来！这都是我的功劳呀！"

老邝头听后，朝邝大牛屁股就是一脚，骂道："小兔崽子！忘了我拽你来干啥了是吧？还不赶紧给范大爷跪下道歉！以后再敢对老人不敬，看我不打断你的腿！"

邝大牛可不敢惹病刚好的老父亲生气，听话地"扑通"一声跪下来……

（发稿编辑：田　芳）

（题图、插图：豆　薇）

钓鱼

□孙国彦

张勇最近投资了一个钓鱼场，经营有偿钓鱼。钓鱼场占地三亩，有一百多个钓位，收费标准是每人每天八十元。广告打出去，很快就吸引了众多垂钓者，张勇几乎天都能收入一两千元。

过了小半年，张勇却失望地发现，除去人工和管理费，钓鱼场赚不了多少钱，根本不像人家说的那样挣钱。想想也不奇怪，除了那些新手，大部分垂钓者每天都能钓上七八斤鱼。照这样下去，至少得三年才能收回成本。但要是涨价，张勇又担心会失去客户，八十元这个价格，在附近已经算高的

人家的鱼咋就那么争气呢？张勇百思不得其解。他决定找高手取取经，于是经人介绍，找到了邻县的同行老高。老高已经经营钓鱼场多年，生意做得风生水起。

张勇上顿请下顿请，缠磨了两天，终于让老高开了口。老高神秘兮兮地告诉他，要想让鱼儿不咬钩，办法很简单，隔一段时间往鱼塘里撒些尿素就是了。

张勇瞪大了眼睛："真新鲜哎，我只见过在地里施用尿素的，哪有往鱼塘里撒的？管用吗？"

老高接过张勇敬的烟，打了个酒嗝，咧嘴笑了："这你就不懂了。"他详细地解释起来：尿素撒进鱼塘，

能使塘水变肥，催生水中的水草和浮游生物繁殖，为鱼提供更多的食物。关键是，尿素溶进水中，能极大降低鱼的嗅觉灵敏度，并且具有疏散鱼群的作用，让垂钓者打的饵窝失去作用，垂钓成功率大大降低。

张勇恍然大悟，怪不得人家开鱼场赚钱，他只赚了个吃喝呢，敢情这里面有这么大的学问。往鱼塘里撒尿素，这是一举两得呀！

但很快，他又开始担心另一个问题：钓不到鱼，人家谁还愿意来呀？

老高说："所以才要隔一段时间撒一次呀！我这么跟你说吧，要想赚大钱赚快钱，太老实肯定是不行的。你看看身边那些有钱人，有几个不是走小道发的家？"

张勇取到真经，心里别提多兴奋了。当晚回到家，他就按老高教的法子，偷偷往鱼塘里撒了些尿素。果不其然，第二天，被钓走的鱼就比以往少了七八成，近一半人落了个空手而归，把张勇乐得夜里做梦都差点笑醒。

一个月下来，他粗略算了算，比以往足足多赚了八千多。

这天一大早，村主任突然找到张勇，说要包一天他的鱼塘，让他别接待其他人。

张勇奇怪地问村主任，包他的鱼塘干啥。

村主任给他交底说："有个大老板要来咱们乡里选地方投资，正在做调研，今天下午就来咱们村，我打听到一个重要消息，大老板爱钓鱼。你这儿有现成的鱼塘，不正好派上用场吗？"

张勇一听却顿时傻眼了，心叫苦不迭。昨晚他刚刚往鱼塘撒尿素，并且这次用量还挺大，大老板真要来钓鱼的话，弄不好会落白板，这样岂不是把村里乡里都得罪了？但这不太地道的秘密也没法对村主任说呀，张勇发愁地挠头，一脸为难地说："行是行，就是我这塘里鱼不多啊，扫大老板兴多不好！"

村主任不满地瞥了他一眼："睁着眼睛说瞎话！你昨天不是刚补过鱼吗？我亲眼看到的！"

张勇急起来就忘了这茬儿，一时无言以对。村主任满脸不悦地说："我这不是求你，是给你机会，你提前准备一下茶水，大老板吃过午饭就过来。只要让他玩得高兴，啥事都好说。"

村主任一走，张勇顿时像热锅上的蚂蚁一样，不停地转起圈可怎么办？差事搞砸了，他非被□家穿小鞋不可。

也是急中生智，张勇忽然想起□高来，这人既然有办法让鱼不吃□也一定有办法补救。于是他急□了电话请教老高，详细说了原委。

听张勇一讲，老高也一筹莫展□间这么紧，没有啥好办法。要□水质，最快最彻底的办法就是□水，可这来不及呀！"

"谁说不是啊！"张勇急得直□他恳求老高，无论如何再想□其他办法，帮他渡过这一关。

老高想了想说："据说有种东□叫调饵水……这样，你用试纸测□测水的酸碱度，去市场上买些合□的调饵水来中和中和。这个法子□是听人说的，没有用过。另外□给大老板准备些大浓大腥的饵□应该会好一些。"

张勇仿佛看到了一线希望，急□人测水，紧接着火速去市场找□水；他自己则急忙打开手机搜□起来，看看能不能在网上找到其□补救办法。

网上这方面的信息还挺多，说□都有。有的说往鱼塘里撒猪□粪；有的说添加一种新型的尿□解剂；还有的说往鱼塘里倒□敌敌畏……张勇筛选了半天，只有一条还算可行——撒施适量的盐酸，中和水中的尿素。

过了一个多小时，派出去的人回电话了，说市场都找遍了，没人听说有什么调饵水。张勇没辙，决定用最后一招，往鱼塘里撒施盐酸。

张勇划着小筏子，忙活了好半天，终于均匀地撒施完了。他喘着气坐下来，心想，死马当活马医，也只能这样了，能不能让大老板钓到鱼，听天由命吧。

临近中午，村主任忽然打来电话，说大老板不来了，吃过饭直接去下一个村子。

张勇一下子松了口气，轻轻地拍抚着胸口。他好奇地问村主任："说好的来钓鱼，咋又不来了呢？"

村主任没好气地说："你问我，我问谁去！"说完，他"啪嗒"一声就把电话挂了。

张勇大概明白了，村主任估计是热脸贴了个冷屁股吧，这都叫什么事啊！他叹口气，下意识地看向鱼塘，突然发现，平静的水面上，几条半尺来长的鱼不知什么时候已经翻着肚皮漂了起来，白白的鱼肚在阳光下泛着白光……

（发稿编辑：赵媛佳）

（题图：陆小弟）

皇帝的诺言

□ 叶凌云

赵大和赵二是兄弟俩，赵大勇武威猛，赵二足智多谋。时逢乱世，各地群雄揭竿而起，称王称霸。两兄弟也不甘示弱，竖起大旗，招兵买马。经过多年征战，兄弟俩扫平群雄，一家独大，自然要称帝。赵大年纪大，威望高，自然当了皇帝；赵二被封了"一字并肩王"，一人之下，万人之上。

赵大纳了很多妃子，却只生了一个儿子赵方。赵大时常感叹，大概是自己杀戮太多、阴气过重的原因，却也无可奈何。但有总比没有强，赵二连一个子女都没有。正因为赵二没孩子，兄弟俩很和睦，赵方也一天天地长大了。

可天有不测风云，赵大忽然得了重病，他知道自己命不久矣，把赵二和自己的心腹大臣们叫进屋里，说："朕自知天命难违，[数]将至。如今皇子年幼，当皇帝[必]然导致国家混乱，引来外敌入[侵]。为此，朕决定将皇位传给朕的二[弟]。二弟无子嗣，将来驾崩时，再将[皇]位传给我儿即可。今日诸位爱卿[在]此，二弟可发毒誓后继位！"

群臣都虎视眈眈地看着赵[二]，赵二毫不犹豫地刺破手指，滴[血盟]誓："皇天在上，今日赵二发下毒[誓]，蒙大哥传位于我，他日身死，[定将]皇位还给侄子赵方。如有违[誓，天]打雷劈，断子绝孙，永不超生！"

赵大松了口气，命大臣将[玉玺]取出，将两人约定写下来盖印，

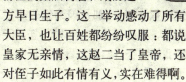

天下。赵大驾崩后，赵二顺利继
了皇位，他遵守承诺，仍旧让侄
在皇宫里当太子。

不过，奇怪的是，赵二当上皇
后，就像被解除了封印一样，他
孩子一个接一个地出生，有男有

大臣们心中都犯起了嘀咕，这
二原本没有子嗣，先帝才把皇
传给他的；可现在赵二自己有儿
了，他还能舍得把皇位传给侄子

说实话，赵二当皇帝以来，勤
能干，足智多谋，对治理国家很
一套，但那些大臣们毕竟是先帝
心腹，因此一直提防着他。不过
二想要翻脸不认账，也确实有难
不光大臣们知道兄弟二人的约
就连天下百姓都知道。如果他
败背信弃义，不但大臣们不同意，
他自己将尽失人心，到时候敌国
会趁机出兵。

而赵方自然也是提心吊胆的，
为如果皇帝叔叔翻脸不认账，第
件事肯定是想办法偷偷地干掉自
但赵二一直对赵方很好，不但
有干掉他，还替他娶了太子妃，
个侧妃。不过，赵方大概继承了
的血脉因子，甚至还不如他爹，
一个孩子也生不出来。

这样一来，不但赵方着急，连

赵二都急了。他多次带领群臣到太庙祷告，期盼赵方早日生子。这一举动感动了所有大臣，也让百姓纷纷叹服：都说皇家无亲情，这赵二当了皇帝，还对侄子如此有情有义，实在难得啊。

光阴似箭，转眼间赵二垂垂老矣，而赵方已是盛年。赵二的三个儿子，都被赵二分封到各地为王，但无兵权。这一切都是为了赵方即位做准备的。

到了弥留之际，赵二和大哥一样，召来群臣，宣布将皇位传于赵方，但对赵方提出了一个要求："若是你将来有儿子，自当传位于子；若是将来无子，当效仿我兄弟二人，从我的子孙中择一人传位，不可使皇位落于外人之手。"

这个要求合情合理，大臣们都纷纷点头赞赏，赵方微微一笑，表示同意。当下，传位仪式即刻举行，赵二将皇位传给了赵方。

仪式结束后，赵方却仍以子侄之礼，陪在病床前。他屏退内侍们，然后拉住赵二的手，轻声说道："叔父，此时木已成舟，您也要去了。不管怎么说，我还是很感激您的。您顾全大局，没有杀了我，立您自己的儿子。"

赵二呼吸沉重，声音微弱："你

怎会这样想？我当然不会那么做的。"赵方伤感地摇摇头说："那是因为您的药很有效，我没有儿子，否则，您焉能容我活到今日？又怎肯将皇位归还于我？"

赵二垂死的身子剧烈地颤抖了一下，好半天才艰难地说："你……你都知道了？"赵方点点头说："我明知饭菜里有药，又怎敢不吃？我若不吃，您自然知道我发现了，可能就容不得我了。"

赵二忽然惨笑道："侄儿，你可知我这药从何而来吗？"赵方愣了一下："侄儿不知。"赵二喘息着说："那是你父亲，我大哥的东西。你可知在你父亲驾崩之前，我为何一直没孩子吗？若是我有孩子，你父亲不但不会传位给我，说不定也不容我活着，而你那时太年幼了。"

赵方沉默许久，苦笑道："父亲和叔父的恩怨，我今日方知。不过最终父亲还是传位于您，您也归还皇位于我，在外人看来，我们赵家是天下最有信义的君主。天下百姓，必然归心于我们。"

赵二缓缓地说："这就是帝王家，有亲情，但更多的是算计。我当初比你处境稍好，毕竟有自己的王府，所以可以偷偷少吃一些药，所以可以偷偷少吃一些药，

才没彻底吃坏了身子，留下了[生]育的能力。只是你，一直待[在宫]里，在我眼皮子底下，这些年[一直]吃下来，早已没有生育能力了。[你]是我赵家人，自当有赵家人的[骨]魄，别怨叔父。好好当皇帝，[将]传位给赵家子孙，不可让外人[占]便宜。"

赵方微笑道："叔父多虑[了，]其实侄儿早已有了儿子。在您[给侄]儿娶妻纳妃之后，一个忠于先[帝的]内侍，冒险偷偷帮我换了几日药，[那]老天可怜我，那几日我宫里的[一个]宫女就怀孕了。那内侍偷偷把[她]藏在了冷宫里，后来她生下了[一个]儿子，如今已经十多岁了。待[您]驾崩后，我就会去认我的儿子。"

赵二愣了许久，才惨笑道：["不]愧是我赵家人，心思缜密。你[以为]我会盯着你的妃子们，所以故[意找]了个不起眼的宫女，逃过了我的[视]线，厉害，厉害！罢了，看在[咱们]叔侄一场的分上，请你善待我[的妃]子们，让他们善终吧。"

第二日，赵二驾崩，赵[方登]基，他的儿子也从冷宫被接到[了皇]宫中。群臣虽然诧异，但各种[证据]确凿，他们不得不信，纷纷暗[自感]叹。赵方确实吃多了药，伤了身子，[登基]之后再也没有生过孩子。

转眼又是多年过去，赵方也命在旦夕，但他比父亲和叔父都幸福得多，因为他不需要把皇位传给别人了，他有儿子！在群臣的主持下，按照规矩，赵方传位给了太子，打算趁活着的时候看着太子登基，含笑九泉。

深夜，新皇帝屏退了众人，坐在父亲身边，拉着父亲的手，泪如雨下。赵方气若游丝："傻孩子，人有一死。你是皇帝了，哭什么？"新皇帝哽咽道："我有一事，若不与父亲知道，恐怕终生难安。"

赵方诧异地问儿子："何事至此？"

新皇帝说："父亲，您有没有过，先皇赵二足智多谋，您当时过是个弱冠少年，何以能在宫中子骗过先皇呢？"赵方心里猛然一跳，喃喃道："这……那内侍忠你的爷爷，也就是我的父皇啊！且冷宫少有人去，那宫女不为人意……"他已经想到了什么，气连连咳嗽。

新皇帝哭道："昨夜母亲已经一切都告知孩儿了，那个内侍是皇赵二的心腹，母亲也是他安排来的宫女，其实在她入宫时就已有孕了，孩子是先皇的。我虽叫父亲多年，事实上您是我的堂兄

啊。"

赵方顿时明白了一切。赵二希望自己的儿子当皇帝，但又忌惮发过毒誓，担心公然违誓会引起国家动荡，外敌入侵，所以他将怀了自己孩子的宫女安排进赵方的宫里，并通过心腹内侍，让赵方以为宫女肚子里的孩子是自己的。如此一来，赵二既没有违背誓言，又让皇位回到了自己儿子的手里，真不愧是足智多谋啊！

赵方觉得心灰意冷。他看着坐在身边的"堂弟"哭得稀里哗啦的，又一口一个"父亲"，他忽然间释然了。

赵方拍拍新皇帝的手，用尽最后的力气说道："别哭了，你是我赵家人，也已经是皇帝了。你要学会这一切手段，才能保住你的皇位，保住你将来孩子的皇位。这件事，你就烂在心里吧，永远也不要告诉别人……"

（发稿编辑：朱　虹）

（题图：谢　颖）

2023年9月（上）动感地带答案

神探夏洛克：锁门用的是食指第二节和拇指，最多出现拇指指纹，而没有食指指纹。

疯狂QA：罗马数字没有0。

秀才代笔

□ 鹰翔狼啸

清末民初，石门县有户姓崔的人家，家境贫寒。当家的崔老大为养家糊口，跟几个同乡去山西做苦力挖煤。干挖煤这活儿，少则五六年、多则数十年，中途不能回家探亲，就算书信来往也要半年才有一次。

挖煤队负责送书信的人叫朱三儿，这天，他回到石门县，将工友们的钱物、书信一一送到他们家里。崔老大的媳妇幺妹见丈夫寄回来的钱物颇多，满心欢喜，至于书信，可怜她一字不识，只能干瞪着眼。

幸好离崔家两条街有个茶坊，老板姓安，是个落第秀才，为人耿直，除了卖茶，还帮人代写书信赚点小钱。于是幺妹拿起书信去了茶坊，让安秀才将信念给她听。

安秀才看完信，面色有点迟疑，幺妹担心地问："是不是俺当家的出了啥事？"

安秀才笑着说："没事的，嫂莫要担心。"随即他念了一遍信，大意是崔老大在那边一切安好，寄回家中的钱财尽管贴补家用，要幺妹精心照顾老母起居，切勿怠慢。

读完信，安秀才问如何回信，幺妹说只要报个平安就行。安秀才眉头一皱，说："听说你家婆母病情又加重了，只怕会有不测，后事最好说一下。"原来，崔母有痰重症，开春后越发严重，平时街上常见幺妹寻医问药的身影。

幺妹连连摇头："婆母这

俺来照料，当家的身在外地，就
有心也是无力，何必让他再担这
心？"

安秀才点点头，很快写下回信，
把信封用蜡封好。幺妹付过润笔
待要拿信，安秀才却欲言又止
看着她，随即叹了口气，把信递
幺妹。

再说朱三儿，跟家人团聚了两
便去几个工友家里收了回信，
马加鞭，绝尘而去。

转眼过去大半年，这天朱三儿
回到石门县，来到崔家，却见幺
一身缟素。原来崔母的病症日渐
重，药石无效，已经辞世。

幺妹哽咽着说："大哥，俺当
的对婆婆最是孝敬不过，别的事
不敢惊动他，要是这桩事瞒着他，
怕他日后会休了俺。俺已经求安
才写好家书，在他那里寄放着，
大哥务必妥善送到。"说罢，她
深施了一礼。

朱三儿赶紧还礼，表示一定会
把书信送到崔老大手里。

两天后，朱三儿去了茶馆，见
安秀才，取了崔家的书信便打马
去。谁知只过了半天，朱三儿又
了回来，向安秀才一摊手："真
不起，我把崔家的书信弄丢了。"

安秀才错愕道："怎么会丢
了？"

据朱三儿所说，在
官道岔路口，他的马匹受到惊吓，
连人带马摔倒在地。等到他起身，
却发现装书信的背包磨坏了，书信
撒了一地，等他把书信捡回来看，
却唯独少了崔家那封。

安秀才"哦"了一声，问："能
不能让我看一下你的背包？"

朱三儿从马背上解下背包，递
给安秀才。安秀才不动声色地察看
了一下，低头沉吟不语。朱三儿搓
了搓手，有些窘迫："看来这是天意，
老天爷也不想让崔老大跑这一趟。"

"这话怎么说？"

朱三儿说："崔老大是个孝子，
知道老娘没了，就算是隔千山万水
也会回来奔丧。但崔母已经入土为
安，他最多是在坟前上三炷清香，
这一路奔波劳苦不说，花费也甚是
巨大。生者辛劳，死者无益，说不
定是崔母在天之灵，不想让儿子奔
波一场。"

"我看这是老兄你的意愿，"安
秀才指着背包上的破洞道，"这破
洞边缘甚是齐整，不像是在地上磨
破的，倒像是有人自己割的。"

朱三儿的脸红了，半晌才嗫
嚅道："我也是一片好心，有些事，
知道了反而不好……"

安秀才呵呵一笑："你恐怕不只是想替崔老大省下一番奔波，这里面还别有隐情吧？上次你捎给崔家的信，我一眼就看出有问题。崔老大是上过几日学堂的，一直亲笔写家书，可那封信上的字迹却明显出自他人之手。不过我也知道，你和崔老大情深义重，不可能做出害他的事，所以当时什么也没说。"

"不愧是读书人，眼睛厉害着呢！这里面确实有难以告人的苦衷，还求秀才你能通融成全。"

原来，崔老大在山西出了大事。起因是挖煤队里有两个人在煤井下

受了伤，耽误了时间，煤矿主以□为借口，克扣了所有人的工钱。□家气不过，跟煤矿主争执起来，□矿主竟命手下人下毒手，在混乱□崔老大被打断双腿，成了废人。

乍逢剧变，崔老大根本无法□受这事实，大家轮流对他好言相□好不容易才打消了他寻死的念□可大家还有另外的疑虑：万一崔□大的媳妇幺妹知道丈夫出事了，□能安心守着婆母过日子，好好照□她吗？于是，大家瞒着崔老大仿□了那封报平安的家书，还凑份子□给崔家寄了些钱物，就是为了□幺妹生疑。

安秀才问："依崔老□的伤势，要多久才能恢复□

朱三儿摇摇头说：□说。大夫说如果顺利的□或许三五年便能行走，但□有可能一辈子都站不起□家里的老母妻子是崔老大□后的念想，要是出了什么□他真活不成了。求你帮□守这个秘密吧！"

"可是……你走吧，□知道该怎么做。"

不一会儿，安秀才来□崔家，幺妹正在院子里喂□见了他便问道："安先生□

"大嫂，你有没有想过，万一
大哥回不了这个家，你该怎么
"

"嘻嘻，就凭他？他想做陈世
怕也是有那个贼心，没那贼本
"

安秀才有些于心不忍，但是君
不可妄言欺人，于是，他把崔老
的事情原原本本说了。他本以为
会伤心大哭或者质问一番，哪
她出奇地平静，就像听别人的故
一样，听完又默默地去喂鸡了。

没过几天，安秀才听说崔家出
事，大家都说幺妹席卷了婆家的
产，逃之夭夭。安秀才跑去一看，
家已是人去楼空，连院里的鸡都
只不剩。

安秀才向邻居打听后才知道，
她报信后，幺妹便开始贱卖家当。
大哥只以为她无钱度日，还帮衬着
买一些东西，谁料这妇人如此狠，
把婆家卖空后就此消失了。

安秀才心里很不是滋味，他没
昧着良心去隐瞒什么，最终却是
这个结果。哎，真是知人知面不
知心啊！

就在同一天，石门县出了件大
事，一个外地飞贼在本县落网了！
此时，飞贼一身血衣，满脸不甘：

"想不到我竟然栽在一个
妇人手里，遇到这么舍命
不舍钱的人，算我倒霉！"

原来，早在天色蒙蒙亮时，飞
贼潜入石门县，在东郊迎面遇上了
一个匆匆赶路的妇人。飞贼见妇人
紧抱着一个包袱，料定里面必有盘
缠，遂上前抢夺。哪想妇人死命不
放，飞贼一怒之下动了刀子，鲜血
溅了他一身，妇人仍然不肯放手，
还大声呼叫起来。飞贼只好放弃，
但还是有百姓听到了妇人的喊声，
赶出来将来不及换下血衣的飞贼抓
了个正着。

很快，大家在东郊找到了那个
妇人，正是幺妹。她已经陷入昏迷，
仍死死地抱着包袱，嘴里不停重复：
"这是给俺男人治腿的钱，杀了俺
也不能给你……"

幺妹最终没有挺过去，含恨离
世。乡亲们敬重她的气节，纷纷解
囊，操办了她的后事。

安秀才也出了一份帛金，另外，
他以幺妹的口吻，精心写了一封家
书。如今他唯一能做的，就是去一
趟山西，亲手将这封家书送到崔老
大手里，让他知道，老母跟妻子一
直在盼着他回家团聚……

（发稿编辑：赵嫒佳）

（题图、插图：谢 颖）

■■传闻轶事■

善恶分明

□吴宏庆

这天早上，梁县捕头孙渠来到汇升酒楼吃早餐，老规矩，还是六个包子加一碗粥。

正吃着，孙渠听到旁边有人说，昨晚南街富商程天赐赴宴归来，醉卧街头，好在打更的李歪嘴发现了他，这才给背回了家。大伙听了都哈哈大笑，因为众人皆知，这程天赐虽家财万贯，但极为惧内，夫人平时不让他喝酒，所以每逢酒局他必醉。

吃完早饭，孙渠用油纸包了剩下的两个包子，提在手里出了门。不多时，他来到了南街的一棵大树下，有一对七八岁模样的兄妹正在玩耍。两个孩子见了他，满脸喜悦地向他奔来。孙渠递过包子，他们

狼吞虎咽地吃了起来。

这两个孩子是孤儿。三年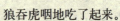孙渠初任捕快，城中发生了一起案，一个姓韩的男子给人打短雇主威逼男子将一对儿女卖给奴，男子冲动之下用锄头砸死方。孙渠上门抓人，男子没有反但他的一对儿女却拼死保护他实让孙渠费了一番周折。

男子最终被判了斩刑。孙同情他，不仅请狱卒不要难为还亲自带了两个孩子来见他最面。男子临刑前，请求孙渠对孩子多加照顾。孙渠虽没答应

44

每天都会带两个包子给他们。

孙渠摸了摸两兄妹的脑袋，正说话，不远处急匆匆奔来一人，捕房的伙计，喘着粗气说："孙头，快，快去程天赐家，他死了！"

"啊，死了？"孙渠也吃了一惊，娄里那人没说他死了啊。

程天赐的宅子很大很气派，不现在满是悲切，程天赐的夫人王和两个小妾围着知县何大人哭得花带雨。何大人一脸难堪，见孙来了，忙上前吩咐说："孙捕头，者是远近闻名的善人，你们务必查出真相。"孙渠行了个礼，随去看了尸体。

程天赐躺在卧室的床上，仵作在验尸。孙渠见尸体面色青白，身不见血污，不像是刀剑所伤，过，仵作在分开他后脑的头发时，见一处挫伤，伤口肿胀成鸽子蛋小的包。孙渠猜测很可能是程天酒醉之后，向后仰倒，磕着了后勺，当时没事，但回家后内伤发而亡。仵作验过伤后，也倾向于个判断。

随后，孙渠去了李歪嘴家。李嘴住在南街的棚户区，他儿时患疾病，不仅嘴歪，而且走路趔趄。过他心善，做事也认真，街坊便他做了更夫，保护乡里的同时，

好歹也能挣几个钱。

李歪嘴正在睡觉，被吵醒后一看这么多捕快围着自己，吃了一惊，忙问："各位大人，这是……"

孙渠说："没什么，就是找你问问话。昨天夜里，你遇到了什么事？"

李歪嘴说，昨夜丑时三刻，他敲更来到南街，见一个人一动不动地趴在路上，一走近，便闻到了一股浓烈的酒味。他见是南街富户程天赐，便将他背起来，送回了家中。

孙渠眉头一皱，问："你确定当时他是趴在地上的？"李歪嘴点点头。

既然是趴在地上的，怎么会摔到后脑勺？不过，也有可能是摔了之后，因为疼痛翻了身。孙渠又问："你背着他时，他有什么动静？"

李歪嘴想了想说："有呀，呼哧呼哧地喘气，不时还打一个酒嗝，哎呀，把我给熏的。"也就是说，程天赐当时还是活着的，是在回家后发生了意外。这证实了孙渠的判断。

回到衙门，孙渠正要将调查结果告知知县何大人，刚好，何大人派人来吩咐他去办一件事。原来，程天赐的两个小妾来衙门了，嚷着

要替先夫喊冤，都说程天赐是死于夫人王氏之手。

众所周知，程天赐惧内，王氏动不动就对程天赐动拳脚。昨夜，程天赐被李歪嘴背回来，灌了醒酒汤后，就醒了过来。他一醒，王氏便责骂了他，还当着下人的面，狠狠地推了他一下。程天赐一下子被推得向后跌倒，后脑勺磕在地上，发出了沉闷的声响。等下人将他扶起，他脸色都变得煞白了。

孙渠心中一动，如此一来，程天赐后脑的伤就有出处了。他立即带人去了程天赐家。

王氏并不隐瞒，说自己确实把程天赐推倒了，下人们扶起程天赐后就送他回屋了。不久，她回屋后，就睡在了他边上，天一亮，却发现他已经死了。听说丈夫的死竟跟自己有关，王氏一下子跌倒在地，半晌才喃喃地说："我欺负了你二十多年了，也好，我下去陪你吧，到时换你来欺负我。"

孙渠将王氏带到衙门，向何大人禀报了调查结果。本案清晰明了，证据确凿，凶手也认了罪，很快何大人便判王氏秋后问斩。

案子解决后，孙渠轻松起来。这天一早，他又到汇升酒楼吃早餐，吃完照例带着两个包子来到南街。

两个孩子见了他，大老远就奔了过来，不过，他们拿了包子后，竟都没吃，而是小心翼翼地收了起来。

孙渠好奇地问："你们怎么不吃？包子凉了就不好吃了。"

男孩羞涩地说："我们早上吃过了，留着晚上吃，晚上时间长，饿得睡不着。"

孙渠叹了口气，拿出一些铜钱递了过去。两个孩子又惊又喜，却不敢接，孙渠将钱塞到男孩手里转身要走，那男孩却突然说："我知道程天赐是怎么死的。"孙渠一愣，忙问究竟。

那天半夜，兄妹二人饿得睡不着，出门找吃的，正好见到更夫歪嘴背着程天赐走。走着走着，歪嘴腿脚一软，程天赐从他背上摔下来，后脑正好磕在一家店铺的阶上。不过，李歪嘴好像没注意到，继续将他背了起来。

孙渠愣了半晌，赶紧让他们自己去现场。程天赐摔倒之处在南街的一家布店前，门口有两级台阶，在两个孩子的指点下，孙渠在台阶的棱角处找到了两根头发，黑中带白，应该就是程天赐留下的。一时间，他陷入了沉思。

本案已经判下，如果再向何大人禀报真相，何大人必会暴怒，

办事不力、草菅人命的帽子扣在
头上，到时，前程受损是小事，
怕还要被收押看监。可如果不报
？知道真相的只有这两个孩子，
怕日后也没人会相信他们的话。

正犹豫时，妹妹突然说："我
诉你一个秘密。"说着，她踮起
尖。孙渠一愣，弯腰把耳朵凑过
，女孩轻声说道："我爹说，你
个好人，让我们长大后也做像你
样的好人。"男孩也说："你抓了
爹，我们本来很恨你的，但现在
恨了，因为你是好人。"

二人说完，都有些害羞，扭头
了。看着两个孩子的背影，孙渠
感交集，做了捕快后，好事他干
，坏事也没少干，哪知道今天竟
两个天真无邪的孩子认定是好人
。他呆立半天，终于一咬牙，
到了衙门。

何大人听后，果然大为恼怒：
案子都判了，你再说抓错人了，
让衙门的威信何在？"好在何大
虽然气恼，还是命令孙渠再去查。

孙渠再次找到李歪嘴，上下打
了他一眼，不由得苦笑，李歪嘴
身精瘦，腰杆佝偻，而程天赐又
又壮，当初，这么简单的疑点自
怎么没想到？他问李歪嘴："你
背程天赐肯定很吃力吧？"

李歪嘴说："可不，太
费劲了！走几步就得休息
一下，半道上还把他给摔了一跤。"

"哦，是在哪里摔的？"

"南街的一家布店前。"

孙渠让他带自己过去，果然是
两个孩子指点的那家铺子。孙渠叫
来一名与程天赐体型相当的捕快，
由李歪嘴背着演示当时的状况。只
见李歪嘴背着捕快走着走着，腿一
软，手一松，捕快顿时向后摔倒，
虽然有所准备，但后脑还是差一点
磕在了台阶。一切都对上了。

李歪嘴得知程天赐的死是自己
无意为之，悔得连扇自己的耳光，
说自己愿意承担罪责。何大人有些
犯难，该定李歪嘴什么罪呢？定轻
了，毕竟人命关天；定重了，那日
后谁还敢行善事？

正为难时，王氏主动替李歪嘴
求情，说他虽害了丈夫的命，但毕
竟一片好心，功过应当相抵，如此，
日后才有人敢出来行善。何大人大
喜，表彰她通情达理，判李歪嘴功
过相抵，不追究其责任。围观的百
姓无不拍手叫好。

不久，孙渠正式收养了那两个
孩子。

（发稿编辑：朱　虹）

（题图：刘为民）

不被看见的需要

小张曾是个打工仔，后来辞职做起了自媒体。可在短视频的汪洋大海中，她的账号也只是沧海一粟。

刚过完年，小张准备坐高铁返程，忽然想到，曾有网友说不会坐飞机，希望有人教教自己。她转念一想，也可以教一教网友如何坐高铁。

她拿出手机，面对镜头仔细地讲解着坐高铁的每一个步骤。出乎意料，视频发布后，许多网友留言表示："没有坐过高铁，真的很有用。"更让她惊讶的是，原本粉丝量不足18万的账号"打工仔小张"，不到两周粉丝量便突破百万，迅速"破圈"。

很多人难以置信，如此普通、日常的内容，怎么就火了呢？就连小张自己起初也犹疑："感觉好像没什么人会看这个，但是万一呢，万一有人需要呢？"

事实给出了答案。此外，还有很多人想知道"如何办理酒店入住""如何叫网约车""如何扫码点餐""如何办银行卡""如何办护照"等等。

因年龄、地域、受教育程度不同，很多看似常识性的事情，偏偏有人不知道。一个人习以为常的每件小事都可能是另一个人的生活盲区。

看见了不被看见的需要，就是"工仔小张"成功的契机。

（作者：莫小米；推荐者：杉　杉）

一碗羊肉羹

史书《左传》载有因一碗羊肉导致一场战争失败的故事。

公元前607年，郑国出兵攻□国。战争开始之前，为了鼓舞士□宋国主帅华元命令厨房宰羊犒赏□军。忙乱中，不知什么原因，所有□士都分到了一碗羊肉羹，唯独华元□车夫羊斟没有分到。看着人家都□受热气腾腾的美味，羊斟一言不□坐在角落里生闷气。

吃喝完毕，华元威风凛凛地登□战车，不料，他刚一上车，羊斟就□马加鞭，驾车快速向郑国的阵营奔□

狠狠地大喊："分羊肉羹你说了
你想分给谁就分给谁；驾驭战车
了算，我想去哪就去哪，可就由
你了！"华元火冒三丈，大声斥
但无济于事。

宋军将士不知所措，阵脚一下子
了。华元直接被郑军活捉，郑军
向宋军发起了进攻。战事结局不
明，宋军被打得落花流水，郑军
全胜。

因为一碗羊肉羹输掉了一场战
教训极其深刻。羊斟留下了千古
，但这个故事也提醒世人：一个
，不能忽视任何一个人及任何一
节，否则会满盘皆输。

：赵盛基；推荐者：小　卓）

裁缝的规矩

缝每次缝衣，必穿戴整齐。先
净手，将布料仔细裁剪，再正
坐，眼睛微闭，默默无语，然
针走线，整套衣服一气呵成，
过程显得无比虔诚而庄重。

这天晌午，进来一个苦瓜脸的
，问道："老板，定做一套衣服，
多长时间？"裁缝说："半日就
。"男人又问："你这里有现成的
我懒得等。"

"没有。"裁缝说，"裁缝者，量
衣。"

"你那里不是挂着三套样品吗？
码给我就行。"男人往墙上一指
"我给我爹买一套，他不高不矮，
不胖不瘦，中码肯定能穿。"

"对不起，样品衣不卖。"
裁缝说，"因为即使身高体
重相同的两个人，他们的袖
长、腿长也不一样，必须定
做。"

"我爹病了，不能来店
里量衣服。"男人请求道，"老
板就破个例，把那套中码
卖给我吧。""规矩不能破。"
裁缝不容商榷，"他来不了，
你可以回去帮他量，把身高、
袖长、腿长、腰围等都写好，还有，
是否驼背，有什么爱好……这些我都
要知道！"

"真麻烦！"男人不耐烦地说。

"小伙子，我这尺子既可以量衣
服，又可以测人心啊！"裁缝拿着尺
子说，"人活一世，受过多少苦？为
人子女，这是起码的孝道，你要是不
会量，我陪你一起去。"

男人听完，低下了头，羞愧地说：
"谢谢师傅，一语惊醒梦中人，我这
就回去替我爹仔细量。"

裁缝的小店，是寿衣店。
（作者：董川北；推荐者：与　君）

（本栏插图：陆小弟）

学写作文，
从读故事开始

亨利·斯莱萨 (1927—2002)，美国小说家。本文据其同名短篇小说改编。

霍华德是一家公司的老板。这天，他正在公司上班，突然接到了警察的电话，得知自己的妻子在家中遇害了。他带上财务总监莉比一起赶了回去。莉比是霍华德太太的姐姐，也是霍华德的大学同学，两人曾谈过恋爱，却未成正果，但莉比一直在霍华德的公司工作。

两人从警察处得知，是当天请假的女佣在返回时发现了尸体，并拨打了报警电话，经过调查，警方初步锁定了犯罪嫌疑人是送货员威利。警察在威利家中将其抓获，当时威利的衣服上沾满鲜血，一见到警察就承认了自己杀人的事实。警方推断威利见色起意，死者抓起菜刀反抗，在冲突中被刀子刺中腹部后死亡。

霍华德与妻子很恩爱，他非常悲愤，希望威利偿命。警方向法庭提交了调查结果，陪审团裁定谋杀

罪名成立，法官也根据威利语无□次的糟糕表现，决定在10月3□对威利实施注射死刑。这个结果□霍华德很满意，他在日历本上的□月31日"上打了个叉，随后又□工作，一心盼望着31日快点到□

可谁知，31日还没到，变□就出现了。这天，霍华德的密友□公司律师保罗找到他，沉着脸告□他："上诉法院接纳了辩护律师□上诉，并接受精神病医师给出的□

10月31日

为能力欠缺的结论，改判威利
监禁。目前，威利已被移送到
监狱了。"

霍华德听完，咬牙切齿地说道：
"一定要杀了那个禽兽。我可以
其他囚犯杀掉他！"他不顾保
劝解，说："你当过刑事律师，
认识一些黑道上的人，务必帮
线！"

保罗无奈之下，联系到一个黑
目。霍华德请对方找机会干掉
事成后他会支付两万美元；
对方在 10 月 31 日之前干成，
德会额外奖励五千美元。安排
一切，霍华德稍微松了口气。
刚回到家，莉比就找来了。

莉比一见到霍华德，就说："我
公司账户有两笔不明支出，曾
两张支票，合计十万美元，这
授权的吗？"

霍华德摇摇头，说："不是，
案发生后，我就没管过公司的
"

莉比说："支票上是保罗的签
这两笔钱若进了他的口袋，那
是在盗用你的钱！"

次日，霍华德来到保罗的办公
他把支票存根扔到办公桌上，
保罗给出解释。

保罗问："难道你认为我盗用

你的钱？"

霍华德说："不 是
吗？你和妻子离了婚，听说她向你
索要了一大笔赡养费。"

保罗答道："你说的事确实存
在，但和这笔钱毫无关系。"他叹
息了一声，"好吧，我就把真相告
诉你……我拿走了那十万美元，但
是为了你，我用那笔钱向威利的辩
护律师买下一件证物。那个证物救
不了威利，但会让庭审拖延好久。
我知道你渴望尽早结束官司，看到
凶手受到惩罚。"

霍华德问道："那是件什么证
物？"

保罗答道："对不起，为了你好，
我暂时不能告诉你。"

保罗是霍华德的多年老友，友
情深厚，霍华德虽然没有解除心头
的疑惑，但还是决定把此事搁置一
边，先报杀妻之仇再说。

与此同时，在监狱里，黑帮头
目安排手下用暗藏的利刃捅伤了威
利，但没有戳中要害，反而让威利
在救护车上趁机逃脱了。霍华德从
电视上看到这条新闻后，震怒不已，
立刻找到黑帮头目，加钱让他即使
掘地三尺，也要找出威利的下落。

看着霍华德为了报仇走火入
魔，莉比决定告诉他一个秘密，于

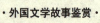

是，她约霍华德在餐厅见面。霍华德到餐厅时，莉比已经喝下半瓶红酒，略带醉意地说道："你知道吗？我本来以为能和你结成伴侣，没想到介绍妹妹给你认识后，你竟然转而追求起年轻貌美的她。不过，她并不如你想象中的那样纯洁。"霍华德问道："你这是什么意思？"

莉比继续说："我从很久以前就开始做思想斗争了，犹豫该不该把真相告诉你。我妹妹一直背着你出轨，她以前就很迷恋偷情的刺激

感，我以为她婚后会收敛一些，后来她告诉我，自己和书店里□的国会议员好上了，然后是两□生、三个乐手、四个律师……□数不胜数的男伴。"

霍华德说："难道她和□利——"

莉比打断他："没有！只□妇之夫才能给她带来满足感。"

这些话就像在霍华德的心□掷了一颗炸弹。莉比走后不久，□帮头目通知霍华德说，他们已□到了威利并将其扣下，现在只要□华德肯付一万美元，就带他去□妻仇人。霍华德自然答应，还□掏钱买下对方随身携带的手枪。

霍华德在一幢废楼里见到□奄一息的威利，发现他已经罹患□脓毒症。威利抬头看到他，问：□是怎么找到我的？你要报警吗？□

霍华德没有回答这些问题，□是用手枪对准威利，说："你□受死，我要在这儿制裁你！"

威利哀求道："我没想伤害□事情有一半是意外，一半是她□的错。要是她不想让我亲近，□该给我那份情书！"

霍华德问道："什么情书？□

威利自顾自地继续说："□在法庭上出示她写的情书，可□

那么做没半点好处！"

"我妻子写情书给你？"

"她把情书塞在我带的牛奶筐
！你去问我的律师，我对天发誓，
书在他那儿！"霍华德突然想起
罗以十万美元买下的证物，难道
是这封情书？

霍华德将威利送到医院并通知
警察，然后赶到律师事务所，威
对方交出了情书的复印件。他只
情书上写着："请早点来！大约
点！霍华德在八点半前就会离
，我俩能独享整座宅子，但光
室就足够了……我简直等不及
……"他恨恨地捏着情书，回到
院找到威利，问道："是不是这
东西？你是在牛奶筐里找到它
？"

威利说："是的，不过我之前
有完全说真话，我不想再自欺欺
了。情书是保罗先生交给我的。"

一瞬间，霍华德觉得心中的疑
都解开了，他只觉得天旋地转，
是强撑着来到办公室，对保罗说：
找到威利了，把他送去医院。
果我发现了一件有趣的事。威利
我妻子给他写过一封情书，但辩
律师没有把情书呈交法庭，反而
十万美元的价格卖给了你。"

保罗脸色大变，解释起来："我

担心你在法庭上听到情
书内容，会受不了打击。
为了你好，我不得不买下它。"

霍华德驳斥道："别再满嘴谎
话了！威利说是你把那份情书交给
他的，而莉比也告诉我，我妻子和
许多已婚男子有染，包括你。你为
了她离了婚，她却甩了你。你怀恨
在心，把她以前写给你的情书交给
威利……"这时，霍华德拔出手枪
对准保罗，吼道："你跪下！"

保罗哆哆嗦嗦绕过桌子，跪在
地上，霍华德将冷冰冰的枪口贴住
他的额头。保罗呜咽起来："我没
想到事情会这样！我气昏了头，但
只是想捉弄捉弄她！"霍华德似乎
没有听见，只是注视着桌上的日历，
说道："你知道今天是什么日子吗？
今天是 31 日——有人应该伏法的
日子。"随后他扣下扳机，"咔嗒"
一声，但并没有子弹射出来。

霍华德看着吓得屁滚尿流的保
罗，说："我见过威利后，就清空
了弹匣。我不会为了谁去杀人，不
能为了不忠诚的伴侣和好友赔上我
的余生！"说完，他把手枪放回口
袋，走了出去……

（编译者：姚人杰）

（发稿编辑：田　芳）

（题图、插图：佐　夫）

收藏家

□ 周东明

在松州城的古玩行里，翟四爷算个人物，被誉为收藏家。

这天是星期六，翟四爷照例要到城东旱河边的古玩城"寻宝"。翟四爷来古玩城，必先到松山斋看一眼。松山斋的老板绰号"八大山人"，说起这个绰号，还有一个笑话呢。那时"八大山人"刚刚入这行不久，翟四爷到松山斋来"寻宝"，在店里看见一个条幅，签押处有个鹤形图符，翟四爷当即问道："这个条幅多少钱？"

老板说："两万块钱。"

"哟，朱耷的画才两万块钱？是真的吗？"翟四爷问。

"哎哎，你这人怎么这么说话

呢，啥是假的？这是我家祖上传□来的。"

翟四爷说："您这画是朱耷□画……"翟四爷刚想说"八大山□是朱耷的名号，却遭到对方抢□"什么猪大马大的？这是八大□的画，是八个大师画的，你懂不□翟四爷讨个没趣，摇摇头走了。

这个笑话在松州城传开了，□们就把松山斋的老板称作"八大□人"。

废话不说了，说说这天的事□翟四爷刚走进松山斋，看见一个□人正在和"八大山人"讨价还价□"三千元太贵了。"

"八大山人"捧着一把紫砂□

说："这还贵？这是时大彬大师亲手做的。"

翟四爷一听"时大彬"三个字，立马把这壶看了个遍，看出这是个仿品，不过仿得很精美。翟四爷说："一个仿品还这么贵？"

"八大山人"一看，又是翟四爷，回嘴道："这是时大彬昨天才给我的，你怎么就说是仿品呢？"

翟四爷笑了，说："时大彬是明朝人，他穿越时空了？"

那个客人听了翟四爷的话，转身离开了。客人一走，"八大山人"急了，吼道："姓翟的，我没把你怎样吧？你为啥这么搅和我的生意？"

翟四爷此时也觉得有点不合适，问"八大山人"："你说咋办吧？"

"咋办？你把这把壶买了呗。"

"不就是三千元吗？行。"

"八大山人"眼珠一转，说："三千不行，三千五。"

"三千五就三千五。"翟四爷给"八大山人"三千五百元钱，拿了那把紫砂壶。翟四爷走后，"八大山人"总觉得这事儿不对劲儿，翟四爷搅和走了那个人，自己却花三千五百元钱又买了那把壶，他想，那壶肯定卖亏了。

事儿也凑巧，半年后，翟四爷

又到了松山斋，正碰上一个藏友在"放漏"说："这是宋代哥窑的玩意儿，没错，哥窑有金丝铁线，这紫口铁足。我要不是家里急着用钱，不会这个价钱出手的。"

翟四爷走到近前一看，就看出破绽来了，他说："这位朋友，您的这件瓷器，器身好像有酸腐蚀的痕迹呢。"

"八大山人"一看搭茬的人是翟四爷，突然想起那把紫砂壶的事儿了，心想，得了吧，姓翟的，你还想要那个小把戏，没门儿。他忙说："民间有宝，你不懂。"说着转

身对那个藏友说："两万元，是吧？"

"是的。"藏友说。

"好，成交。""八大山人"爽快地说道。

翟四爷一看人家两人都成交了，摇摇头走了。

一年后，"八大山人"收购的那件宋代哥窑瓷器，根本没人买，有的人看后，说不值这个钱。

"八大山人"没办法，还跑了一次北京潘家园。在潘家园，有个好心人对他说："你看看器身上'金丝'开片纹里还有高锰酸钾颗粒呢。"这时，"八大山人"才知道自己误会翟四爷了，他回到松州城，先去了翟四爷家，把去北京的事儿说个明明白白。

翟四爷听后，说："那天我那么点透你，你为啥就血迷心窍，不听我的话呢？"

"八大山人"面带羞涩地说："还不是因为我那把紫砂壶吗，那把壶您赚大钱了吧？"

"哪把壶？"翟四爷问，突然一抚额头笑了，把"八大山人"领进了书房，"是这把壶吧？"

"是。"

"这把壶不值钱，你没见我用它泡茶喝水吗？"

"那你为啥要买它呢？"

"那是因为那天搅了你的生意，心里过意不去。另外这把壶虽然是仿品，但是仿得很精美，我也很喜欢，就买下了。"

"八大山人"一听，"扑通"一声，跪在地上。

翟四爷一看，愣了，问："这是什么意思？"

"我要拜您为师。"

"拜我为师？不行不行！"

"为啥呢？"

"因为咱们不是一个道上的。别看都在文物圈里转，你眼睛里看见的是钱，我眼睛里看到的是品。"

（推荐者：鱼刺儿）
（发稿编辑：田　芳）
（题图、插图：陶　健）

　您手中有没有得意之作？本刊有二十多个原创性栏目，如新说、我的故事和中篇故事等；您遇到或听到什么有趣事可以和大家一起分享吗？3分钟典藏故事、外国文学故事鉴赏和脱口秀等都是本刊推荐性栏目。热忱欢迎来稿，可邮局寄发，也可从网上传递。邮寄地址：上海市闵行区号景路159号A座308室，邮编：201101；如发电子邮件，可发本期责任编辑信箱wangqi_8656@126.com。

网上套路多

□ 滕建军

小燕没事的时候喜欢刷短视频。这天，她刷到一个同城商家视频，顿时有了兴趣。那是一家运动鞋专卖店，正在以60元的价格出售一双原价380元的鞋子。老板在视频里解释说，顾客试完鞋后，店员因为疏忽，误将两只顺向鞋装到了一起。可不知道怎么回事，那位买错鞋的顾客一直也没回来换。没办法，老板只好便宜处理剩下的两只，目的是让那位买错鞋的顾客看到，好买回去凑成两双。

孙燕看了不由得哑然失笑，可笑着笑着她忽然冒出一个念头，如果自己也买到一双顺向的鞋，那等老板便宜处理的时候，不就可以很少的钱买到两双吗？

第二天，孙燕来到了这家专卖店，在试了几双鞋以后，趁着店员开票的空当，偷偷将两只顺向的鞋放在一起买了回来。可过了很长一段时间，那家店铺也没有在网上发布便宜处理顺向鞋的消息。

孙燕等得有点着急了，就跑去店里跟店员打听："你们最近怎么不处理顺向鞋啦？"

店员愣了一下，随即说道："你是说那个短视频吧！那是为了增加店铺曝光量，我们老板特意设计的。"

她看了看孙燕，接着似笑非笑地说："可是还真有人当真了，来买鞋的时候，竟然趁我们不注意故意拿错，不过都被监控拍下来了。我们老板说了，这种情况一律不换！"

孙燕一听就蒙了，过了一会儿才试探着问："那……你们打算怎么办？"

店员嘿嘿一乐："加价再出一双顺撇，让这人凑成两双！"

（发稿编辑：田　芳）

（题图：陶　健）

阿P "钓"鱼

□ 刘振涛

阿P喜欢钓鱼，可水平不咋样。这天是周末，他带上渔具来到一处水库，这里没啥人，远处只有一个钓友。阿P过去想看看他的战果，刚到坡上就吓了一跳，只见草地上躺着一条白花花的大鱼，足有四十多斤重！

阿P两眼放光，一打听才知道，刚刚那人跟这条鱼拉锯战了两个小时，才把鱼弄上来。阿P一打量，这钓友长得像麻秆，尖嘴猴腮，能钓到这么大的鱼，有两把刷子！

阿P羡慕极了，跟大鱼拍了好几张合照，还发了朋友圈。不多时，电话响了，阿P一愣，是老板黄金金，他找自己干吗？阿P犹豫着接听，只听老板兴奋地说："阿P，鱼是你钓的？你在哪？给我发个定位，我马上到！"原来他看到了朋友圈，以为是阿P钓的鱼！

阿P对黄金金恨得牙痒痒，次一个项目的奖金到现在都没结，阿P却敢怒不敢言……阿P灵一闪，黄金金有钱，也爱钓鱼，过水平跟自己差不多，有次一整没钓到，看别人钓上来一条十斤的鱼，他为了买那条鱼，跟人竞价花了两千块才拿到手……

想到这儿，阿P开口跟瘦商量："你开个价，这条鱼我买了不过我有个条件,等会儿我老板你得说这鱼是我钓的……"

阿P如此这般一说，瘦猴道他想赚差价，狮子大开口报了高价，二人讨价还价一番，以五千块成交。

很快，黄金金开着跑车赶来了，见到如此大的鱼，立刻两眼放光："阿P，这条鱼我买了，你开个价。"

阿P故作为难："老板，你早说啊，这条鱼已经被这位先生买了。"

黄金金一愣，问："他出多少钱？"阿P为难的表情还挂在脸上："六千。"黄金金转身对瘦猴说："阿P是我的员工，哥们，七千卖给我吧。"瘦猴呆住了，阿P真是摸透了老板的脾气啊。黄金金见瘦猴不开口，以为开价低了，再次加价，八千！

阿P赶紧说："老板，人家不愿意卖，不是价格问题，我听他说要做啥全鱼宴……"

黄金金笑了，世上没有钱买不到的东西，他掏出手机："一万！"

阿P见黄金金的架势，知道添把柴了，他对瘦猴说："差不得啦，我老板是真心想买，我做中间人，一万一，怎么样？"瘦猴不知所措地掏出手机，"滴"的一声，钱到账了。

黄金金大喜过望，立即俯下身抱那条鱼，让阿P把鱼钩拿来，准备挂在鱼嘴上，好让阿P拍照。

旁边的瘦猴肠子都悔青了，阿P一分没掏，转眼差价就赚了六千，比自己卖鱼挣得都多……

另一边，黄金金的鱼钩可能把鱼弄疼了，那条鱼拼命挣扎，把黄金金撞了个趔趄，掉在地上，几个翻腾滚下斜坡，"扑通"一下落到水里，瞬间没了踪影。

这一幕把阿P看傻了，见黄金金脱衣服要下水，他忙冲过去死死抱住老板："别追了，抓不到的。"黄金金懊恼地说："太可惜了，钱倒没啥，只是我还没跟它合影呢，一点面子都不给……"

后面的瘦猴见状，转身撒腿就跑……

阿P一扭头，发现瘦猴不见了，心里"咯噔"一下，这是要卷款跑路啊！他狂奔到坡上，哪里还有瘦猴的踪影？阿P气得直拍大腿，发誓一定要找到他！

半个多月来，阿P到处打听，可一点消息都没有，他冷静下来，与其大海捞针，不如自己也变个方式"钓鱼"！

阿P想起一个关系很好的钓友也曾经钓过大鱼。于是，阿P要来了这个钓友之前的一个视频，重新剪辑，发布在一个本地钓友云集的视频平台上，添油加醋地说在水库刚钓到三十多斤的大鱼，是目前钓友中钓到最大的鱼，卖的价格也是最高的，四千块！

阿P猜测，如果瘦猴看到了，肯定不服气，只要他一冒头，就能把他揪出来！

果然，视频发布不到三天，就有好多留言，多数是羡慕，也有少数是反驳，说三十多斤不算大，还配了照片。在一堆炫耀的照片里，阿P一眼就发现了瘦猴的，下面还有文字："我这条鱼四十斤以上，当场卖了五千整，这才是实力，哈哈！"虽然照片里没瘦猴，但堤坝和环境就是当时情景，阿P乐得蹦起来：哈哈，咬钩了！

阿P点开瘦猴的主页，顺藤摸瓜看到了好多信息，发现他居然就住在自己公司附近。这下好了，阿P没事就在公司附近转悠，终于有一天撞见了路过的瘦猴，阿P一个箭步冲上去，一把薅住他："我的钱呢？"

瘦猴被吓一跳，当看清是阿P，脖子一梗就想抵赖。阿P当即冲公司门口两个保安招了招手，瘦猴一看俩保安人高马大的，立马蔫了，乖乖地把钱转给了阿P。阿P还没来得及高兴，抬头就见瘦猴脸上表情一变，竟露出一丝坏笑。

阿P赶紧朝瘦猴目光的方向看去，只见老板黄金金也从公司出来了，他大惊失色，万一瘦猴去告他的短，就不妙了！

被人告状和自己坦白可是两回事，阿P当机立断，紧走几步，赶在瘦猴前面来到黄金金跟前："老板，对不起……"他把来龙去脉说了一遍，坦诚地说："事情就是这样，我阿P做事光明磊落，坑你钱不是我本意，还不是因为之前承诺的奖金没兑现，我才……要杀要剐，老板你说了算！"

黄金金反应过来后，一拍脑门："怪我，我把奖金的事给忘了，上个项目结束之前你就该提醒的……你这家伙贼是贼了点，还能敢做敢当。那钱就不用退给我了，就当奖金了。"说完，他转身走了。

阿P一愣，连忙喊："老板，那……明天我还来上班吗？"

黄金金头也没回，"哼"了一声，"再有下次，就别来了！"

阿P大喜，转头看见瘦猴正目瞪口呆地看着自己，不由得冲他一乐，我阿P的智慧是你能比的吗？这样想着，他又得意地吹起了口哨。

（发稿编辑：王 琦）

（题图：顾子易）

买不得的首饰

□ 朱西岭

吕某和赵某是一对新婚夫妇。这天，两人外出旅游，逛街时，妻子赵某在一家首饰店相中了一款十分好看的红宝石戒指，标价一千多元，于是便和丈夫商量，想把它买下。

吕某见妻子对这款戒指爱不释手，且价钱合适，于是便点了点头。售货员正准备打包，吕某突然把戒指拿过来，仔细审视了一番，然后对赵某说："这款戒指咱们不买了，买多了浪费！"

售货员见煮熟的鸭子飞了，急忙说道："先生，这可是货真价实的红宝石，款式新颖，价钱便宜，老婆又那么喜欢，你不会连一千块钱都舍不得给老婆花吧？"

吕某说："戒指再好，我们不想买，你也不能强买强卖吧！"说完，他一把拉起赵某，快速走出了首饰店的大门。

事情变化得太快，赵某一下子没有反应过来。到了街上，她才回过神来，于是甩开吕某的手，生气地说："你不想让我买这枚戒指就直说，何必故弄玄虚？不就是一千多块钱吗？我付得起！"说完，她就要转身回首饰店。

"老婆，买这款戒指是违法的！"吕某赶紧拉住老婆，解释说，"这款戒指上的红宝石，可能是国家一级保护水生动物——红珊瑚，根据法律规定，买卖国家保护的野生动物及其制品均涉嫌违法，你知道吗？"

赵某沉思片刻，反驳道："就你知道违法，难道人家卖戒指的不知道违法？你又不是专业人士，怎么认定戒指上的红宝石就是红珊瑚？我看你就是舍不得花这个钱罢了。"

吕某见老婆不信，无可奈何地说："既然你不相信，那就去买戒指吧。戒指上的红宝石是不是红珊瑚，我也说不准，只是以前看过类似的新闻报道。如果花钱买了戒指，再犯法受处罚，那就失火挨板子——双倒霉了。"

为了不让老婆误解，吕某转身走进首饰店，把戒指买了下来，因为他在网上了解过，1200元的金额达不到刑事立案标准，他不想因为这点钱与老婆闹得不愉快，产生心理隔阂。

买了戒指后，两人没有拿回家，而是去了派出所。

经过专业人士鉴定，戒指上的红宝石真是国家一级保护水生野生动物——红珊瑚制作而成。根据《中华人民共和国野生动物保护法》，买这样的戒指是犯法的事，赵某十分后悔，但同时她也深深感受到丈夫对自己的爱。

派出所把案件转至市场监督管理局，执法人员迅速出动，立案调查首饰店，在店里共查获戒指、挂坠等首饰11件。

通过调查，他们发现店老板通过店内以及微信朋友圈进行营利性销售，由于涉案红珊瑚价值比较低，没有达到追究刑事责任的标准，市场监督管理局依法对当事人做出没收实物和违法所得的处罚，并行罚款。

赵某了解情况后，对丈夫佩服得五体投地，再也没怀疑过丈夫对自己的那份真情。

律师点评：

这个故事涉及了一个法律问题，即红珊瑚及其制品是否允许卖？

根据法律规定，禁止出售、购买、利用国家重点保护野生动物及其制品。但在有许可证的情况下，采捞、售卖珊瑚还是允许的。故事中，赵某购买珊瑚制作而成的红宝石戒指，关键看首饰店卖的首饰是否属于国家重点保护野生动物红珊瑚以及该首饰是否持有"售卖许可"凭证，如有问题或未能提供，则买和卖就属于违法行为。

（发稿编辑：朱 虹）

（题图：张恩卫）

合同

那天,我开车送朋友马克去"献血＋玩彩票有限公司"。把车开进这家公司的停车场后,我问马克:"你想好了吗,伙计?"

马克咧嘴笑了:"当然想好了。离我上次献血已经有六十天了,终于可以再去啦!"

"你不觉得这地方有点儿让人发慌吗?"

"一点儿也没有啊。"马克说,"这种献血方式很好!无论怎么说,都是一件好事,不是吗?这是在鼓动我们帮助自己的同胞。"

"在帮助同胞的时候还琢磨着赢一千块!"我说。

"兄弟,你也可以来玩玩啊,献一点儿血,然后再赢一点儿钱,概率是一比五十,这可比一般的彩票好玩多了。上次我从这里出来的时候,口袋里多了一千块。一千块现金!"说着话,我们就进了大厅。

办公桌后面的年轻女子接待了我们。她对马克说:"先生,根据规定,我要问您这个问题:您是否已经完整、仔细地看过合同,而且理解您即将认可的那些条款?"

"是的,我认可。"马克说。

"那请您在这里签字就行了。"

马克拿起电子笔,在平板电脑上写下了自己的名字。

年轻女子看着马克签好字,就招呼身边的一个年轻男子说:"好了,托尼,他可以进去了。"

"请这边走,两位先生。"托尼领着我们走进一个大约三米见方的房间。

· 网文热读 ·

马克在真皮躺椅上坐了下来。托尼将游戏机移过来，在马克前面摆好。马克立即按了一下"开始"，但游戏机上什么动静也没有。

"等一会儿，"托尼说，"我们首先要把你身上的管子接好才行。"说着，他在马克手臂上扎了一根针管，用胶布固定好。躺椅旁边有一台看上去很沉的机器，机身上贴着"有限抽血电子设备"标签。托尼在机器上按了几下按钮，说："好啦，马克，都给你弄好了。你每按一下'开始'，就会获得一次中奖的机会，同时也会捐出一盎司的血。"

"知道啦，谢谢。"马克说着，按了"开始"，游戏机屏幕上的三个转盘就亮了，继而开始旋转。"加油！加油！我要中一千块的大奖！快！快！"马克看到第一只转盘停在了"猫"的图案上，第二只转盘也停在了"猫"的图案上，开心地叫道："太棒了，伙计！来了！"但不幸的是，第三只转盘停在了"狗"的图案上。马克生气地骂了一句，沮丧地说："差一点儿就中奖了！"

与此同时，"有限抽血电子设备"嗡嗡地响着。根据机器上的读数，它刚刚从马克的手臂上抽了一

盎司的血。

马克听到声音，看了一眼，我说："没事儿，我真的觉得气很好。"他又按了"开始"。是两条"狗"，一只"猫"。我起来，劝他说："好啦，马克收手了。"

他却拒绝了："不，不，到时候呢，有好几回都快赢了在血管里都能感觉到我的好运到了。"

"哎，那是你的血——你的正从血管里流走。你看，马我指着"有限抽血电子设备"读数说，"你已经捐了五十盎司伙计。"

"但我感觉挺好啊。"

"嗯，你的脸色不太好。"

"我就要赢了，再试几回他按了"开始"，大喊道，"来吧

我在一旁不停地劝他别玩但没用。

突然，马克不作声了。看了一眼读数：六十八盎司，已过四个献血单位了！我喊道克？"他没有动弹。我推推他克，醒醒！"可他还是没有动我连忙跑到门口，门锁上了。力拍门："来人啊，救命！"

很快托尼就打开门进来了

64

按了一下墙上的按钮："我在十二号房间，需要担架床。"

我站到托尼跟前，盯着他问：你们想把他带到哪里去？"

托尼却冷冷地说："请向后退，先生。我们只是在按照合同上的条款办事。"

"合同条款？什么条款？"但托尼没有回答我。

这时，两名身穿蓝色工作服的男子推着担架床走了进来。一名男子对我说："请后退，先生。"然后们一起动手，将马克抬到了担架上。我尖声说："我要求你们必现在告诉我，你们准备对我朋友什么？"一名男子从担架床旁边着的塑料袋里掏出一只信封递给："你自己看合同上的条款吧。"

我打开信封，扫视着马克签那份合同："在玩游戏的过程中，果献血者失去知觉，本合同的第部分立即生效。"我赶忙找到合的第三部分："我，献血者，同将我全部的身体捐献给'献血＋彩票有限公司'，该公司可以全处理捐赠者的身体。在大多数情下，该身体的可用器官将被摘下在公开的市场上出售……"

我吓坏了，飞快地朝我的汽去。我跳上车，疯狂地逃离了那

里。我没系安全带就冲出了停车场，却又一头撞在一辆路过的垃圾车上。

两天后，我从头到脚缠满了绷带，在一家医院的病房中醒来。一名护士满面春风地走了进来，叫道："啊，太棒了！您醒了！现在别急着说话，您的喉部在事故中受伤了。"她走到病房里的桌子旁，指着上面摆放着的一束美丽的鲜花："您看见了吗？多漂亮的鲜花啊！"我想点头，结果只有眉毛动了动。

她打开花束上的卡片："好像是一张信用卡，卡上写着：您可以来'献血＋玩彩票有限公司'，前面十次摇奖免费！"

这时，我浑身剧烈颤抖起来。护士吓得叫起来："先生，先生！您没事儿吧？"

不！我有事儿！一切像潮水般涌上心头：我的朋友马克、彩票游戏、"有限抽血电子设备"、担架床，还有——那份恐怖的合同！

（作者：[美国] 罗伯特·伯顿·罗宾森）

（编译者：高凤萍）

（发稿编辑：田 芳）

（题图：豆 薇）

本刊转载部分文章的稿酬已按法律规定交由中国文字著作权协会转付，敬请作者与该协会联系领取。电话：010-65978917，传真：010-65978926，E-mail: wenzhuxie@126.com。

言出必行，公子哥斗蟋蟀赌输要裸奔；千钧一发，善人巧相助善缘种善果。

裸奔

□陈效平

1. 打赌

北宋政和年间，明州一带盛行斗蟋蟀，玩家不下数千人，徐子然是其中的佼佼者。

这徐子然年方十九，出身书香门第却不爱读书，一心沉迷于斗蟋蟀。徐父早亡，徐母对独子百般溺爱，凡事都由着他。徐子然虽在蜜罐里泡大，品行倒也端正。

半个月前，徐子然托人去山东宁津，反复寻觅，花四百两银子买了一只"象牙白"。

宁津蟋蟀勇冠天下，其中又以"象牙白"最著名。获得这只"象牙白"后，徐子然爱若珍宝，给它取名"傲江南"。随后，在朋友们的鼓动下，他遍邀明州城里所有斗蟋蟀的高手，经过六轮捉对厮杀，最终"傲江南"和一只叫"猛张飞"的黑头蟋蟀胜出，开始问鼎之战。

"猛张飞"的主人是隆达钱庄的掌柜赵峰，因他属虎，且肚皮上有一处花纹状胎记，所以得了个"花皮虎"的绰号。"猛张飞"是花皮虎用三十头大水牛从一个杭州玩家那儿换来的。此前，"猛张飞"逢战必胜，溜须花皮虎的人将之称为"无敌大将军"。

"傲江南"和"猛张飞"的决斗把擂台赛的气氛推向了顶点，众人个个敛声静气，瞪大眼睛观瞧。

两只个大体健的蟋蟀刚一

雀，就摆出了有你无我的死拼架势。"猛张飞"首先振翅鸣叫，想给"傲江南"一个下马威。"傲江南"哪会吃这一套，它挺须弓身，恶狠狠地龇了龇牙，仿佛在说："有种的过来，唤个啥？""猛张飞"被激怒了，两腿一蹬直扑上去……刹那间，二雀旋风般斗成一团，头顶、腿踢、嘴咬，各显其能。围观者连连喝彩。几十回合后，"猛张飞"渐渐有些不支，"傲江南"瞅准一个空当，"咔嚓"一口咬下了"猛张飞"的半截大腿，然后一招霸王举鼎，把它甩到一边。"猛张飞"登时蔫头耷脑，发出了绝望的哀鸣。

全场掌声雷动，大伙儿把徐子然高高抬起，徐子然乐得眉飞色舞，好似被捧上了云端。

再看那花皮虎，一声不吭，脸色铁青。照惯例，这时花皮虎应该把残废无用的蟋蟀当场捏死，以免从此沾染失败的晦气。然而，他却突然眼珠一转，小心翼翼捉出"猛张飞"，像捡宝贝似的，又把它装进了竹笼。离开状元楼前，花皮虎回头瞥了一眼徐子然，嘴角泛起一丝恻恻的冷笑。

六天后，花皮虎找到正在月湖和朋友们斗蟋蟀的徐子然，说要"猛张飞"跟"傲江南"再比一场。

徐子然饶有兴致地问："赵兄这么快又购得一只'猛张飞'吗？"

"没有，"花皮虎淡淡地说，"还是原来那只'猛张飞'。"

"什么？那……那不是已经成了'瘸张飞'吗？"徐子然吃惊地张大了嘴。

周遭顿时响起一片哄笑，然而花皮虎脸上不动声色，点头道："不错，我正是要用'瘸张飞'决战你的'傲江南'。"

徐子然心想，这人莫非糊涂了？他笑问："赵兄这么做，不是自取其辱吗？"

花皮虎一龇牙："究竟谁自取其辱，还不晓得哩！"

徐子然道："那好，恭敬不如从命。"

花皮虎笑嘻嘻道："这回咱们玩点新花样。谁输了，就找个好日子，在光天化日之下脱光衣裤，一丝不挂绕着城隍庙跑三圈！"

此言一出，徐子然和众人都惊呆了，这么荒诞的赌注，还是头一回听说！

"怎么，子然老弟害怕了？"花皮虎斜着眼问。

徐子然被激怒了，脱口而出："有什么好怕的！"

花皮虎道："好！口说无凭，立字为据。"话音刚落，他的一名随从立刻取出笔墨纸砚，摆在石桌上。旋即，花皮虎伸手朝徐子然作了个请的动作。

徐子然满脸不屑，一步跨到了石桌旁，按照二人的约定，提笔写了一张赌约："兹有徐子然与赵峰共同约定，政和八年十月廿一日决斗促织，落败一方于政和八年十月廿六日巳初二刻绕城隍庙裸奔三圈，人神共鉴，绝不反悔！"至于为啥将时间定在巳初二刻，是因为那时人们都吃好早饭出去溜达，是城隍庙最热闹的时候。

徐子然和花皮虎二人都签名画押，然后，花皮虎请出私塾先生陈

重器做赌约的见证人。陈重器性耿直，行事有板有眼，经常替人持公道。对花皮虎的这一安排，子然并无异议，于是陈重器也以证人的身份在赌约上签名画押。

最后，花皮虎抱拳朝众人团一揖，朗声道："诸位，明日中我与徐公子在状元楼开赌，届时请大家光临助兴！"

2．圈套

次日中午，宽敞的状元楼家里黑压压挤满了人，大家都想开眼，瞧瞧一只断腿蟋蟀如何挑得胜的"傲江南"。为了看得真，许多处于圈子外围的人纷纷踩到椅上，踮起脚，伸长了脖颈。

徐子然率先把"傲江南"进瓷罐。花皮虎也取竹筒，打开封门，用根草棍朝竹筒里拨拨，好一会儿，"瘸飞"才懒洋洋爬了出来徐子然细细打量，见家伙比七天前稍微胖点，其他并无异样。

瞅见对手，"傲南"立刻挺须鸣叫，备进攻，然而，那叫很快就停住了，两根

头也软软地耷拉下来；与此同时，"瘸张飞"却来了精神，一瘸一拐向"傲江南"逼进！"傲江南"略一迟疑，就缩起身子往后躲……就这样，"瘸张飞"跨前一步，"傲江南"后退一步，等到退无可退时，它索性沿着罐壁，惊恐地逃窜起来。

徐子然和在场众人都惊呆了，站在徐子然对面的花皮虎脸上却有了得意之色，似乎这一切早在他的预料之中。

"瘸张飞"少了一截腿，自知斗不上对手，就虚张声势地佯攻，逼得"傲江南"拼着命在罐子里转。约摸过了半炷香工夫，"傲江南"跑不动了。这当儿，"瘸张飞"瞅准机会，扑上去一口咬断了它的头颈！

看到这诡异的一幕，全场鸦雀无声。良久，众人才交头接耳窃窃私语："见鬼了！真是见鬼了！"

此时，徐子然只觉得眼前发黑，腿发软，脑袋嗡嗡作响。

"子然老弟，五天后，明州城的女人们可就有眼福啦！"花皮虎拍着徐子然的肩膀，坏笑道。

徐子然的身子晃了晃，几乎摔倒。接下来自己是怎样被两个朋友搀返回家中，他全然记不得了。

士可杀不可辱，徐子然宁可散尽家财，也不肯赤身裸体暴露于众目睽睽之下。

于是，他派人请求花皮虎中止赌约，说只要自己拿得出，为此赔多少钱都愿意。但花皮虎一口回绝，坚持要徐子然履约。徐子然急得团团转，就差上吊了。

花皮虎还真想逼徐子然上吊，为此他使出了一连串阴招。首先，花皮虎派人到处放风，称美少年徐子然将于本月廿六日上午在城隍庙裸奔，届时，凡是来现场观看的，无论男女老少，都可从隆达钱庄领二十文赏钱。接着，他雇用明州最大的鼓乐班，准备在徐子然履约时造势，尽力烘托徐公子被羞辱的气氛。最后，他花钱找来一百多个青楼女子，组建了一支妖艳的舞队，在徐子然脱衣和裸奔的过程中，这支舞队将在一旁不断"助兴"。此外，为了防止徐子然逃跑，花皮虎派出许多打手，将徐宅团团包围，同时还在明州城各个城门口安插暗哨，密切监视徐子然的一举一动。

安排好这一切，花皮虎拈着两撇稀疏的鼠须，得意地自言自语道："嘿嘿，小兔崽子，从今往后，看你还咋在明州城里混！"

花皮虎跟徐子然到底有啥深仇大恨，要这样不择手段坑害他呢？

事情还得从一笔借贷说起。

明州城北住着个刘寡妇，靠养蚕度日。去年，刘寡妇罹患痰迷之症，为了治病，她向隆达钱庄借了三十两银子，打算等卖了蚕茧后还债。花皮虎听说刘寡妇的女儿阿娟花容月貌，就动了色心，想娶她做第八房小妾。

花皮虎请媒婆到刘寡妇家提亲，称只要阿娟肯嫁，非但欠债一笔勾销，还可奉送许多聘礼。阿娟晓得花皮虎的为人，对他极其憎恶，当场一口回绝。花皮虎对此恼羞成怒，决定设计逼阿娟就范。

不久，花皮虎买通了所有收购商，一齐拒收刘寡妇家的蚕茧。刘寡妇被断了财路，无法偿还借隆达钱庄的银子。逾期后，这笔欠债利滚利，不到半年时间，三十两变成了一百两。刘寡妇愁得旧病复发，没几天就死了。

母债女还，花皮虎给阿娟指了两条出路——要么做隆达钱庄的八姨太，要么去衙门吃官司。阿娟两条路都不愿走，决心以死抗争。

听说这事后，徐子然爱打抱不平的劲儿上来了，他当即出资，连本带息替阿娟还清了欠债。自己精心布局的好事被搅，花皮虎因此恨

透了徐子然，他咬牙切齿，发誓一定要报复。

徐家在明州也算是富贵之家，当面锣对面鼓，花皮虎奈何不了徐子然，所以他只能玩阴的。徐子□痴迷于斗蟋蟀，又争强好胜，花皮虎反复琢磨，决定在斗蟋蟀上挖陷阱，引诱他往里头跳。

那么，"瘸张飞"到底靠啥胜了"傲江南"呢？其实，靠的□花皮虎派人自天竺国秘密购得"夺魂散"。"夺魂散"是一种烈□迷药，其主要成分是从蟋蟀的天□螳螂腺液中萃取的，任何蟋蟀只□稍微嗅到一点"夺魂散"的气□都会胆战心惊。

在购买"夺魂散"的同时，□皮虎还买了解药。他先让"瘸张□一点点服下解药，等产生对"夺□散"的抗体后，再让浑身涂满"□魂散"的"瘸张飞"决战"傲□南"……

即使徐子然把自己关在家□花皮虎大张旗鼓的狠招也一一□他的耳朵。随着时间一点点逼□徐子然的精神渐渐崩溃。

第三天傍晚，趁人不备，徐□然悄悄来到跨院的一间空屋，□子在房梁上打了个活结，然后□一闭，将脖子伸进了绳套……

幸好徐母感觉儿子状况不妙，暗留了心，刚才她发现徐子然失落魄地往跨院走，便叫上几个丫、仆人悄悄尾随。

徐子然被救下后，瘫在地上叹：“我不愿活到后天早上，去城庙当众出丑！”“不就是斗蛐蛐个赌吗？”徐母一把搂住儿子，怪道，“你为啥那么认真？咱偏去，看花皮虎能把你怎样！”

徐子然摇摇头，神色肃穆地说：“子曰，人而无信，不知其可！既然签下赌约，就必须履行，否有何面目再苟活于世！”

·社会长廊 生活广角·

徐母觉得儿子迂腐，一把鼻涕一把眼泪地苦劝，丫鬟、仆人们也跟着帮腔。但徐子然不为所动，坚持要以自杀守住信誉。徐母见状，顿足捶胸痛哭起来，周围的人也长吁短叹，一齐掉眼泪。

3. 贵人

正闹得不可开交时，忽然门丁急冲冲跑来禀报，说有个道士想求见老夫人。

徐母宅心仁厚，常慷慨解囊接济穷人，对一些贫困的僧尼、道士也多有施舍。因此，这些人经常上门来寻求帮助。要在平日，遇到这种情况，徐母往往会亲自见来访者，但眼下她忧心如焚，哪有心思招待一个道士？于是，未等门丁把话说完，徐母便挥挥手道：“随便拿些钱，打发他去吧。”

门丁道：“那道士说他不是来化缘的，而是专程来救公子的。”

听说是来救自己儿子的，徐母顿时眼睛一亮，忙揩干泪水，一迭声吩咐：“快！快请他进来！”

片刻工夫，门丁引着一个手持拂尘的年轻道士来到了徐母跟前。

“道长是来救我儿子的吗？”未等对方开口，徐母便迫不及待地问。道士点了点头。

"请问道长怎么称呼？如何知道我儿有难？"徐母又问。

道士打了个稽首："贫道玄诚子，通过卜算料知令郎有难。"

"我们母子与道长素昧平生，道长为何前来搭救呢？"徐母感激之余，问出了心中的疑惑。玄诚子道："夫人乐善好施，花皮虎作恶多端，贫道来帮助令郎，乃是激浊扬清，尽修道之人的本分。"

听了这话徐母又惊又喜，立刻俯身下拜。玄诚子忙上前扶住徐母，然后转身问徐子然："赌约履行之期定在后天上午吗？"

徐子然懊丧地点点头。玄诚子道："惹不起，躲得起，三十六计走为上计。依贫道看，公子还是去外地避一避吧。"

未等徐子然回答，一个仆人接口道："花皮虎早有防范，已派人将本宅甚至城外围得风雨不透，眼下公子恐怕插翅也难脱身。"

玄诚子将拂尘轻轻一摆，胸有成竹道："这个无妨，贫道自有妙计，保管神不知鬼不觉把公子送出明州。"

徐子然咬紧牙关连连摇头："君子一言，驷马难追！我宁可死，也

绝不逃跑，绝不违约！"此言一□徐母又捂住脸，伤心地哭了起□

玄诚子双眉微蹙，沉吟道：□公子不肯远遁，那只能在赌约□脑筋了。"

徐子然道："赌约上写得□白白，谁输了就脱光衣裤，一□挂绕着城隍庙跑三圈。双方签□押，还有啥脑筋可动？"

玄诚子道："把赌约拿来，□贫道瞧瞧。"徐子然命人取来赌□玄诚子接过赌约，仔仔细细揣□来。徐母眼巴巴盯着他，就像□观世音菩萨。琢磨了约半盏茶工□玄诚子展眉笑道："徐公子十□命，贫道已救得六成。"

"此话怎讲？"徐母不解地□

玄诚子迅速朝两旁瞥了一□欲言又止。徐母会意，立即屏□场的仆人和丫鬟。

玄诚子这才摩挲着手中□约，解释道："贫道施展法术□约定上做些手脚，就有了六□算。"

"剩下的四成呢？"徐母问□

玄诚子道："那就得看花□肯不肯配合了。"

次日一早，玄诚子带着厚□到了隆达钱庄。花皮虎听说眼□个道士受徐子然所遣，一见面□

金，摆手道："如果想让我放弃
力，门都没有！"

玄诚子呵呵一笑："徐公子为
L明磊落，最重信誉，岂能做毁
之事。"

花皮虎斜着三角眼问："那么，
派你来干什么？"

玄诚子道："徐公子染了风寒，
而卧病在床，郎中说须多疗治四
能康复，因此他托我来跟赵掌
商议，看看能否将履约时间推迟
一月初一？"

花皮虎听罢，冷笑道："好巧
力，偏偏这时候染了风寒！"

玄诚子道："确实是病了，赵
若不信，可派人去问住在筱墙
孙郎中，昨天夜里，就是他给
子诊的脉。"

这孙郎中是本地的名医，玄诚
他交情甚笃。在来隆达钱庄的
，玄诚子悄悄拐了个弯去筱墙
跟孙郎中耳语了一番。这会儿，
花皮虎将杀猪刀抵在孙郎中胸
他也会证明徐子然的确染了风

花皮虎朝立在身边的伙计使了
色，那伙计会意，立刻转身出
庄。

然后，花皮虎阴阳怪气道："四
，徐公子会不会摔伤了腿脚？

再过四天，又吃坏了肚
子？呵呵，就这样，四
日复四日，四日何其多！"

玄诚子皱起了眉头："赵掌柜
这么讲，是担心徐公子用拖延术来
搪塞赌约吧？"

花皮虎粗声粗气地"嗯"了一
声。玄诚子道："徐公子若存心耍赖，
何苦用这种笨办法？你和他定的赌
约，充其量只是游戏，就算对簿公
堂，也不会有啥结果。何况，徐家
在明州是有头有脸的旺族，徐公子
真要违约，官府只能装聋作哑。"

花皮虎瞪眼道："如果他言而无信，往后就声名狼藉了！"

"所以，徐公子是不会违约的！"玄诚子顺杆往上爬，"人家确实感了风寒，请求延缓四日。"

花皮虎眨巴着三角眼，沉吟不语。这当儿，刚才出去的那个伙计回来了，他走到花皮虎身旁，压低声音禀报："我找孙郎中问过了，徐子然确实染了风寒。"

花皮虎示意伙计退下，转脸对玄诚子笑道："倘若只要求延缓四日，这事好商量。"

玄诚子正色道："我担保，徐公子只延期这一回，四日后，即使没有痊愈，就算抬也要把他抬到城隍庙去！"

花皮虎狡黠地盯着玄诚子，皮笑肉不笑道："嘿嘿，我是做买卖的，不信口舌信凭据。"

玄诚子取出让徐子然画押的赌约，递给花皮虎，说道："这是修正后的新赌约，除了日期延迟到政和八年十一月初一，其余一字未改，赵掌柜尽可放心。"

花皮虎接过新赌约，从头至尾细细读了几遍，认定并无猫腻，便暗忖：有此凭证，徐子然就是瓮中鳖、俎上肉，不怕他要花招。眼下

他送来厚礼请求宽限四日，索性依了他，也显得我通情达理……

想到这儿，花皮虎爽快地点头，对玄诚子道："既然如此，就多等四日，不过，为慎重起见，这张新赌约必须留下。"

玄诚子道："这个自然，新赌约换旧赌约嘛，还请赵掌柜也让徐公子，依样画葫芦，写一张改了日期后的新赌约。"

花皮虎觉得并无不妥，当即写了一张，画押后交给玄诚子。玄诚子揣起赌约返回了徐府。

随后，玄诚子命人在徐宅院内搭起一座三丈高的法台，开始在法台上做法。他告诉大家，自己要施展平生功力，帮徐子然解困。

4.履约

转眼到了十一月初一。天还蒙蒙亮，两个男仆各抱着一大摞衣服来到了徐子然床头。

徐子然愣愣地看着他们，疑惑地问："为啥拿来这么多衣服？"一个男仆道："给公子穿呀。"

"什么？给我穿？"徐子然瞪大了眼睛，"这些衣服，十个人也穿不过来！"

男仆朝后努努嘴："这是玄道长的主意。"这当儿，玄诚子从徐

后转了出来，解释道："按照赌约，始裸奔的时间是巳初二刻，而我法力要到巳正方能生效，中间有一段空当，如何填补？思忖了一夜，才想出这妙招。"

"什么妙招？"徐子然急切地问。

玄诚子提起一套衣裤丢给徐子然："喏，现在一件一件穿，到了城隍庙再一件一件脱，慢慢吞吞，磨磨蹭蹭，拖他两刻钟！"

"你的意思是……让我把这些衣服全穿上？！"徐子然不敢置信地望着那两堆小山似的衣裤。

玄诚子点点头："为了护住公子的金体，赶紧穿吧！"

眼下，玄诚子是唯一能够抓住的救命稻草，不管他的主意多么荒唐，都只能乖乖听从，于是，徐子然苦着脸，开始一件件往身上招呼那些衣服。起初并不费劲，可穿到后来，身体越来越臃肿，只好让两个男仆一起帮忙，像裹粽子一样用力往身上套。足足折腾了大半个时辰，总算将那些衣裤都穿上了，再看徐子然，几乎成了个圆球。

"幸亏已是初冬，否则非把我热死不可！"徐子然一边艰难地挪着身躯，一边龇牙咧嘴抱怨道。

玄诚子笑道："等会儿，你就不嫌穿得多了。"

就在玄诚子和徐子然斗嘴的当儿，城隍庙那边已经热闹非凡。花皮虎一早就领着他的鼓乐队和青楼女子舞队，兴冲冲来到了位于城隍庙中心的戏台。根据赌约规定，履约方先要在戏台上脱光衣裤再开始裸奔，所以，戏台周围的看客最密集。此时，那儿已被围得里三层外三层。花皮虎跑前跑后，指挥两支队伍站好位置，恭候徐子然到来。

当徐子然乘坐的马车缓缓驶入城隍庙时，黑压压的人群立刻兴奋地骚动起来，尖叫声、口哨声、鼓掌声此起彼伏，乱哄哄响成一片。一看这架势，徐子然吓得差点晕倒。玄诚子拍着他的背安慰道："莫慌，莫慌，有我呢！"随后，在两个男仆的搀扶下，徐子然垂着头钻出了马车。这时，鼓乐声同时奏响，周遭的喧闹更加激烈。

花皮虎快步跑下戏台，满脸堆笑迎向徐子然，一边走一边问："子然老弟，几天不见，咋胖成了这样？"徐子然的脸红到了脖子根，一声没吭。玄诚子解释道："这些天，徐公子胃口特别好，吃啥都香，所以有些发福，哈哈。"

"是吗？"花皮虎瞧了瞧徐子

然，挤眉弄眼道，"看来，老弟心情不错呀？"

玄诚子道："那是，那是，在如此隆重的氛围中，成为众人目光的焦点，谁不开心呢？"

花皮虎笑得前仰后合："哈哈！能在光天化日下饱览明州第一佳公子的金体，在场众人真是有眼福咯！"

徐子然气得差点吐血，心中暗暗把花皮虎和玄诚子的十八代祖宗全骂了个遍。

玄诚子冲花皮虎拱拱手："我等有此眼福，全拜赵掌柜所赐。"

花皮虎笑道："有福同享，有福同享。"说着，他伸手作了个请的动作，然后挺胸叠肚跨上了戏台的楼梯。玄诚子紧随其后，两个男仆扶着步履蹒跚的徐子然也爬上了楼梯。

戏台中央摆着一张圆桌，桌上放着一只计时的漏壶，桌旁立着一位白须老者，此人就是赌约见证人陈重器。徐子然和花皮虎一左一右站到了陈重器身旁。

两位打赌人均已到场，陈重器拿起赌约，清了清嗓子，四下里顿时安静下来，观众都把目光聚集到了戏台上。

陈重器将赌约上的文字从至尾高声朗读了一遍，末了冲花虎和徐子然问道："在这场打赌赵峰胜出，徐子然落败，请问二是否认可？"

花皮虎高声回答："认可徐子然依旧垂着头，气若游丝般牙缝中挤出两个字："认可。"

陈重器道："按照赌约，落一方要在今日巳初二刻履约，城隍庙裸奔三圈。徐子然，你愿履约？"

徐子然抬起头，无助地望诚子。玄诚子冲他点了点头。然闭上眼睛，哑着嗓子道："愿

周遭响起了一阵嗡嗡的议声。陈重器点头道："诚信乃之本，徐子然言必信，行必果哉！善哉！"讲完这一句，他光移向漏壶，紧盯着立箭上的刻

全场又归于寂静，"滴答，答……"漏壶里的滴水声清晰可在这寂静中，徐子然面如死灰，极了一只待宰的羔羊。

渐渐地，漏壶里的水漫到初二刻。陈重器大声宣布："已到，请徐子然履约！"话音刚鼓声擂响，唢呐齐鸣，戏台上骚动起来。

徐子然颤抖着解开衣纽，

下了第一件衣衫，接着是第二件，三件……见此光景，青楼女子舞群魔乱舞起来，还发出了刺耳的乎声。

花皮虎看着徐子然身上那层层叠的衣裤，皱眉道："穿得这么，脱得这么慢，这要磨蹭到啥时啊？"

玄诚子道："今儿天气冷，徐子身体弱，所以多穿了些。"

花皮虎向陈重器抗议道："不！这明摆着是在耍赖！"玄诚子："赌约上可没规定履约人穿几衣裤，也没规定必须以什么样的度脱去。"

陈重器微微点头，道："只要子然不停手，就不算违约。"

听了这话，花皮虎收起愠怒，嬉笑道："那好，咱就慢慢欣赏，如果公子脱到天黑，那家就来个灯下观美，别有一番风味。"

"哈哈哈……"周响起了一阵淫邪的笑。

再看徐子然，尽他手上的动作慢得蜗牛，但身上的衣还是越脱越少，眼

瞅着就没几件了。这时，鼓声愈发密集，唢呐声则更加嘹亮，青楼女子舞队的欢呼声一浪高过一浪，逐渐变成了亢奋的尖叫。围观者的情绪也跟着激动起来。

临近巳正，徐子然身上只剩下一套窄小的单衣，两颊因羞愧涨成了紫红，身体像秋风中的枯叶，瑟瑟抖个不停。到了这一步，他不再宽衣，抱着最后一丝希望向玄诚子投去乞求的目光。而玄诚子正盯着漏壶中立箭的刻度，压根没注意他眼中的绝望。

"咦，怎么不脱了？"花皮虎盯着徐子然，一字一顿地问。

徐子然没吭声，一动不动地僵立在那儿。台下响起了一片不满的

嘘声。舞队里的青楼女子们齐声高喊:"徐公子,快脱啊!徐公子,快脱啊!"与此同时,催促的鼓声也一阵紧似一阵。

陈重器干咳一声,提醒道:"徐子然,请履行赌约。"

徐子然望着一直默不做声的玄诚子,突然意识到:这骗子跟花皮虎是一伙的,他先推迟履约时间,然后让我在这儿当众一件件脱衣裤,就像猫玩老鼠一样,只是为了延长对我的羞辱!想到这儿,徐子然两眼几乎喷出火来,但此刻愤怒已无济于事,周遭那一张张兴奋的笑脸,那一声声恶毒的催逼,那一阵阵重重的鼓点,都在告诉他,快快扒下最后的遮羞布!

呸!我宁可死,也绝不会让你们如意!刹那间,徐子然的目光变得铁一般坚硬,他昂首挺立,迅速扫视四周……戏台的高度还不足三丈,跳下去未必能摔死……对了,戏台两侧那几根木柱看着挺结实,奋力撞去,应该会脑浆迸裂!打定主意后,徐子然暗暗运劲,准备触柱自杀。就在这千钧一发之际,忽听玄诚子朗声说道:"巳正已到,赌约废止!"

这句话像一瓢冰水,登时浇灭了全场的沸腾。

"什么,废止赌约?"花皮瞪圆了三角眼,气急败坏地向玄子质问,"凭什么?你凭什么废赌约?!"

"是呀,凭什么?""想当众赖?不行!绝对不行!""不脱了跑三圈,大伙儿别让姓徐的出隍庙!"戏台下顿时爆发出一片怒的抗议和咒骂,有些泼皮还抡膊挽袖子,准备动武。

陈重器沉下脸,冷冷地对玄子道:"履约刚刚开始,不能中否则就是毁约!"

5. 解困

"请教阁下,何为履约?"诚子不慌不忙地冲陈重器问道。

陈重器答:"按承诺行事,为履约。"

玄诚子道:"好!那么,在徐二人签署的赌约中,履约日期几月几日?"

陈重器道:"十一月初一。"

"哪一年的十一月初一?"诚子又问。

陈重器道:"自然是今年,约上面写得清清楚楚。"

玄诚子"哦"了一声,继续"今年是什么年号?"

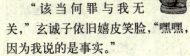

陈重器一拍桌子，怒道："你戏弄老夫吗？今年是大宋政和八年，这连垂髫小儿都明白！"花皮虎斜睨着玄诚子，轻蔑地耸了耸肩。

玄诚子却摇摇头："不对！不对！""有啥不对？"陈重器和花皮虎异口同声地问。

玄诚子解释："昨天是政和八年，但今天是重和元年。"

"胡扯！"花皮虎厉声斥道，"今天就是政和八年十一月初一，哪里冒出来一个重和元年？"

陈重器盯着玄诚子端详了好一会儿，疑惑地问："你是不是在说梦话？"玄诚子道："我清醒得很。诸位可能还不晓得，当今圣上刚刚下旨，自今日巳正起，改政和八年为重和元年！"

陈重器怔了怔，扭脸问花皮虎："徐公子晓得改元之事吗？"花皮虎夸张地摇了摇头。陈重器又询问戏台周围的人，是否听说过改元，大家都摇头否认。于是，他转向玄诚子，问道："如你所言，圣上刚刚降旨，我们都不晓得，那你又是如何知道的？"

玄诚子得意地微笑道："早在降旨之前我就知道了，因为我精通卜先知的法术。"

花皮虎冷哼一声："造谣惑众，该当何罪，你晓得吗？"

"该当何罪与我无关，"玄诚子依旧嬉皮笑脸，"嘿嘿，因为我说的是事实。"

陈重器道："改元并不稀奇，当今圣上已用过五个年号，但古往今来，历代都从次年元旦才变更年号，本朝亦是如此，从未听说从年中某月改元的，可见你在信口雌黄！"周围众人都点头称是。

玄诚子道："有没有信口雌黄，马上见分晓。"说着，他伸长脖子朝楼梯口望去。

仿佛是为了印证这句话，此时，州衙的王书办捧着一个纸卷，气喘吁吁从戏台下跑上来了。

玄诚子一见，拍手笑道："徐公子的救星来啦！"

王书办登上戏台，一边擦汗一边搜寻，看到徐子然还穿着衣服，长舒了一口气。随即，他抖开手中的纸卷，对陈重器和花皮虎道："接朝廷敕令，自今日巳正起，改元重和！"看见公告上那鲜红的官印，除玄诚子外，在场所有人都惊呆了。

愣了好一会儿，花皮虎争辩道："赶上朝廷改年号，约定的日期可以顺延！"

玄诚子道："不错，这一点须在契约中注明，但你与徐子然的赌约里并未这么写。"

陈重器拿起赌约仔细瞧了瞧，点头道："玄诚子所言不虚，本约定失效！"

玄诚子走到僵立不动的徐子然跟前，拍了拍他的肩："可惜啊，我等无福欣赏你的庐山真面目啦！"

徐子然怔怔地瞧着玄诚子，突然张开双臂将他紧紧抱住，泪水夺眶而出。

眼见自己煞费苦心布下的圈套被玄诚子破解，花皮虎当场气昏。

人们都以为花皮虎败给了未卜

先知的法术，只有玄诚子明白，恶棍是败给了善良。

去年，阿娟被徐子然救下嫁给了州衙的王书办。前几天，说恩公因羞于裸奔准备自杀，阿娟急得茶饭不思。这时，王书办告妻子，自己有办法帮徐子然解困。

原来，王书办刚接到朝廷发达的秘密敕令，该敕令由多名专使从东京汴梁发往全国各州，规定在十一月初一同时公布。在存放敕令时，王书办不慎将封蜡碰碎，看到了里面的内容——皇帝决定自十一月初一起，将政和改元为重和。在此前泄露秘密敕令是大罪，王书办只好偷偷将封蜡恢复原状。

为了搭救徐子然，王书办请好友玄诚子到徐府献计，将履约时间拖延到十一月初一……

了解自己获救的原因后，徐子然派人给阿娟夫妇送去了一张五两的银票。不久，银票原封不动地退了回来。与此同时，徐子然听说阿娟夫妇和玄诚子已悄悄逃离本州，因为，他们担心花皮虎不会善罢甘休，将追查敕令泄密之事。

经历了这场裸奔劫难，徐子然不再贪玩斗蟋蟀，从此安心读书。

（发稿编辑：王 琦）

（题图、插图：杨宏富）

故事会微信号：story63，欢迎添加故事会微信，参与互动！

·神探夏洛克·

消失的王冠

富豪托马斯收藏着一个价值连城的"所罗门王王冠"，平常都存放在银行保险柜。因为要参加一个重要的展览，托马斯取回了王冠，暂存在自家的保险柜里。

第二天，托马斯就接到了一个匿名电话，对方说："我看上了你的王冠，今天就要去取。你可以事先报警，当然你也可以什么都不做，反正王冠迟早是我的。"

托马斯马上报了警。警察来了之后，托马斯带着十几个警察来到存放保险柜的房间，决定打开保险柜检查一下王冠还在不在。

在警察们的保护之下，托马斯打开了保险柜，取出王冠察看，就在这一瞬间，房间里的灯灭了，伸手不见五指，窗外突然传来一声枪响。窗外站岗的人报告："院子里有一个可疑的身影，对天放了一枪之后就逃走了！"这时，灯又亮了，但是那顶王冠已经不见了。

夏洛克接到警察的求助电话后，又看了看现场的照片，很快找到了王冠和窃贼。你知道是怎么回事吗？

级视觉

图片里的人似乎很不开心呢，倒来看看，不开心的也会变得开心起

思维风暴

两对父子一起去买帽子，为什么只买了三顶？

想知道答案吗？

1. 您可直接扫描下面二维码。

2. 购买 2023 年 10 月上《故事会》。

动感地带，与您不见不散！上期答案见本期 P39。

·细节·

葡萄熟了

那天父亲打电话来，跟我说家里的葡萄熟了。

"哎呀，你要是在家就能看到了，咱家那葡萄长得，水灵灵的一串又一串，跟宝石似的，老好看了！"

"是吗？"我哈哈笑着应道。

"我想着寄给你，又怕颠簸坏了。还得是现摘现吃最新鲜！"

"是呀，不要寄，容易坏。"

"别看最近天气热，你要在那葡萄架底下坐会儿，都不想吹空调的！"

父亲每句话都离不开葡萄，末了，他说道："那行，你去忙吧。"我正欲挂断，却听那头母亲抢过了电话："哎呀，听你爸说话真费劲，老是扯什么葡萄！他是想说，你有没有空回家一趟，他想你啦！"

（佘秀霞）

染发

刚办完退休，我就回了娘家，多陪陪妈。

妈说下周是姥姥的 90 大寿，要去理发店染发。我劝阻说："那个伤头发！72 岁了还染啥？自然灰挺好看的！"

妈摸摸我的头发，喃喃地说，还年轻，体会不到。我得染，怕姥姥见了心里难过。看到女儿显年当妈的就不觉得自己太老！

我忙说："好，我去给你买染发自己染，省钱省事还放心。"妈地笑，我却眼眶发热。我没有和她这些年来，每次回娘家前，我都意染发……　　　　（程俊霞）

谁的烟头

阿发高考失利，把自在家里，实在烦闷他忍不住偷偷抽烟。这眼尖的母亲在垃圾桶里一根没藏好的烟头，对亲就是一顿骂——父亲子打了包票说要戒烟。

阿发很想冲上去说根烟头是我的"，可最终憋在了心里。

82

直到在去报名复读的路上，看着身边的母亲，阿发觉得该承认了，却先打开了话匣子："小子，好力，别让你爸白挨骂了。"阿发不解："你怎么知道的？"母亲说："完你爸我才觉得不对劲，那根烟剩一大截呢，他以前不烧到过滤不会扔掉的，哪有那么浪费？"

（韦宝流）

我爱你

大学时，每次跟母亲打电话，我都要说一句："妈，我爱你！"

母亲则笑："又没钱了？"然后，卡里很快就会多出来一串数字。

后来，我参加工作，用不着再向你伸手要钱。母亲偶尔会逗我：句'我爱你'，我就给钱！"我总一笑而过。

那天，父亲打来电话说母亲走了。当我赶回家时，母亲静静地躺在。我泪如雨下，好想说一句："妈，爱你！"这句话却如梗在喉。

（春之晓晓）

还 钱

学毕业时，我向同学阿东借了两千块钱，本打算周转过来就，可当我找他还钱时，却发现他机号成了空号，问了好多人都联

系不上他，这事就搁下了。

再见阿东是毕业十周年的聚会上。我不好意思面对他，他好像也不愿意面对我，一直和别人聊得火热。我找人要来阿东的微信号，躲在卫生间里加他为好友，他很快通过了。为了表达诚意，我特意转了三千块钱给他，并且附言"我没忘"。很快阿东就回复了，钱没有收，只回了三个字"我忘了"。这时，我知道，我们还是曾经的我们。

（孙 明）

感恩留在心底

小学时的一个暑假，我在学校旁的大河边玩耍。后来我溺水了，是学校看门人黄师傅把我救上了岸。当时懵懂的我竟然连句"谢谢"都没说就走开了。

多年后，我决定回家乡当面向黄师傅致谢。在母校大门口，我向一位瞅着有些眼熟的门卫说明了来意。门卫把我带到学校后山的一座墓碑前，对着墓碑说："爸，又有人来看您了。"

见我一脸诧异，门卫怅然道："我爸也老了，他最后一次下河救人……自己没能游上来。"

那句话只能放在心里一辈子了。

（张连春）

（本栏插图：孙小片）

奶奶的寿衣

□ 袁省梅

二宝是奶奶的孙子。奶奶的儿子儿媳没奶奶长寿，都死了，奶奶的两个女儿也死了，只剩下孙子和孙女。每年冬天，二宝都要接她去城里过冬。奶奶想起儿子和女儿，就气恨自己老不死，而且还耳不聋眼不花，还能缝衣绣花。有时，奶奶刚说自己耳聋了，可转眼人家说个啥，她就耐不住自己的急性子，接了人家的话，搞得大家开她的玩笑，奶奶就跟小姑娘做错了事一样，脸上飞了两团红，不好意思地笑。

这一年，还未等立冬，二宝就把奶奶接到了城里，说是在楼房里给奶奶做了个炕床。

奶奶收拾了日常换洗的衣服，二宝要带上奶奶的寿衣，说是有个朋友喜欢收藏绣品，想看看奶奶寿衣。寿衣是奶奶自己裁剪缝制的，这已经是她的第四套寿衣了——前面的三套让她的女儿和儿媳穿了。奶奶气恨自己做成一套，就亲人死去，觉得兴许是自己的寿衣给媳妇女儿惹来了晦气，她就不给自己做寿衣了。可一想到自己□后，孙子手忙脚乱地给她买寿衣，买来的寿衣她又不待见，她就又□了绸子缎子。只是她再也不敢□衣做成，而是在褂子上、裤子□、裙子上都剩下两针活儿。这次去□宝的楼里，她就想吩咐孙媳妇，□她快不行时，再把那两针缝上。

这天，奶奶正给孙媳妇说那□衣上的最后两针活儿时，二宝的□

来了。二宝喊那人"胖子"。胖子真是胖，满脸的肉把眼睛挤得就一条缝了。奶奶就开玩笑说胖子又再胖了，再胖，眼皮上得撑根棍子了。

胖子笑得身上的肉嘟噜噜乱颤，说："奶奶这么大岁数了，一点儿也不糊涂，说的话还这么逗，活二百岁呢。"

奶奶抖着手里的寿衣，说："又是熬胶哩，活那么久干啥？寿衣准备好咧，就等着穿了上路。"

胖子抓过奶奶的寿衣，小眼缝一光倏地亮了。寿衣上面的绣花，绿的、黄的、红的，一朵一朵，团团簇簇，含苞欲放的、极力盛开的，开在黑的蓝的绸子上，好像风一吹就会摇曳起来，阳光一照就会飘香味来。就是手帕，也是雪白的一块绸子，绣了花边，还在一个角上绣了朵富贵牡丹。胖子说："这是寿衣啊？是皇后娘娘穿的礼服吧。"

奶奶笑了，夸胖子嘴甜得跟吃了甜秆一样。

胖子将二宝扯到门外，说："确实好。"

二宝问："有多好？"胖子举起一巴掌。

二宝心下一沉，没想到奶奶的寿衣这么值钱。他摇摇头，说："你看见了，一针一线都是那个百岁老人缝的啊，百岁老人你知道人家怎么叫？人瑞——人之祥瑞。多吉祥多富贵的称号！还不说那些衣服上她还绣了花盘扣。"

胖子最后出一万元买走了奶奶的寿衣。

二宝悄悄地扯了一堆绸子缎子，叫奶奶另做一套寿衣，说是单位领导的母亲八十多岁了，身体不好，瘫在床上好多年，现在就剩一个心愿：死时能穿上手工缝制的寿衣。

奶奶问了那老太太的身高胖瘦。二宝说："跟你差不多。"奶奶一听，就噌噌地飞起了剪刀，捏起了针线。二宝的脸红了，劝奶奶别急，慢慢做。奶奶头也不抬地说："咋不急？上了岁数的人，有今个儿没明个儿的，做好了放手边，老人孩子都安心。"二宝不敢看奶奶了，他的脸烫得发烧。

二宝没想到第二天领导的母亲就去世了。二宝去吊唁时，发现领导母亲穿的竟是他卖给胖子的那套寿衣。原来，胖子听说领导母亲去世后，就把寿衣送了过去，说是他奶奶做的，纯粹的手工活儿，市面上根本买不到。胖子让领导看寿

衣的做工、看寿衣上的绣花盘扣。领导感激得抹着泪，掏出两万元塞给了胖子，说："以后有什么事，尽管说。"

胖子回头又要给二宝一万元，说是叫奶奶再做一套。这一套，不管怎样，他都要收藏。二宝乜一眼胖子手上的钱，摇头。

胖子说："嫌少？"二宝不吭声，只抽烟。

胖子咬咬牙，说："再加五千，不少了。"二宝还是不吭声，只抽烟。

胖子白他一眼："再加三千，一万八，你发我也发。"

二宝噗地吐了烟："两万八。行，你等着取货；不行，就算了。"

胖子气得脸上如涂了一层红油，嗵地捶了二宝一拳："行行行，走，喝酒去。"

二宝和胖子正喝得火热，媳妇打来电话，叫他赶紧回家，说奶奶病了。二宝回到家里，奶奶躺在炕床上，对二宝说："昨晚梦见你爷爷了，你爷爷说：'屋里再好、孙子再好，有和我在一起好？'你爷爷叫我过去陪他哩。"奶奶说得又欢喜又轻松，好像多年祈盼的事终

于实现了一样。

二宝听着，心头就抽了一□，脸上倏地冒出一层冷汗。

奶奶叫二宝把她刚做好的□拿出来。二宝从柜子里把寿衣取□，当然是二宝叫奶奶给领导母亲做□那套，也是准备卖给胖子的那套。

奶奶叫孙媳妇打开，她看□，二宝看着奶奶，心突突乱蹦。

奶奶对二宝说："接了人家□钱，就得给人家把事办好了。奶□没钱给你们，也没力气再做了，□这个……给胖子吧。"

奶奶最后说："人死如灯□，穿啥都一样。"

二宝的泪水哗地涌了满脸，抓着奶奶的手使劲摇着头。

（推荐者：落花雨）

（发稿编辑：朱 虹）

（题图、插图：孙小片）

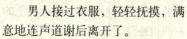

声飞机起飞的轰鸣声，划破了航空小镇拂晓的寂静。东……慢慢露出了鱼肚白，小镇渐渐热……起来。人群中，一位白发老爷爷……着三轮车，从家里赶往镇上的小……品市场。在那里，他经营着一个……起眼的缝补衣服的小摊，十年如……日。

清晨，随着卷帘门"刺……一声被拉开，爷爷便……始迎客。摊位内的摆设……简单，爷爷最宝贝的，……一台蝴蝶牌缝纫机，每……开门的第一件事便是擦……这台陪伴了他四十余年……老伙计。此时，门前来……一位中年男人，焦急地……道："老板，你看我这衣……还能补吗？"

爷爷一看，便道："这……服怎么破成这样？补了……不了多久啦。"

男人听后，脸上露出……望之色，重重地叹了口……爷爷见状，便说："我……试吧。"他请男人在阴……坐下等，转身从碎布……里找出几块和衣服差不……颜色的布料，用缝纫机……缝补。不一会儿，衣

服补好了，爷爷问："你看这样行吗？"

男人接过衣服，轻轻抚摸，满意地连声道谢后离开了。

爷爷望着男人远去的背影，擦拭着缝纫机，自言自语道："四十年前，我也是这样呀，为了一双儿

蝴蝶牌缝纫机

□上海市建平香梅中学　朱卓城

女，天天踩着三轮车，载着这蝴蝶牌缝纫机，在街头巷尾帮人缝补衣衫，自己身上的衣服也是缝了又缝……"

"老板，你看这裤子能帮我改短一点吗？"一位年轻女子问道。

爷爷的思绪被拉回现实，他用一口带着本地腔的普通话说："可以，我帮你量一下尺寸。"说着便蹲下，用皮尺比画着，再用大剪子一剪，缝纫机一踩，裤子便改好了。

"老板，你的技术真好，一点都看不出是改过的呢！"年轻女子满意地说道。爷爷笑道："你过奖啦！年轻人不容易啊，现在像你这样懂得节俭的年轻人不多啦。"爷爷说完，女子便道谢离开了。

时间在缝纫机轮的滚动中逝去。一年后，正当爷爷全神贯注地给一件上衣锁边时，一个本地口音在摊前响起："老板，能帮我改一下这件大衣吗？"

爷爷抬起头定睛一看，眼前的男人有些眼熟，这不是一年前那个来补破衣的男人嘛。爷爷问道："老弟，有尺寸吗？"男人一愣："没有，能否告诉你身高、体重？我想为阿妈送一份生日礼物。"

"当然可以，这可是老裁缝才能做的哟。可这大夏天的，为啥要送大衣呢？"

男人回答道："我一直在外□工，难得回来，见阿妈冬天没□件像样的衣服，便从外面买了□回来，不料尺寸不合适。"

"好，那我按照这个尺寸，□到你满意为止。"

男人面露感激之色，边等边□"老板，听说这小商品市场要搬□了呀？"

"是呀，还有一个月，我也□以退休啦。"

"唉，真可惜！以后要找人□补，怕是没有您这么好的手艺□"

"怎么会呢？镇上的手艺人□是很多的。"爷爷说着，珍惜地□摸着缝纫机，"你看我这老伙□也跟着我四十多年了，是时候□给我的孙子孙女做几身衣服□"中年男人心底升腾起一种难以言□的感觉……

夕阳西下，随着飞机降落□鸣声，晚霞在航空小镇的上空□淡了下去。远远望去，人群中□可以看见那熟悉的白发老爷爷，□着三轮车，车上那蝴蝶牌缝纫机□新如初，只是一旁新挂上了两件□子的衣服，在风中飞舞……

（发稿编辑：朱　虹）

（题图：孙小片）

学猫叫

□ 马凤文

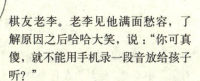

老张退休后，一大任务就是照顾孙子小伟，为此他可没少费心。

有天，小伟在小区里遇到一只猫，要带回家不可。老张说那是流浪猫，回家不安全，可小伟却哭闹不止。老张灵机一动，对小伟说："乖孙子，要你不要猫，爷爷可以做你的猫。"

小伟这才破涕为笑，说："那你就学猫叫。"这要求简单，老张便模像样地学起了猫叫。小伟听罢，乐得手舞足蹈。

自那以后，老张就成了小伟的一只"猫"，随时随地都要学猫叫。开始，老张只当是游戏，乐在其中，可时间一长便疲惫不堪，他想要让老伴代劳，小伟说奶奶学得不像，非要爷爷叫不可。

这天，好不容易哄小伟入睡，老张一个人来到小区散步，迎面碰上棋友老李。老李见他满面愁容，了解原因之后哈哈大笑，说："你可真傻，就不能用手机录一段音放给孩子听？"

老张说："不是没想到，是我根本不敢那样做，怕孩子沉迷手机不能自拔。"

老李觉得有理，便给老张出主意，说："明天你把小伟带我家来吧，让他和我小孙子玩，小孩子一玩起来就什么都忘了。"

这个主意不错，第二天老张就把小伟带到了老李家，一对棋友一边下棋，一边暗中观察两个孩子的举动。果然，孩子玩得开心，其乐融融。

哪知不到一星期，老李突然给老张打来电话，气呼呼地说："明天不许带小伟来了，气死我了！"

老张一愣，便问发生了什么事，只听老李大倒苦水："这几天，我的小孙子竟然让我学猫叫，不依他就又哭又闹，还说过几天要让咱俩来个学猫叫比赛。我这不是引狼入室吗？"

（发稿编辑：王　琦）

·幽默世界·

绅士男友

□ 非 池

办公室新来了个漂亮姑娘，叫小美。李姐是个热心人，得知小美还没男朋友后，想给她介绍个对象。小美说，她对男友有个要求，要老实正直。李姐一听，说巧了，她有个侄子名叫小肖，理工男，人绝对老实可靠！

就这样，两个年轻人开始交往了。小美发现，小肖果然十分绅士，每次送她回家，只送到楼下，然后目送她进入楼栋。

这天晚上，两人看完电影，小肖将小美送到楼下就走了。可没走多远，小肖就接到小美的紧急电话，说是家里的灯都不亮了，让他赶紧过来看看哪里坏了。小肖说他马上就到。可奇怪的是，小美等了一个多小时，小肖都没过来。这下，小美来了气，把手机一关，不睬小肖了……

第二天一上班，小美就对李姐说，她决定跟小肖分手。李姐忙问发生什么了，小美也没接话。李姐只好给小肖打电话。挂了电话，李姐笑着对小美说："哎哟，我当发生什么了呢，小美你误会啦！"

"什么误会？"小美气呼呼地说，"我叫他来修灯，他也答应了。可人呢？一晚上，鬼都没见到！"

"小肖说给你打电话了，可你不接。""有什么好接的？我关机了！"

李姐一愣，眨眨眼说："那后来你家的灯是不是又亮了？"

小美撇撇嘴说："亮是亮了，跟他有啥关系？"

"怎么没关系？"李姐神秘一笑说，"你家的灯是亮了，可他家的全灭了！"

小美惊讶得瞪大了眼："为啥"

李姐解释说："小肖看到整栋楼就你家的灯不亮，估摸着是保险丝坏了，就赶紧跑回家，拔下自家保险丝然后赶到你家楼下给换上了……"

（发稿编辑：朱 虹）

90

老太是个暴脾气，她老伴是个妻管严，两人相处得还算和睦。

这天晚上，李老太在院子里打盹，……了才迷迷瞪瞪地回了屋。第二天……，她醒过来，伸了个懒腰，对老……说："去院子里帮我拿一下老花镜……凳子上，我刷一会儿手机。"老……不迭地答应了。

但是李老太等了半天，却不见老……回来，就问咋那么慢，连喊了几声，……听到老伴答应。李老太气得一下……上蹦起来，院里院外看看，却不……伴的影子；再看看那张放老花镜……子，上面空空如也。

过了将近一个小时，老伴才气喘……地跑回来，把老花镜递到她手中。……太火冒三丈地问他死哪儿去了，……吓得一哆嗦，半天才挤出一句：……去闺女家了。"

闺女家在另一个小区，骑电动车……钟就到了。李老太很纳闷，眼一……

瞪间："老花镜在院子里，你去闺女家干啥？"

"借车……"

李老太更不明白了，厉声问："从院子到卧室，难道你还打算开车给我送？"老伴又哼唧半天，才说："不是的，我开车是去县城。"

李老太被绕得头大，气得咆哮起来："去县城干啥？快说呀！一口气说完能憋死你？"

老伴被逼得没法，只好硬着头皮说："去眼镜店买老花镜。"说完，他指了指李老太手中的老花镜。

李老太一听，忙举起手中的老花镜，惊讶地问："这是你刚买的？我原来那一副呢？你哪来的钱？"

老伴擦擦额头上的汗，像蚊子似的哼哼说："问闺女要的钱……你……昨晚坐院子里……打盹的时候，坐、坐碎了，没发现……"

（发稿编辑：赵媛佳）

消失的老伴

□凌 风

银行伞

□ 赵功强

吴阿姨丧偶多年，独自带着儿子晓光生活。最近，儿子交了个女朋友，名叫马丽。马丽来过家里两次，吴阿姨对她挺满意的。

这天，儿子打来电话，说晚上要带马丽来家里吃饭。吴阿姨赶紧去买菜，路上遇到了旧同事安姐。吴阿姨就和对方聊起了马丽："要说这姑娘啊，我是十万个满意，可就是有点粗心：她第一次来我家，外面下着大雨，她都不带伞，临走前在我家翻了半天才找到一把满意的；第二次是大热天，太阳毒辣辣的，她也不带伞，临走前又是好一通翻找！"

安姐听了，压低声音说："你不知道，眼下不少群里流传着这么一句闺女择婿口诀：公婆是否有存款，看有多少银行伞。银行伞就是银行送给储户的印有银行名称的伞。那姑娘分明是借找伞，来打探你家的家底呢！"吴阿姨一听，恍然大悟。

回到家后，眼看天快下雨了，吴阿姨赶紧去小区里几个老姐妹家借回了好几把银行伞。

当晚，儿子带着马丽来了。果其然，马丽还是没带伞，临走时□了半天，拿走了一把。

吴阿姨不禁暗自得意，好在提做了准备。不料第二天，马丽就向光提出了分手。

过了几天，吴阿姨又在街上遇了安姐，就把马丽跟儿子分手的事她讲了。

安姐一拍脑门，说："糟了，一定是准备了旧的银行伞！"

"新旧还有什么说法？"吴阿更是一头雾水。

"那是自然！"安姐振振有说，"'旧伞代表过去富，新伞才力股'，上次走得急，没来得及诀的后两句告诉你……"

（发稿编辑：朱 虹）

老陈是一家小医院的院长，尽管医院位置不错，但由于医疗条件有限，很少有病人来住院，这令老陈很是苦恼。

这天傍晚，老陈正在外面开会。突然，他接到下属的电话，说有六七个人身体不舒服想住院，其中还有小孩和孕妇。因为医院缺乏相关专业的医生，下属担心无法救治，因此只能请示院长。

老陈一听，顿时兴奋地回复道：马上收住院，留下他们。你们先评估一下，如果病情稳定，就暂不作处理。我明天才能回去，到时再请相关医生会诊，一定能解决。下属连声答应。

很快，下属又打来电话，说一切都安排好，病人全部进去了，而且情况都不严重，可以等到第二天。老陈甚是高兴，终于来病人了，这次要好好治疗，争取打响名声。说干就干，老陈开始打电话联系医生，为第二天的治疗做准备。

第二天，天刚天亮，老陈的手机又响了。只听下属焦急地说："病人们要求马上出院……"

老陈一听愣住了，赶紧说道："你尽量拖延时间，我马上赶回去。"说完，他便驱车直奔回去。

可惜，一切都是徒劳。老陈将要到达时，下属沮丧地汇报："院长，病人们态度坚决，刚才已经办完出院手续了。"

老陈垂头丧气地下车走向医院，就在此时，他看到医院门口正走出一群人，病人莫非是他们？老陈有些激动，不行，必须要把他们留下来。

老陈赶紧迎上去，正要开口，却听到那群人里走在前头的一个人说："怎么样，我的选择不错吧？"其他人纷纷点头。

那人得意地说："这里的床位费比旅馆便宜多了，让我们省了不少钱呢！走，今天我们继续去下一个景点……"　　（发稿编辑：王　琦）

留不住的病人

□ 丁凯丽

拖延症治疗

□ 许家裕

阿珊约闺密小莲吃饭，想将自己的男朋友东东介绍给小莲认识。

到了约定时间，阿珊和小莲已坐在饭店里。小莲问阿珊，她男朋友怎么还没到，阿珊叹了口气，说："他别的什么都好，就是有严重的拖延症。"

小莲好奇地问："能有多严重呢？"阿珊说演示给她看，于是拿出手机，拨通了男朋友的电话："东东啊，你到哪里了？什么，才刚出门？好吧，你快点啊！"

阿珊摇摇头挂了电话。两人在饭店里又等了好一会儿，还是不见人影，小莲更好奇了："他住哪里？过来需要那么久啊？"

阿珊有些无奈地说："不远，就在前面路口，拐个弯就到了。"

小莲哑然失笑，想了想对阿珊说："要不，你用这个法子来治他！"她的方法很简单，让阿珊跟东东约定今后凡是约会迟到的，每超过十分钟就罚他一百块；超过二十分钟，就他两百块，以此类推。

阿珊听了，眼睛一亮，这主意错！

好不容易等到东东来了，两人此一说，东东虽面露难色，但看得他很爱阿珊，最终还是同意了。

过了一个多月，小莲兴冲冲地电话问阿珊，她男朋友的拖延症有有治好。阿珊吞吞吐吐地说："拖症还是没治好，只不过，他最近一在催我结婚。"

"催你结婚？"小莲兴奋地说，这么着急的话，应该算是治好了吧

阿珊叹了口气，无奈地说："哪里算治好啊！只不过，这个月他经被我罚了五万块了，再不结婚，五万块都要打水漂了，他能不急吗

（发稿编辑：朱 虹）

里新开了一家精神病院，赵大柱被聘为看大门的保安。可他上班没几天，医院里就来了一个癔症患者，总爱拿着扫把、拖把的，又叫、又吼、又舞，做出种种怪异的拖地动作来，搞得医院不宁。这个患者一天要发作好几次，一发作就爱往外跑，院长叫大柱多加小心，看好大门。

这天，赵大柱刚上一趟厕所，那患者就趁机逃了出去，院长让他赶紧把人找回来。

赵大柱瞪大眼睛："他刚来，我不认识，怎么找？"院长怒道："他没换院服，还是来时那身打扮，黑衣、黑裤、披肩长发……唉，他在发病，你一眼就能认出！"

赵大柱只能从门房摸出钢叉，和搭档跳上救护车，往街上驶去。

车子跑了好几条街，路过中心广场时，只见一个黑衣、黑裤、披肩长发的男子，正在那儿"表演"呢！他举着一只拖把，大声吼着砸向地面，横拉，竖拖，捅胯下，来回摩擦，号叫个不停，最后或许因为用力过猛，他竟然累得瘫倒在地，直喘粗气……看热闹的人里三层外三层围着，有人拍照，有人录视频，还有人跟着吼，甚至有人鼓掌起哄。

赵大柱赶忙叫车子停下，带着搭档冲上前，如老鹰抓小鸡般把那人叉住，三下五除二地塞进救护车，开了就跑。

回到医院，赵大柱和搭档将那满口胡话的患者弄下车，却见前面有几个护工正押着一个黑衣男人往里走。赵大柱心里正惊疑，这时，院长跑了出来，指着赵大柱破口大骂："竟敢把搞吼书表演的大师当狂躁症抓来！我告诉你，县书协主席马上到，看你如何交代！"

（发稿编辑：赵嫒佳）

保安闯祸

□ 谢元清

热心肠

□ 胶年儿

大姜是个热心肠，小区里谁家有个大事小事，他必会到场。

这天，大姜从外地出差回来，正准备开家门，就见邻居家门口散落着很多白色的纸花，大姜心里一"咯噔"：出啥事了？

大姜立马就想敲门，转念一想，手又缩了回来，这家小两口带着孩子，正常来说不能出啥白事啊，这要是我弄错了，多冒昧！大姜又看了一眼地上的白花，还在纠结要不要敲门，就隐约听见门里有哭声，听起来有孩子的，也有大人的。大姜的心立马揪了起来，心想真是出事啦，赶紧敲门。

邻居张三面无表情地打开了门，大姜叹了口气，同情地询问道："这是出啥事了？"

张三满脸无奈："哎，真不好意思，是不是吵到你家了？"

虽然还没弄明白到底是出啥事了，但大姜还是赶紧安慰道："没有没有。我刚从外地回来，看看能帮上些啥忙不？"

张三愣了愣，顿了半天，转而挤出一丝苦笑："不用，家里的事我自己来就行。"大姜的热情劲儿又来了："咱小区这红白喜事我都帮过，别客气！"

张三一听，皱起眉问："啥红白喜事？"大姜指了指地上的白花，"不是你家撒的吗？"

张三一拍大腿："哎呀，这是我儿子做的手工！这孩子在电视剧里看到人家办葬礼，居然躲在屋里学着做了一堆白花，我一气之下就给扔外面了！"

大姜恍然大悟，窘迫不已："这闹的，我还以为……关键是你家这哭得呀……"

张三哭笑不得道："我在气头上正打孩子呢，这孩子一哭，孩儿他妈心疼，也跟着哭呢！"

（发稿编辑：赵婳佳）

（本栏插图：小黑孩 顾子易）